Kölner Ringe

W0309628

Reinhard Rohn, 1959 in Osnabrück geboren, lebt seit über dreißig Jahren in Köln und arbeitet als Verlagsleiter in einem Berliner Verlag. Er hat zahlreiche Kriminalromane ins Deutsche übersetzt und mehrere Spannungsromane geschrieben, die noch als E-Book erhältlich sind. Unter dem Pseudonym Arne Blum veröffentlichte er eine Krimiserie über das Detektiv-Schwein Kim. Im Emons Verlag sind bisher sechs Romane um die Kommissare Birte Jessen und Jan Schiller erschienen: »Falsche Herzen«, »Kölnisch Wasser«, »Kölner Lichter«, »Barfuß in Köln«, »Der Richter von Köln« und »Kölner Finale«.

Dieses Buch ist ein Roman. Handlungen und Personen sind frei erfunden. Ähnlichkeiten mit lebenden oder toten Personen sind rein zufällig. Bei der Schilderung real existierender Schauplätze habe ich mir einige kleinere Freiheiten gestattet.

REINHARD ROHN

Kölner Ringe

KÖLN KRIMI

Witzheldener
öffentlicher
Bücherschrank

emons:

Bibliografische Information der Deutschen Nationalbibliothek
Die Deutsche Nationalbibliothek verzeichnet diese Publikation in der Deutschen Nationalbibliografie; detaillierte bibliografische Daten sind im Internet über http://dnb.d-nb.de abrufbar.

MIX
Papier aus verantwortungsvollen Quellen
FSC® C083411

© Emons Verlag GmbH
Alle Rechte vorbehalten
Umschlagmotiv: darknightsky/photocase.de
Umschlaggestaltung: Nina Schäfer, Tobias Doetsch
Gestaltung Innenteil: César Satz & Grafik GmbH, Köln
Lektorat: Dr. Marion Heister
Druck und Bindung: CPI – Clausen & Bosse, Leck
Printed in Germany 2017
ISBN 978-3-7408-0205-9
Köln Krimi
Originalausgabe

Unser Newsletter informiert Sie regelmäßig über Neues von emons:
Kostenlos bestellen unter
www.emons-verlag.de

Dieses Werk wurde vermittelt durch die Literarische Agentur Thomas Schlück GmbH, 30827 Garbsen.

Für Christian –
als Dank für eine lange, schöne Freundschaft

No guru, no method, no teacher
Just you and I and nature.
Van Morrison

1

Er fürchtete sich vor dem Heiligabend. Das war ihm schon in den letzten Jahren so ergangen. Was tun an einem solchen Abend, dem alle Welt so eine Bedeutung zumaß? Matthias Brasch war einmal ein geschätzter Kriminalkommissar der Kölner Polizei gewesen, doch das war eine Ewigkeit her. Nun musste er sich als Privatdetektiv durchschlagen. Um einen Kinderschänder dingfest zu machen, hatte er Dokumente und Beweise manipuliert. Nicht einmal der Polizeipräsident hatte ihn damals schützen wollen.

Das Haus in Worringen besaß er immer noch, obwohl seine Freundin Leonie vor fünf Jahren ausgezogen war. Manchmal sah er sie mit ihrem Hund und einem Mann am Rhein spazieren gehen. Dann kehrte er sofort um und eilte in sein leeres Haus zurück wie in eine Fluchtburg.

Dunkelheit begann sich über das Land zu legen. Es war noch früher Nachmittag. Gegen achtzehn Uhr sollte er bei Jan Schiller sein – sein alter Kollege hatte ihn eingeladen: eine kleine, bescheidene Feier mit ein paar Freunden. Schiller selbst wollte offenbar einem einsamen Abend mit Carla, seiner Lebensgefährtin, entgehen. Außerdem hatten sie beide sich in den letzten Wochen drei Mal getroffen und Pläne gemacht. Schiller überlegte, bei der Polizei auszusteigen – er hatte genug von der Arbeit bei der Mordkommission. Sollten sie nicht gemeinsam Sicherheitskonzepte für größere Firmen anbieten? Für Events, Sportereignisse? Brasch hatte Schillers Begeisterung gutgetan, er hatte ihm auch nie gesagt, wie gern er selbst zur Kölner Polizei zurückgekehrt wäre, statt irgendwelche öden Beschattungen vermeintlich treuloser Ehefrauen durchzuführen oder Versicherungsbetrüger zu entlarven.

Gut zwei Stunden, die er noch herumbringen musste.

Er hätte gern noch etwas geraucht, das ihn in eine bessere Stimmung brachte. Oder er hätte gern irgendwo Kokain aufgetrieben. Er betrachtete sich selbst nicht als drogensüchtig. Ein paarmal hatte er es probiert, und sofort waren gewisse Dinge von ihm abgefallen, und er war nicht mehr der ewige Schweiger gewesen, sondern hatte beinahe unentwegt geredet.

Doch wo bekam man am Nachmittag des 24. Dezember Kokain her? Die Clubs am Ring hatten geschlossen, und sein Kontaktmann aus Ehrenfeld war zu seinen Eltern nach Süddeutschland gefahren, ganz wie ein braver Sohn.

Dann fiel ihm Kaspar Brinkmann ein, der vermutlich in seiner Hütte im Worringer Bruch hockte, seinen Weltekel pflegte und dabei auch ganz gern eine ordentliche Selbstgedrehte rauchte. Sie kannten sich seit fast zwanzig Jahren. Brinkmann hatte eine erfolgreiche Fernsehserie geschrieben: »Kommissar Kölsch«. Ein versoffener, geschiedener Kommissar, der alle duzte, löste auf seine ganz eigene Art Mordfälle. Brasch hatte Brinkmann hin und wieder beraten und war selbst drei-, viermal in kleineren Rollen aufgetreten. Auch das hatten seine Kollegen ihm damals übel genommen. Einige hatten ihn schon spöttisch »der Fernsehkommissar« genannt.

Er zog eine saubere Jeans an, dann seine schwarze Lederjacke. Es war nicht kalt draußen, fast fünfzehn Grad. Der Klimawandel sorgte dafür, dass weiße Weihnachten in Köln mittlerweile fast gänzlich ausgeschlossen waren.

Als er seinen alten silberfarbenen Volvo startete, freute er sich darauf, mit Brinkmann einen Joint zu rauchen. Sagte man das noch: einen Joint rauchen? Brinkmann würde ihn auslachen, und dann würde er vielleicht in dessen Hütte bleiben, eine Flasche Wein trinken und mit ihm darauf warten, dass der Heiligabend verging.

Er bog auf die Hauptstraße ein. Wenig Verkehr. Ein paar Fenster waren geschmückt.

Er hatte keine Geschenke gekauft, kam ihm in den Sinn. Wenn er doch noch zu Schiller fahren würde, müsste er wenigstens eine Flasche Wein dabeihaben.

Verdammt, an die einfachsten Dinge dachte er nicht mehr.

Vom Blumenbergsweg bog er in einen Feldweg ein. Mittlerweile war es stockdunkel. Diese Ecke Kölns war vermutlich die ödeste der Stadt. Nicht einmal im Sommer liefen Spaziergänger hier herum. Der Bruch war als Ausweichgebiet für den Rhein vorgesehen, für den Fall, dass der Fluss einmal so weit anstieg, dass auch das Grundwasser an die Oberfläche dringen würde.

Brinkmanns Behausung lag auf einer winzigen Lichtung. Aus einem Gartenhaus, das jemand hier vor Jahren widerrechtlich errichtet hatte und das zusammengefallen war, hatte er sich eine Hütte gebaut. Ein Zimmer mit einem schmalen Fenster, einer Matratze, mit einem Tisch, einem Regal mit ein paar Büchern und einem alten Kohleofen. Wasser schöpfte er aus einer Regentonne, und wo er sein Geschäft verrichtete, wollte Brasch gar nicht wissen. Vermutlich stand irgendwo im Wald ein Klohäuschen.

Er bremste vor dem Pfad, der zur Hütte führte. Als er den Motor und die Scheinwerfer abstellte, schlug die Dunkelheit förmlich über ihm zusammen. Wie hielt Brinkmann das hier aus? Was für ein Widersinn, sich zehn Kilometer vor der Stadt in solch eine kalte, unwirtliche Behausung zurückzuziehen!

Aber vielleicht hockte er auch gar nicht in seiner Hütte, sondern war in Köln in der schicken Wohnung untergekrochen, die er noch in Ehrenfeld besaß.

Eine SMS ging bei ihm ein. »Kommst du?«, schrieb Schiller. »Therese, Broder und Anhang sind schon da.«

Sylvie hatte ihm ebenfalls eine Nachricht geschickt. Sie war über sechzig und hatte eine Tangoschule. Manchmal schliefen sie noch miteinander, aber dann begriffen sie jedes Mal wieder, dass aus ihnen nichts mehr werden würde.

»Ich bin bei meiner Mutter«, hatte sie vor einer Stunde geschrieben. »Vermisse dich!«

Vermisse dich? Was sollte das denn bedeuten? Eine Anwandlung von weihnachtlicher Sentimentalität? Ihre Mutter musste weit über achtzig sein und lebte in einem Altenheim in Alfter bei Bonn, wenn er sich richtig erinnerte.

Er stieg aus und nahm sein Smartphone, um sich den Weg zu leuchten. Nichts war zu hören, nur ein Rauschen von der Neusser Landstraße. Auch nirgends ein Licht.

Brinkmann hatte es offenbar vorgezogen, diese heilige Nacht nicht in seiner Hütte zu verbringen.

Aber nein, da stand sein Rennrad gegen die Rückwand der Hütte gelehnt, der Fahrradhelm baumelte am Lenker.

»Brinkmann!«, rief Brasch. Seine Stimme klang laut in der Dunkelheit.

Keine Reaktion.

»Brinkmann, hoher Besuch ist da!« Brasch versuchte, ein wenig spöttisch zu klingen. Auf einmal kam ihm sein Auftauchen aufdringlich und unpassend vor.

Er klopfte gegen die graue Holztür, an der die restliche Farbe abblätterte.

»Brinkmann, ich dachte mir, wir könnten was zusammen trinken und rauchen ...«

Er drückte die Klinke hinunter, die Tür sprang sofort auf.

Kein Schimmer Licht fiel aus der Hütte, aber etwas anderes traf ihn.

Eine Ahnung – er war immerhin lange genug Polizist gewesen.

Es war der Geruch, ein metallischer Geruch von Blut, und es war die Stille. Sein Herz begann so schnell in der Brust zu schlagen, dass es ihm für einen Moment den Atem nahm. Wenn er eine Waffe bei sich gehabt hätte, hätte er sie nun gezogen.

Er trat ein, ohne die Tür zu schließen – als müsse er sich seinen Fluchtweg offenhalten.

»Brinkmann«, sagte er nun leise. Das Smartphone hielt er wie einen Schild vor sich. Der Lichtstrahl erfasste die Matratze – sie war aufgeschlitzt worden, Futter quoll hervor. Dann sah er das umgekippte Regal. Die wenigen Bücher, die Brinkmann hierher mitgenommen hatte, lagen auf dem Boden verstreut.

Langsam, mit wild pochendem Herzen schwenkte er sein Smartphone herum. Grellgrüne Turnschuhe kamen ins Bild. Eine Gestalt saß auf einem Stuhl. Sie trug eine graue, schmutzige Cordhose, einen dicken, ebenfalls grauen Pullover. Das musste Brinkmann sein, der Kopf mit dem grauen, lockigen Haar war ihm auf die Brust gesunken.

Brasch spürte, dass seine Gedanken sich verlangsamten. Er war kein Ermittler mehr, fiel ihm ein, er hatte noch ein paar schwache Instinkte, nicht mehr.

Während er Brinkmann in dem schmalen, grellen Strahl anstarrte, den sein Smartphone abgab, nahm er ganz fern etwas anderes wahr: ein Geräusch von Schuhen, die sich auf dem Betonboden leise bewegten.

Er war nicht allein in der Hütte – er gefror förmlich. Der Impuls zu fliehen wurde übermächtig.

Plötzlich geschahen zwei Dinge gleichzeitig. Jemand schlug die Tür so hart gegen ihn, dass ihm sein Smartphone aus der Hand fiel und auf dem Boden zerbrach, und dann glitt ein Schatten heran, fast als wäre er vom Himmel herabgefallen. Die Zeit schien sich zu dehnen. Eine lange Sekunde rührte sich niemand. Brasch spürte in der Dunkelheit, wie ihn sein Gegenüber anschaute – überlegen, kontrolliert und ohne jede Angst. Und ein schrecklicher Gedanke ergriff von ihm Besitz, ja, der Gedanke durchdrang ihn körperlich, von Kopf bis Fuß. Er würde gleich sterben. Er war unbewaffnet, aber der Schatten vor ihm hielt eine Pistole in der Hand – auch wenn er sie nicht sehen konnte.

Brasch registrierte, wie er heiser einatmete, und als würde dieses Einatmen die Zeit, die stehen geblieben war, wieder in Gang bringen, sagte sein Gegenüber: »Es tut mir leid.«

Dann erfüllte ein ohrenbetäubendes Krachen die Hütte.

Brasch spürte einen heftigen Schmerz, der ihn von den Beinen riss. Alles um ihn herum schien in dem grellen Gelb dieses schrecklichen Schmerzes zu versinken. Ja, die Welt war gelb geworden, nichts sonst konnte er mehr erkennen. Ein wilder gelber Strudel von Schmerzen, in dem er umhergeschleudert wurde.

Wo war der Schütze? War er geflohen?

Brasch wusste, dass er blutete und dass er nun sterben würde – am Heiligen Abend, ganz allein in einer Bretterbude, in der schon ein anderer lag.

Er versuchte, die Augen aufzureißen, versuchte, dieses verfluchte Gelb, das ihn umhüllte, zu durchdringen. Er spürte, dass seine rechte Hand hochgehoben wurde, dass man ihm da etwas hineinlegte. Dann, während er sich bemühte, zu atmen und irgendetwas zu sehen, verlor das Gelb sich, verrann irgendwo in der Finsternis, die ihn umfing.

2

Sie ertrank in Worten. Konnte man es so nennen? Jeden Tag bekam sie nun ein Gedicht geschickt. Morgens, wenn sie ihre E-Mails checkte, hatte er schon geschrieben. Seit Anfang November hielt er das durch. Manchmal waren es nur zwei Zeilen. »Du bist wie eine Kerze für mich, deren Licht hell den Himmel durchströmt.« »Der Frau in der Mitte des Herzens bringe ich ganz nackt zwei Worte: ›Ich liebe‹.« Einmal hatte er sich sogar an einem Sonett versucht.

Nachdem sie zum ersten Mal miteinander geschlafen hatten, hatte sie ihm von Martin erzählt, dem Geigenbauer aus Sankt Pauli, der an Krebs gestorben war. Über zwei Jahre war das jetzt her. Die Worte waren ihr ganz leicht über die Lippen gekommen.

Hatte sie sich wieder verliebt? In einen Fahrradkurier, der ein Schriftsteller sein wollte?

Sie wusste es nicht genau.

Vor drei Wochen hatte plötzlich ihre Mutter vor ihrer Tür gestanden – ein Überraschungsbesuch aus dem fernen Travemünde, wohin sich ihre Eltern nach ihrer Pensionierung aus Hamburg zurückgezogen hatten. Ihre Mutter war nie eine begabte Lügnerin gewesen, aber ihre Behauptung, sie sei wegen einer Ausstellung in der Nähe gewesen, war offenkundig an den Haaren herbeigezogen. Birte hatte sofort gewusst, was los war. Sie machten sich Sorgen – der Sohn war Kapitän auf hoher See, und die einzige Tochter im entlegenen Köln hatte sich in den letzten Jahren zwei-, dreimal mit den falschen Männern eingelassen. So jedenfalls war es ihren Eltern vorgekommen, auch wenn sie von ihr wenig Konkretes erfahren hatten. Davon, dass sie schwanger gewesen war und dass Rainer Hinrichs, der ehemalige Pressesprecher der Kölner Polizei, sie gestalkt hatte, hatten ihre Eltern zum Glück nie die leiseste Ahnung gehabt.

Mit Mühe hatte Birte Jessen ihre Mutter wieder loswerden können – und ja, Weihnachten würde sie nach Travemünde kommen, allein, ohne Begleitung. Einigermaßen beruhigt war ihre Mutter wieder abgefahren, ohne noch einmal die Ausstellung zu erwähnen, deretwegen sie eigentlich angereist war.

Vor drei Tagen nun hatte Birte ihren Besuch abgesagt. In der Nacht hatte Max sie angerufen und ihr gesagt, dass sie ihn heiraten solle. »Heiraten? Verstehst du? Ich will dich heiraten!« Es war halb drei gewesen. Sie hatte schon geschlafen, als das Telefon klingelte. Zuerst hatte sie an einen Einsatz geglaubt und vermutet, Jan sei am Apparat.

»Ich habe mir ein paar Dinge überlegt«, hatte Max gesagt. »Es war Schicksal, dass ich dich mit meinem Rad über den Haufen gefahren habe. Wir sollten es probieren. Heiraten!«

Probieren? Was für ein Unsinn! Man probierte nicht zu heiraten. Sie war fünfunddreißig Jahre alt, nicht mehr jung, aber alt genug, um zu wissen, wer sie war.

»Vielleicht sollten wir Weihnachten zusammen verbringen«, hatte sie erwidert, um ihn von seinem Gerede übers Heiraten abzubringen. »Nur du und ich.«

Klar, dass Max sofort zugesagt hatte. Am nächsten Tag hatte auch Jan sie gefragt, ob sie am Heiligabend zu ihm kommen wolle. Er beabsichtige, mit ein paar Freunden zu feiern. Sie hatte ihn vertröstet. Sie würde später kommen. Misstrauisch hatte er sie angeschaut. Von Max Strenger, dem Fahrradkurier, wusste er noch nichts.

Sie hatte gekocht – Fisch, Nudeln, dazu Salat und frisches Brot, und pünktlich um achtzehn Uhr stand Max vor ihrer Tür. Er trug ein weißes Hemd, eine neue schwarze Jeans, und er hatte sein langes schwarzes Haar um ein paar Zentimeter stutzen lassen, gewissermaßen zur Feier des Tages. Sie küssten sich.

Er betrachtete die Geige, die in einer Glasvitrine im Wohnzimmer den Raum dominierte – Martins letztes Meisterstück.

»Denkst du oft an ihn … an Martin in diesen Tagen?«

Birte nickte. Dann tranken sie ein Glas Prosecco. Max küsste sie auf die Wange. Fang nicht gleich wieder an, vom Heiraten zu reden, dachte sie.

Max setzte sich. Sie entzündete die Kerzen auf dem Tisch. Für einen Moment kam ihr dieser Moment zu intim vor. So weit waren sie eigentlich noch nicht, den Heiligen Abend zusammen zu verbringen. Doch es war ja ihre Idee gewesen.

Max hatte drei Brüder, seine Eltern waren Pfarrer im Hunsrück – die Mutter war für Taufen und Hochzeiten, der Vater für Trauerfeiern zuständig. Als Sportler aber – Triathlet – war er früh allein unterwegs gewesen. Bis zu dem Unfall, bei dem er einen Fuß verloren hatte. Beim Training auf dem Fahrrad hatte ihn ein Lastwagen erfasst. Der Fahrer hatte Unfallflucht begangen.

Sie tranken und prosteten sich zu. Max lächelte.

»Willst du wissen, ob ich ein Geschenk für dich dabeihabe?«, fragte er. Dann klopfte er sich auf die Hosentasche, und sie ahnte, was er ihr schenken wollte. Einen Ring – er hatte einen Ring in der Tasche.

Sie trank schnell. Ihr Herz begann zu klopfen. Jan hat uns gebeten, nachher noch vorbeizukommen, wollte sie ihm sagen, obwohl es eigentlich gar nicht stimmte. Jan hatte natürlich nur sie eingeladen.

Max schien ihre Unruhe zu spüren. »Bei uns zu Hause ist jetzt ein riesiges Durcheinander. Alle schreien und streiten sich. Meine Mutter dreht in der Küche durch, und mein Vater tut so, als müsste er noch seine Weihnachtspredigt vorbereiten …« Er lächelte wieder. Wie gut, dass ich jetzt bei dir bin, sagte sein Blick.

»Ich habe auch ein Geschenk«, sagte sie. Es war nur ein Buch – ein Bildband über einen mysteriösen Künstler, der Graffiti an Häuserwände sprühte – Banksy in New York. Sie wusste, dass Max New York liebte. »Aber erst sollten wir etwas essen, nicht wahr?« Sie ging in die Küche. Max kam ihr nach.

Es roch nach Fisch. Max berührte sie an der Schulter, und für einen Moment dachte sie wirklich an Martin, an das letzte Weihnachtsfest mit ihm. Er war schon von der Krankheit gezeichnet gewesen, aber noch einmal hatten sie sich geliebt, und er hatte für sie Geige gespielt.

Als das Telefon klingelte, war sie beinahe erleichtert. Ihre Mutter … sie wollte ziemlich verfrüht ihre Grüße loswerden und den Grund erforschen, warum Birte nicht gekommen war.

Max schaute sie an. Sein Glas hielt er in der Hand.

»Ich weiß, du bist als Polizistin immer im Dienst, aber ich würde es lieber sehen, wenn du nicht abhebst. Um diese Zeit sind Telefonate eindeutig Ruhestörung.«

Sie sah ihn an. »Das sind meine Eltern«, sagte sie. »Ich wimmele sie ab. Wenn ich es nicht tue, werden sie es immer wieder probieren und mir eine SMS nach der anderen schicken.«

Max breitete die Arme aus. Sein Lächeln gefiel ihr.

Birte blickte auf das Display ihres Telefons. Es waren nicht ihre Eltern.

»Keine Ahnung, was du heute Abend so vorhattest«, sagte Jan ohne jede Begrüßung. »Aber egal, was es ist, du hast keine Zeit dafür. Wir haben einen Mordfall – und es kann sein, dass Brasch der Täter ist.«

3

Weihnachten war ihm immer ein Gräuel gewesen – schon als Halbwüchsigem im Kinderheim. Da war ihm jedes Jahr wieder klar geworden, dass er allein war, dass ihn niemand abholen würde. Seine Eltern waren tot – umgekommen bei einem mysteriösen Wohnungsbrand. Einmal hatte seine Tante aus Bad Godesberg den Versuch gemacht, ihn einzuladen, aber es war ein Fiasko geworden. Stumm hatte er auf dem Stuhl gehockt, stumm hatte er dagesessen und sein Geschenk ausgepackt – einen Kinderduden, obwohl er schon vierzehn Jahre alt war. Welch peinliches Geschenk! Am nächsten Tag hatten sie ihn beinahe wortlos ins Heim zurückgebracht.

Carla wusste um seine Weihnachtsphobie – trotzdem bestand sie jedes Jahr auf dem vollen Programm: Kerzen, Fensterschmuck, Weihnachtsbaum, auch die Christmette im Dom wollte sie besuchen. Und nun hatte sie auch wieder von einem Kind gesprochen. Sie wollte schwanger werden – sie würde nächstes Jahr vierzig werden, die Schallmauer durchbrechen. Danach würde es zu spät sein.

Zum Glück hatte er Therese, seinen alten Freund Broder und dessen Freundin und Matthias Brasch eingeladen. Also würde der Heiligabend nicht zu besinnlich werden.

Therese kam in ihrem babyblauen Mantel schon um kurz nach fünfzehn Uhr. Sie lachte krächzend, während sie ihn umarmte.

»Früher habe ich mir an Heiligabend nie etwas zu essen gemacht – lohnte sich nicht. Irgendein Kind wollte immer zur Bescherung auf die Welt kommen.«

Therese war vierundachtzig. Als Hebamme war sie in Köln eine Institution gewesen – mehr als fünftausend Frauen hatte sie in fünfzig Jahren entbunden.

Mit Carla verschwand sie in der Küche. Schiller hörte die beiden reden und leise lachen. Geschirr klapperte. Er kam sich nutzlos vor. Alles war aufgeräumt, der Tannenbaum mit Kerzen und roten Bändern geschmückt. Nur in seinem Kopf herrschte ein großes Durcheinander. Er hatte Carla versprochen, darüber nachzudenken, bei der Polizei aufzuhören – sie wollte nicht länger mit einem Hauptkommissar der Mordkommission zusammen sein, der vierundzwanzig Stunden am Tag an seinen Job dachte, wenn er in einem Fall steckte. Aber was sollte er sonst tun? Als Privatdetektiv arbeiten – so wie Brasch? Er wusste, wie unglücklich Brasch war – und mit dem Geld, das er verdiente, kam er kaum über die Runden.

Birte kam ihm in den Sinn. Vielleicht sollte ein Polizist nur mit einer Polizistin zusammen sein – da gab es keine Missverständnisse. Jeder wusste, worum es ging. Aber nein, was waren das für Gedanken? Birte sah gut aus, er mochte ihre roten, perfekt geformten Lippen, ihre blonde Kurzhaarfrisur, sogar ihren Hamburger Akzent, der da und dort noch durchschimmerte, aber sie war nicht mehr als eine gute Kollegin. Außerdem war sie wohl wieder verliebt, wie er glaubte.

Henning Broder kam um halb vier, seine Freundin Ela im Schlepptau. Singend stand Broder in der Tür, zwei Flaschen Champagner in den Händen, die er wie Trophäen in die Höhe hielt.

»Verdammt, Jan«, rief er, »wir beiden alten Waisenkinder feiern Weihnachten zusammen – wie geil ist das denn!«

Sogar Ela küsste ihn auf die Wange – sie war zwanzig Jahre jünger als Broder, ein bleiches, ätherisches Frauenwesen mit langen schwarzen Haaren, das selten mehr als drei Sätze von sich gab. Aus irgendeinem Grund schien sie sich in Broder verliebt zu haben und in ihm einen genialen Maler zu sehen – und seitdem sie zusammen waren, hatte er sogar ein paar Bilder verkauft.

»Außerdem haben wir eine tolle Nachricht zu verkünden!«, rief Broder. Er schaute Ela an und hauchte ihr einen Kuss zu. »Aber das erzählen wir euch später.«

Ela hauchte den Kuss zurück und lächelte dann ganz mädchenhaft.

Sie ist schwanger, dachte Schiller und erschrak. Broder wird uns unterm Tannenbaum erzählen, dass er Vater wird, und Carla wird gute Miene machen müssen.

»Wie schön!«, stammelte er. »Da bin ich aber neugierig!«

Broder umarmte ihn nochmals. »Alles wird gut«, raunte er ihm ins Ohr, ganz fürsorglich und besänftigend, als wüsste er genau, was seinen Freund Schiller umtrieb.

Mit einem Tablett voller Sektgläser kam Carla aus der Küche. Sie trug nun ihr rotes enganliegendes Kleid. Wann war das denn passiert?, fragte Schiller sich. Wann hatte sie sich umgezogen?

Ela griff als Erste nach einem Glas. Vielleicht war sie doch nicht schwanger, wenn sie Alkohol trank.

»Auf einen besinnlichen Heiligen Abend«, rief Carla feierlich aus, während sich auch Broder und Therese an dem Sekt bedienten. Dann reichte sie Schiller ein Glas. Fehlte nur noch Brasch, aber der war schon früher, als sie noch Kollegen gewesen waren, nie pünktlich gewesen.

Während sie sich zuprosteten, spürte Schiller, wie eine gewisse Anspannung von ihm abfiel. Es könnte doch ein entspannter Abend werden – diese Menschen waren seine Familie, und Carla war die Frau, die er liebte – und warum sollten sie eigentlich kein Kind haben?

Zehn Minuten später klingelte sein Smartphone – schrill und durchdringend. Carla warf ihm einen warnenden Blick zu. Du bist nicht im Dienst, sagte dieser Blick, wir feiern Weihnachten.

»Vermutlich sagt Brasch Bescheid, dass er später kommt«, sagte Schiller vor sich hin, doch er sah auf dem Display, dass ihn jemand aus dem Präsidium anrief.

Nele Krach, seine Assistentin, war am Apparat.

»Jan«, sagte sie so aufgebracht, wie er sie noch nie gehört hatte, »wir haben einen Toten im Worringer Bruch und einen Schwerverletzten. Könnte sein, dass dein Freund Brasch jemanden erschossen hat.«

Schiller fuhr immer mit einem beklemmenden Gefühl zum Tatort, auch wenn es ihm – anders als Birte – nicht viel ausmachte, eine Leiche anzusehen. Während er in den Kölner Norden hinausfuhr, rief er Birte an. Sie war am Heiligabend in Köln, warum, wusste er nicht genau, aber es war offensichtlich, dass sie nicht allein war. Trotzdem versprach sie, sofort zu kommen. »Brasch« war das Zauberwort gewesen – was konnte Matthias Brasch mit einem Mord zu tun haben?

Der Tatort lag in einem Waldstück hinter dem Stadtteil Fühlingen. Brasch wohnte ein paar Kilometer entfernt in einem Haus hinter dem Deich – vielleicht war er nur zufällig vorbeigekommen. Hatte er einen Toten entdeckt – und nun glaubte man, er könne der Täter sein? Die Gedanken wirbelten Schiller im Kopf herum.

Nele war im Präsidium – sie hatte Dienst bis um zweiundzwanzig Uhr. Auch bei ihr schienen ein paar Dinge aus dem Gleichgewicht geraten zu sein. Ihr derzeitiger Freund war Musiker, wusste Schiller, ein norwegischer Schlagzeuger, der kaum genug Geld verdiente, um für sein Essen zu sorgen.

»Es sind bisher sechs Kollegen vor Ort.« Nele hielt ihn per Funk auf dem Laufenden. »Dazu ein Krankenwagen. Eine Zeugin hatte den Toten entdeckt. Außerdem ist ein Wagen der Spurensicherung unterwegs. Die Kollegen haben ganz schön geflucht.«

Schiller dachte an Carlas Blick, den sie ihm nachgeworfen hatte, als er die Wohnung verließ. Darum, hatten ihre Augen gesagt, genau darum will ich nicht mehr mit einem Polizisten zusammen sein. Er hatte sich hastig abgewandt.

Der Tatort war schnell zu finden – eine Insel aus Licht inmitten von Dunkelheit. Die Scheinwerfer von zwei Streifenwagen leuchteten die Szenerie aus, so gut es ging: eine Hütte aus Holz mit einem kleinen Fenster. Aus der Decke ragte ein silberfarbenes Ofenrohr. Alles sah provisorisch und baufällig aus. Ein Uniformierter, den Schiller vom Sehen kannte, nickte ihm zu, nachdem er hinter einem Streifenwagen geparkt hatte und ausgestiegen war.

»Den Toten haben wir nicht angerührt«, sagte er. Seine Stimme zitterte ein wenig. »Aber den Kollegen … den ehemaligen Kollegen Brasch … also, er hat wohl noch gelebt. Der Krankenwagen ist vor fünf Minuten mit ihm weggefahren. Sah allerdings nicht aus gut – Kopfschuss.«

Schiller spürte, wie sich sein Magen zusammenzog. Ein Kopfschuss war meistens tödlich – oder wenn nicht, dann war das Opfer in der Regel schwerstbehindert.

Auf dem schmalen Feldweg, der zu der Hütte führte, parkten

ein gelber VW Beetle und Braschs alter Volvo. Schiller ging an den Autos vorbei zum Eingang der Hütte, einer windschiefen Tür, die offen stand. Ein weiterer Uniformierter hatte sich da postiert – nein, es war eine junge Frau, sie hatte die blonden Haare zu einem Pferdeschwanz gebunden. Sie schaute ihn bleich an, ohne etwas zu sagen.

Als er sich vorbeugte, leuchtete sie mit ihrer Taschenlampe an ihm vorbei in die Hütte hinein. Der Tote saß zusammengesunken auf einem Stuhl, es sah aus, als würde er gleich zur Seite kippen, doch er kippte nicht. Er hatte graues, lockiges Haar, das sich an einer Stelle blutig verfärbt hatte. Auffällig waren seine hellgrünen Turnschuhe, die unbenutzt aussahen. In der rechten Hand, die schlaff herabhing, hielt er eine Pistole, deren Fabrikat Schiller nicht erkennen konnte. Er hatte das vage Gefühl, den Mann schon einmal gesehen zu haben, doch er wagte es nicht, näher heranzugehen.

Als er sich abwandte, wich die Polizistin zurück. »Es ist mein erster Toter«, sagte sie leise. »Ausgerechnet an Heiligabend.«

Manche Dinge können wir uns nicht aussuchen, wollte Schiller entgegnen, weder die guten noch die schlimmen, doch stattdessen sagte er: »Wo ist die Zeugin?«

Die Polizistin deutete hinter sich. »Sie sitzt in unserem Streifenwagen und weint.«

Ein Martinshorn war zu hören, dann leuchteten auf dem Feldweg zur Hütte Scheinwerfer auf. Die Spurensicherung – nein, es war Birtes Alfa, erkannte Schiller, während er auf den Polizeiwagen zuging. Ein Kollege saß neben einer Frau im Fond.

»Was ist mit Brasch?«, fragte Birte, während sie näher kam. Sie trug einen langen weißen Mantel und roch nach Parfüm.

»Brasch ist auf dem Weg ins Krankenhaus«, erwiderte er. »Er hat noch gelebt.«

Birte nickte. »Und der Tote?«

Schiller machte eine vage Handbewegung in Richtung Hütte, während er die hintere Tür des Streifenwagens öffnete.

Eine Frau blickte auf. Zuerst sah er nur Haare – einen richtigen, roten Haarwust, dann das schöne Gesicht einer Schauspielerin, und das war sie tatsächlich. Er kannte nur ihren Vornamen –

Julia … Sie hatte in einer Fernsehserie eine Polizistin gespielt. Einer seiner älteren Kollegen im Einbruchsdezernat hatte ihr Foto an seinem Computer befestigt und sie »die schöne Julia« genannt.

Die Frau schluchzte, dann streckte sie eine Hand aus. Sie trug einen schwarzen Mantel und schwarze Handschuhe.

Schiller griff nach ihrem Arm, aber im selben Moment zog sie ihre Hand zurück und schrie: »Was ist mit diesem Mann? Warum hat er Kaspar erschossen?«

4

Birte hatte Max gesagt, dass er bleiben und auf sie warten solle, sie allerdings müsse gehen, ein Kollege sei in Schwierigkeiten. Sie hatte Widerspruch erwartet, eine beleidigte Bemerkung, eine düstere Miene, aber Max hatte sich lediglich auf ihr Sofa gelegt, sein Gesicht in ein Kissen gedrückt und gesagt: »Liege ich eben hier, atme deinen Duft ein und fange an zu träumen.« Dann hatte er gelächelt. »Komm bald zurück, Schöne.«

Vielleicht ist Max wirklich der Richtige, hatte sie gedacht, während sie in den Kölner Norden hinausgefahren war, ein Fahrradkurier, der offensichtlich in sie verliebt war und Bücher schrieb.

Am Tatort angekommen, hatte sie sich den Toten nicht angeschaut. Auf eine hastige Leichenschau legte sie keinen Wert. Aber konnte es stimmen, was hier dem Anschein nach passiert war? Zwei Männer hatten aufeinander geschossen – wie in einem Duell? Auch Matthias Brasch, Schillers ehemaliger Kollege, hatte angeblich eine Waffe in der Hand gehalten. Das hatte zumindest die Zeugin, die rothaarige Schauspielerin, Jan förmlich entgegengeschleudert, als er die hintere Tür des Polizeiwagens, in dem sie saß, geöffnet hatte.

Sie hieß Julia Bärwald, war sechsunddreißig Jahre alt und »so etwas wie die Freundin des Toten« – genauso hatte sie sich ausgedrückt.

Birte hatte sofort registriert, dass Jan von ihr fasziniert war – er konnte so etwas: sich ganz auf einen Fall einlassen und trotzdem eine Zeugin ansehen, als müsste er ihr gleich ein Kompliment machen. In einem Van, den er von der Polizeistation Chorweiler angefordert hatte, führte er die erste Befragung durch. Irgendwie war es ihm sogar gelungen, Kaffee aufzutreiben. Birte sah, wie er sich vorbeugte, wie er dieser Julia Kaffee einschenkte, während sie sich mit einem Taschentuch über die Augen rieb.

Schultke, der Chef der Spurensicherung, war gleichzeitig mit dem Van mit drei Leuten angerückt.

»Mord am Heiligabend«, sagte er lakonisch. »Hatten wir lange nicht mehr.«

Er mochte um die fünfzig sein und hatte sieben Kinder, die nun wohl ohne ihren Vater ihre Geschenke auspacken würden. Routiniert bauten die vier Scheinwerfer auf. Bald sah der Tatort wie eine Filmszene aus. Eine grüne baufällige Holzhütte, von der die Farbe abblätterte. Wie konnte ein Mensch es hier aushalten? Der Tote hatte anscheinend tatsächlich in dieser dürftigen Behausung gewohnt.

Birte machte mit ihrem Smartphone ein paar Fotos von der Hütte und dem Zugang. Dann kam auch der Rechtsmediziner – nicht Dr. Schroeter, der Leiter der Rechtsmedizin, sondern eine junge blasse Frau mit Hornbrille und Pagenfrisur. Sie stellte sich als Dr. Almut Schwäbe vor, zog sich einen Papieranzug über und stampfte wortlos an ihr vorbei zur Hütte, obschon die Spurensicherung sich eben erst an die Arbeit gemacht hatte.

Birte sah ihr nach und überlegte für einen Moment, einfach in ihren Alfa zu steigen und zurück zu Max zu fahren. Sollte Jan sehen, dass er allein zurechtkam. Sie hatte einen Gast, sie wollte Weihnachten feiern. Dann fiel ihr Brasch ein, der vielleicht auf dem Weg zur Uniklinik mit dem Tod rang. Sie musste in Erfahrung bringen, wie es ihm genau ging, ob er möglicherweise doch eine Aussage machen konnte.

Das Geräusch registrierte sie ganz am Rande ihrer Wahrnehmung – ein leises Schluchzen oder ein lauteres Atmen. Sie wusste es nicht genau. Hielt sich hier doch noch jemand auf? Hatten die Kollegen das Umfeld der Hütte gar nicht richtig abgesucht? Das Schluchzen erstarb, während sie an dem Beetle, der Julia Bärwald gehörte, und Braschs Volvo vorbei über eine schmale Rasenfläche in Richtung Wald schritt. Hier umfing sie abrupt Dunkelheit. Wenn jemand sie von einem Versteck zwischen den Bäumen her beobachtete, konnte er es ganz ungestört tun. Doch vom Waldrand konnte das Geräusch nicht hergedrungen sein.

Sie kehrte zurück, und dann endlich begriff sie, woher das Geräusch stammte. In dem Beetle war auf dem Rücksitz ein kantiger Schatten zu erkennen. Sie griff nach der Beifahrertür, die nicht abgeschlossen war, und öffnete sie. Für einen Moment wurde das Schluchzen lauter, dann brach es ab. Ein heftiger Parfümduft strömte aus dem Wagen, als Birte sich vorbeugte.

Ein Kind saß auf der Rückbank, festgeschnallt in einer Plastikschale. Es mochte drei oder vier Jahre alt sein. Mit großen, dunklen Augen starrte es Birte an, dann öffnete es ganz langsam den Mund.

»Oma«, sagte es mit schüchterner Piepsstimme. »Wo Oma?«

Konnte so etwas passieren? Dass eine Mutter ihr Kind vergaß? Birte nahm das Kind in den Arm, als er es ihr schluchzend die Arme entgegenstreckte.

»Alles ist gut«, flüsterte sie der Kleinen zu. Offensichtlich ein Mädchen, wenn man sich die Gesichtszüge und die langen roten Locken anschaute.

»Oma«, wiederholte das Kind fragend. »Wo Oma?«

Birte eilte mit dem Kind im Arm zum Polizei-Van hinüber. Wenigstens schien das Mädchen nicht gefroren zu haben. Es trug einen dicken blauen Anorak, blaue Wollhandschuhe und kleine schwarze Fellstiefel. Zudem mochten die Temperaturen bei etwa vierzehn Grad liegen – eher Frühlingswetter denn Weihnachtskälte.

Julia Bärwald sprang sofort erschreckt auf, als Birte die Tür des Polizeiwagens öffnete.

»Paula!«, rief sie. »Mein Liebling – bist du aufgewacht?«

»Die Kleine hat geweint«, erwiderte Birte vorwurfsvoll.

Jan warf ihr einen düsteren Blick zu. »Ist das Ihre Tochter?«, fragte er dann. »Ist sie die ganze Zeit in Ihrem Wagen gewesen?«

Julia Bärwald nickte. Sie nahm Birte das Kind ab und küsste es auf die Wange, woraufhin die Kleine leise zu weinen begann. »Sie hat geschlafen … und ich wollte doch nur …« Sie brach ab und schluchzte dann auch.

Das Mädchen drückte sein Gesicht gegen die Brust seiner Mutter. Birte empfand Mitleid mit der Kleinen. Was für ein Heiligabend! Das Mädchen sollte irgendwo in einem warmen Zimmer unter einem geschmückten Tannenbaum sitzen und Geschenke auspacken.

»Vielleicht sollten wir lieber ins Präsidium fahren.« Birte sah Jan an. »Und die Befragung da fortsetzen.«

Er nickte, ohne Mutter und Kind aus den Augen zu lassen.

Das Mädchen war nun ganz still. Julia Bärwald strich ihm über den Kopf. Ihr Blick war auf die Hütte gerichtet.

»Kaspar«, sagte sie vor sich hin, »ich wollte ihn holen … Es ist Weihnachten … Wie kann man da in dieser schrecklichen Hütte hocken, wo wir doch … Wir hätten eine Familie sein können.« Sie verstummte.

Birte beobachtete, dass die Rechtsmedizinerin aus der Hütte kam. Hatte sie sich den Toten schon angeschaut? Im nächsten Moment ging bei ihr eine SMS ein.

»Ich koche mir etwas«, schrieb Max. »Und warte auf dich, meine Schöne!«

»Ist Brinkmann der Vater Ihrer Tochter?«, fragte Jan. »Sind Sie deshalb hergekommen?«

»Ja, ganz recht.« Julia Bärwald wiegte ihr Kind. »Dieser merkwürdige, schräge Brinkmann war Paulas Vater – aber er wollte das nicht … wollte nicht, dass jemand davon wusste.«

5

Jan Schiller sah von seinem Fenster im Präsidium den hell erleuchteten Dom. In zwei Stunden würde die Christmette beginnen. Irgendwie glaubte er, der Stadt anzusehen, dass etwas anders war – eine heilige Nacht. Einmal hatte er versucht, Carla zu erreichen, aber sie hatte nicht abgenommen. Zu viert würden sie um den Tisch gesessen haben – mit gutem Essen, Wein und ein paar kleinen Geschenken. Auch Therese war nicht an ihr altmodisches Nokia-Handy gegangen. Dann hatte er Carla eine SMS geschickt, ermattet um eine Erklärung ringend. »Ein komplizierter Fall, in den Brasch verwickelt ist. Er ist im Krankenhaus, schwer verletzt. Komme später.«

Auch darauf hatte er keine Antwort erhalten.

Um Viertel nach neun hatte er Julia Bärwald nach Hause gehen lassen. Birte hatte ihr schlafendes Kind im Arm gehalten, während er sie befragt hatte. Die Schauspielerin wohnte in Müngersdorf am Stadion und hatte Brinkmann überreden wollen, mit ihr Weihnachten zu feiern. Sie hatte dafür sogar ihre Mutter weggeschickt – zu deren Schwester nach Brilon ins Sauerland. Um kurz vor sechzehn Uhr war sie vor der Hütte vorgefahren. Da hatte sie Brasch auf dem Boden liegend vorgefunden, eine Waffe in der Hand – und Brinkmann auf dem Stuhl, ebenfalls mit einer Waffe. Dass er tot war, hatte sie sofort gesehen. Sie hatte einen Notruf abgesetzt und war zur Straße gelaufen. Gesehen hatte sie niemanden. Fünf Minuten später sei der erste Streifenwagen vorgefahren, kurz danach der Rettungswagen …

Während Julia Bärwald sprach, hatte er stets an sie als Schauspielerin denken müssen. Ja, er hatte einmal eine Episode aus der Serie gesehen, in der sie eine Kommissarin gespielt hatte: eine kühle, analytisch vorgehende Polizistin, die von ihren Mitarbeitern bewundert wurde. Die Folge hatte damit geendet, dass sie in einer Bar eine Affäre mit einem Schweden begonnen hatte, der einem Bilderbuch für große blonde Kerle entstammen musste. Anscheinend stand sie privat jedoch auf einen völlig anderen Typ Mann.

Birte hatte die ganze Zeit geschwiegen, sich allenfalls dem Kind auf ihrem Arm zugewandt. Die Kleine hatte immer wieder nach ihrer Oma gefragt, bis Julia Bärwald ungehalten geworden war.

»Paula, die Oma ist nicht da«, hatte sie ihre Tochter angefaucht. »Das habe ich dir doch schon gesagt!«

Danach war die Kleine still geworden und hatte versucht, das Gesicht hinter ihren langen roten Haaren zu verbergen.

Birte hatte sich ebenfalls verabschiedet, nachdem Julia Bärwald gegangen war. »Du bleibst noch?«, hatte sie gefragt.

Er hatte genickt.

»Ich muss nach Hause. Habe Besuch. Morgen um neun bin ich wieder hier.«

Beinahe spürte er einen Stich Eifersucht. Er hatte richtig vermutet: Sie hatte nicht vorgehabt, den Heiligen Abend allein zu verbringen. Es wartete jemand auf sie. Und bei ihm zu Hause? Er probierte es auf dem Festnetzanschluss, doch auch da meldete sich niemand. Vermutlich hatte Carla den Apparat irgendwo in einer Ecke platziert, wo er niemanden störte.

Als er Schultke anrief, ging der Kriminaltechniker sofort an den Apparat.

»Seid ihr fertig?«, fragte Schiller.

Schultke räusperte sich. »So eine windschiefe Hütte ist ein Fest für jeden Techniker. Wir haben ordentlich gearbeitet. Ergebnisse gibt es morgen, aber eines ist schon mal klar. Der Tote hat nicht geschossen. Keine Schmauchspuren in der Hand. Da will uns jemand an der Nase herumführen.« Er sog die Luft ein, als würde er rauchen.

»Und die Waffe?«, fragte Schiller.

»Wir haben zwei Waffen«, entgegnete Schultke. »Die eine hat der Tote noch in der Hand gehalten – die andere lag am Boden. Beide ein Fabrikat. Makarow, 6mm.« Er stöhnte auf. »Das wird uns Arbeit machen.«

Die Makarow war eine russische Waffe, die überall im früheren Ostblock produziert worden war. Auf dem Schwarzmarkt und im Internet war sie leicht zu bekommen.

»Ich muss jetzt los«, sagte Schultke. »Will mit meinen Leuten bei uns im Dorf in die Christmette – falls sie noch mit mir reden. Bis morgen.« Er unterbrach die Verbindung.

Einen Moment später ging ein Anruf ein. »Was ist mit deinem Freund?«, krächzte Therese. »Mit Brasch?«

»Ich weiß es nicht«, sagte Schiller. »Ich fahre gleich in die Uniklinik. Komme dann nach Hause. Feiert ihr noch?« Er hörte Stimmen im Hintergrund.

»Feiern?« Therese klang, als wüsste sie keine Antwort darauf. »Wir feiern hier nicht ohne deinen Freund und dich – nur Ela … Die Kleine ist ein richtiges Biest. Sie wollte nicht auf dich warten oder irgendwie Rücksicht nehmen.« Die alte Hebamme hielt einen Moment inne, dann fuhr sie leiser fort: »Stell dir vor: Henning und die Kleine haben sich heute Abend verlobt.«

Schiller spürte eine Erleichterung, die ihn selbst überraschte. Also war Ela nicht schwanger – es war nur um eine Verlobung gegangen. Broder hatte schwere Zeiten mitgemacht, vielleicht tat es ihm sogar gut, jemanden wie Ela, die ihn grenzenlos bewunderte, an seiner Seite zu haben.

Er nahm sich einen Kaffee und fuhr zur Uniklinik. Obschon es ein kleiner Umweg war, bog er in die Zülpicher Straße ein. Er konnte sehen, dass in allen Fenstern in ihrer Wohnung an der Ecke Sülzburgstraße noch Licht brannte. Gut so – er würde vielleicht doch noch ein Glas Wein trinken und Carla ein wenig besänftigen können.

Eine halbe Stunde ließ man ihn vor dem Eingang zur Intensivstation warten, zwei weitere Kaffee trank er, und dreimal musste er seinen Ausweis zücken. »Kripo Köln. Ich brauche Informationen zu einem ehemaligen Kollegen. Er ist vor ein paar Stunden mit einer Kopfverletzung eingeliefert worden.«

Gegen dreiundzwanzig Uhr kam ein Arzt in einem grünen Kittel, der sich als Professor Dr. Mehring vorstellte. Er hatte schütteres schwarzes Haar, mochte Anfang vierzig sein und wirkte so müde, als sei er seit mindestens zwei Tagen auf den Beinen. Mit leerem Blick schaute er sich Schillers Ausweis an.

»Wir haben vier Stunden operiert und die Kugel entfernt«, sagte er dann. »Sie ist zwischen Großhirn und Kleinhirn eingedrungen und hat möglicherweise keine lebensnotwendigen Areale beschädigt. Aber Genaueres lässt sich frühestens in ein paar Tagen sagen. Wir haben eine Hirnsonde implantiert, damit der Druck im Gehirn nicht steigt. Der Patient ist stabil, atmet eigenständig, befindet sich aber noch in einem kritischen Zustand.«

Schiller spürte, wie die Worte in ihn einsanken. Kritischer Zustand, aber immerhin – Brasch lebte noch.

»Wann kann er eine Aussage machen?«

Der Professor stöhnte auf. »Der Patient ist zu keiner Aussage fähig. Wir haben ihn ins Koma versetzt. In ein paar Tagen wissen wir vermutlich mehr – und nun müssen Sie mich entschuldigen.« Der Arzt war im Begriff, sich abzuwenden, doch Schiller trat auf ihn zu.

»Eines noch: Haben Sie Schmauchspuren an seiner Hand gefunden? Wir müssen wissen, ob er möglicherweise eine Waffe abgefeuert hat.«

»Schmauchspuren?« Professor Mehring starrte ihn verständnislos an. »Hören Sie, der Mann hatte eine Kopfverletzung, die normalerweise tödlich ist. Wir haben andere Dinge zu tun gehabt, als nach seinen Händen zu schauen.«

Nun wandte er sich endgültig ab, drückte auf einen Summer und öffnete den Eingang zur Intensivstation.

Schiller folgte ihm und schob einen Fuß in die Tür, bevor sie zufallen konnte.

»Ich brauche die Kleidung Ihres Patienten. Ich ermittle in einem Mordfall«, rief er, doch der Professor drehte sich nicht einmal um.

Warum hätte Brasch auf jemanden schießen sollen? Und welche Verbindung hatte er zu Kaspar Brinkmann? Schiller empfand die Müdigkeit als eine bleierne Schwere, die sich in seinen Knochen eingenistet hatte. Bevor er zu seinem Wagen ging, spritzte er sich auf einer Toilette am Ausgang der Klinik Wasser ins Gesicht. Nicht einmal der Kaffee hatte ihn noch richtig wachgehalten. Es war kurz vor Mitternacht. Auf den Straßen herrschte kaum Verkehr. Überraschenderweise fand er einen Parkplatz fast vor seiner Haustür. Dann schlich er mit dem Plastikbeutel hinauf, den eine Krankenschwester ihm gegeben hatte und in dem Braschs Kleidung steckte. Die Fenster waren dunkel gewesen – ein schlechtes Zeichen. Oder waren Carla und Therese tatsächlich noch in die Christmette in den Dom gegangen?

Als er die Wohnungstür öffnete, schlug ihm nur Dunkelheit entgegen – und ein leichter Geruch von Nikotin. Wahrscheinlich hatte Broder irgendwann zu rauchen begonnen. Die Küche war peinlich aufgeräumt, der Geschirrspüler lief. Im Wohnzimmer lag Therese auf dem Sofa und schnarchte leise. Also waren sie nicht mehr zum Dom gefahren.

Er ging, ohne ein Geräusch zu machen, ins Schlafzimmer hinüber und zog sich im Dunkeln aus. Von Carla drangen rhythmische Atemzüge zu ihm herüber. Als er sich neben sie legte, flüsterte sie: »Was ist mit Matthias? Lebt er noch?«

»Er lebt«, antwortete Schiller, doch als er seinen Arm um sie legen wollte, schob sie ihn weg.

»Morgen«, sagte sie. »Morgen müssen wir reden.«

Er spürte, wie sein Herz schneller zu schlagen begann. Morgen … morgen müssen wir reden … Wie oft hatte er das schon gehört? Die guten und schlechten Tage in ihrer Beziehung hielten sich mittlerweile die Waage. Carla hatte ihre Arbeit als Kindertherapeutin fast gänzlich eingestellt, sie wollte lange Reisen machen, sich eine Auszeit nehmen … Und er? Was wollte er?

Die Müdigkeit wich, sein Herz schlug in der Dunkelheit, er hatte einen bitteren Kaffeegeschmack im Mund.

Irgendwann musste er jedoch eingeschlafen sein, denn als er die Augen wieder öffnete, war es halb vier in der Nacht. Carla schlief abgewandt von ihm. In dem wenigen Licht, das von draußen hereindrang, war nur ihr langes schwarzes Haar zu sehen.

Leise stand er auf, zog sich an und schlich durch das Wohnzimmer, wo Therese immer noch schnarchte, in die Küche. Nein, er war ein Polizist, dachte er. Carla musste das endlich akzeptieren – außerdem ging es in diesem Fall um einen Freund. Brasch konnte kein Mörder sein. Die fehlenden Schmauchspuren würden es ans Tageslicht bringen. Er schrieb eine Nachricht auf einen Block und hängte sie an die Kühlschranktür. »Bin im Präsidium. Muss beweisen, dass Brasch niemanden getötet hat. Bis nachher. J.«

Zwanzig Minuten später saß er an seinem Schreibtisch und fuhr seinen Computer hoch.

6

»Ich will ein Kind von dir – ein Weihnachtskind.« Hatte er das wirklich gesagt, als er in sie eindrang? Er küsste sie auf den Hals, auf die Wange. Eine Hand glitt sanft wie ein warmer Hauch über ihre rechte Brust. Sie hatte die Augen geschlossen, und da war es wieder – das blaue Gefühl, das sie nur dann und wann mit Martin gespürt hatte. Ein warmes blaues Meer, das in ihr aufbrach.

Doch nun flüsterte er Worte. Kam ein Kind darin vor? Nein, das konnte nicht sein.

Max war Schriftsteller – wenn auch einer, der seit vier Jahren an einem Buch schrieb und bisher nur einen Roman in einem kleinen Verlag veröffentlicht hatte –, er benutzte mitunter seltsame Worte, sagte »Mondblume«, »Nebelkuss«, »Herzensweite«.

Aber was sollte das Geflüster von einem Weihnachtskind?

Birte spürte, wie sich das blaue Gefühl in ihr zurückzog. Max küsste sie aufs Ohr, er stöhnte auf, einmal, zweimal … Sie verlor sich in Gedanken, driftete ab, und dann tauchte Brasch vor ihren Augen auf. Sie glaubte, dass es kein gutes Zeichen war, dass sie nun an ihn dachte, dass er genau in dieser Sekunde starb, während Max auf ihr lag. Sie roch seinen Schweiß, spürte sein Haar an ihrem Hals.

»Was ist?«, fragte Max wenig später.

»Nichts«, sagte sie.

»Du denkst zu viel an euren Fall.« Er lächelte im Dunkeln. Sie konnte es spüren, und wieder kehrte das Gefühl zurück, ihn vielleicht lieben zu können. Sie schob ihn sacht beiseite, beugte sich vor und küsste seinen Stumpf, die vernarbte, fleischige Stelle, wo er seinen Fuß verloren hatte.

Als sie um kurz vor acht aufstand, schlief Max noch. Wie ein kleines, seliges Kind sah er aus, verwoben in einen schönen Traum. Es war der erste Weihnachtstag. Zum Glück hatte er ihr keinen Ring geschenkt, sondern Ohrringe, türkisfarben, für einen Mann sogar sehr geschmackvoll ausgesucht.

Um Viertel vor neun war sie im Präsidium. Jan saß bereits an seinem Schreibtisch. Er war ungekämmt und unrasiert.

»Frohe Weihnachten«, sagte sie und umarmte ihn. »Tut mir leid. Ich habe kein Geschenk für dich.«

Jan schaute sie an.

»Unser Geschenk ist, dass Brasch noch lebt.« Er schien schon länger an der Arbeit zu sein. Auf ein Whiteboard hatte er die Namen »Kaspar Brinkmann«, »Matthias Brasch« und »Julia Bärwald« mit Geburtsdaten und Adressen geschrieben. »Ich konnte nicht schlafen.« Er nippte an dem Kaffee, der vor ihm stand. »Ich habe im Netz recherchiert. Bisher habe ich keinen Hinweis auf eine Verbindung zwischen Brasch und Brinkmann entdecken können.« Er deutete auf den Bildschirm vor ihm. Er hatte Braschs Homepage aufgerufen. »Detektei Matthias Brasch« stand da, daneben ein Foto von Brasch. Er trug seine obligatorische schwarze Lederjacke, war unrasiert, hatte zu lange Haare und wirkte völlig verkatert.

Als wäre es ihm gleichgültig, ob jemand zu ihm Vertrauen fasst oder nicht, dachte Birte. Sie kannte Brasch nur als Jans Freund – ein missmutiger, ewig misstrauisch blickender Zeitgenosse, mit dem sie wahrscheinlich nicht mehr als fünf Sätze gewechselt hatte.

»Ich habe Braschs Kleidung in die Kriminaltechnik gebracht«, erklärte Jan weiter. »Ich hoffe, da taucht heute jemand auf. Glaube aber nicht, dass sie irgendwelche Schmauchspuren finden werden. Der Täter will uns glauben machen, Brinkmann und Brasch hätten aufeinander geschossen, aber richtig gut hat er das nicht angestellt.«

Jan scrollte auf der Seite weiter. Brasch bot seine Dienste an: Recherche, Observierung, Personenschutz, Objektüberwachung … Das Übliche eben, aber er hatte sich wenig Mühe gegeben, sich zu präsentieren. Als Referenzen standen auch nur drei Namen da: eine Versicherung, ein Lebensmittelkonzern und eine Anwaltskanzlei. Birte erschrak: »Kanzlei Carl und Pierre Lavender«, las sie. Pierre war für eine kurze Zeit einmal ihr Liebhaber gewesen. Er hatte in der Wohnung über ihr gewohnt. Zum Glück war er kurz vor Weihnachten ausgezogen, sodass sie sich nun nicht mehr über den Weg liefen.

»Ganz recht«, sagte Jan. »Lavender … Wir müssen ihn befragen, welche Aufträge er Brasch gegeben hat, aber das werde ich erledigen.«

Eine SMS ging bei Birte ein. Verstohlen blickte sie auf das Display ihres Smartphones. »Frohe Weihnachten – vermisse dich, ein einsamer Fahrradkurier«, leuchtete da auf.

Sie musste unwillkürlich lächeln.

»Ja«, sagte Jan und lächelte ebenfalls. »Weihnachten ist das Fest der Liebe, aber wir müssen leider arbeiten.«

Den gelben Beetle, der vor Braschs Haus parkte, sahen sie schon von Weitem. Jan warf Birte einen fragenden Blick zu. »Was treibt unsere schöne Schauspielerin da?« Er gab Gas und bremste dann abrupt ab.

Brasch wohnte in einem frei stehenden Einfamilienhaus, das weiß verputzt war, aber an einigen Stellen bröckelte der Putz und gab das Mauerwerk frei. Er schien sich auch nicht um seinen Garten zu kümmern. Das fahle Gras stand hoch, neben einer Regentonne lehnten zwei alte Fahrräder. Jan öffnete eine Tür in einem Metallzaun, der das Grundstück umgab, und steuerte um das Haus herum. Ein schmaler Weg, der mit morschen Holzplatten ausgelegt war, führte zu einer Terrasse. Julia Bärwald stand da, mit einem Schraubenzieher in der Hand und besah sich die Terrassentür.

»Frau Bärwald«, Jan klang spöttisch, »versuchen Sie sich in der Rolle als Einbrecherin?«

Die Schauspielerin zuckte zusammen und wandte sich um. Sie trug ein weißes Cape über schwarzen Jeans. Ihr rotes Haar leuchtete auf.

»Ich wollte nur …«, stammelte sie. »Es war doch dieser Mann, der Kaspar erschossen hat.«

»Nein«, sagte Jan. »Brasch hat niemanden erschossen. Es sollte nur so aussehen.« Mit einer energischen Bewegung nahm er ihr den Schraubenzieher aus der Hand. »Was wollten Sie denn hier finden? Ein schriftliches Geständnis? ›Ich ziehe nun los, um Kaspar Brinkmann in seiner Hütte zu erschießen.‹?«

Julia Bärwald senkte den Kopf.

»Wo ist Ihr Kind?«, fragte Birte sie.

Die Schauspielerin schaute auf und funkelte sie böse an. Dann sagte sie: »Ich passe immer auf mein Kind auf, immer. Paula ist bei einer Nachbarin. Da ist sie häufiger.«

Jan zog einen Schlüssel hervor. »Wartet hier«, sagte er. Dann ging er um das Haus herum und tauchte wenig später im Innern auf, um ihnen die Terrassentür zu öffnen.

Gemeinsam traten sie ein, Julia Bärwald zögernd, als befände sie sich wieder an einem Tatort.

Das Haus war eine einzige schmutzige Raucherhöhle, es stank nach Bier und alten Zigaretten. Es schien auch, als hätte Brasch nach und nach alle seine Möbel verkaufen müssen. In dem großen Wohnraum gab es nur einen Fernseher, ein rotes Sofa und einen fahlgelben Sessel. Selbst Jan runzelte die Stirn. Auf der Fensterbank reihten sich leere Flaschen aneinander, wahllos Wein- und Bierflaschen, daneben volle Aschenbecher. Brasch hatte offenbar keine besonderen Vorlieben, was er trank.

Nur die Küche ließ erahnen, dass hier auch einmal eine Frau gewohnt hatte: eine Küchenzeile aus Kiefernholz, wie sie vor etlichen Jahren modern gewesen war. Herd, Kühlschrank, Geschirrspüler – nichts fehlte. Allerdings sah alles unbenutzt aus.

»Ich glaube, Brasch hat nichts dagegen, wenn ich uns einen Kaffee koche«, sagte Jan. Er öffnete einen Hängeschrank und fand offensichtlich, was er suchte.

Birte und Julia Bärwald setzten sich an einen langen Holztisch. Hier befanden sich lediglich ein paar Unterlagen. Rechnungen, wie Birte zu erkennen meinte.

»Brasch liegt im Koma«, erklärte Jan, während er eine Espressokanne aus dem Schrank nahm und sie mit Kaffee und Wasser füllte. »Er wird so schnell keine Aussage machen können, aber wahrscheinlich ist er nur zur falschen Zeit gekommen. Der Täter hat auch auf ihn geschossen und hat ihm dann die Waffe in die Hand gedrückt.«

Julia Bärwald starrte den Schraubenzieher an, den Jan auf den Tisch gelegt hatte. »Ich habe in der Nacht keine Sekunde geschlafen«, sagte sie. »Immer habe ich mich gefragt, was dieser andere Mann bei Kaspar wollte … Deshalb bin ich hergekommen … Gewissheit … ich brauche Gewissheit.«

Jan platzierte eine weiße Kaffeetasse vor sie. »Gewissheit brauchen wir alle«, sagte er. »Wer könnte einen Grund gehabt haben, Kaspar Brinkmann zu töten.

Birte bemerkte zum ersten Mal, dass Julia Bärwald grün lackierte Fingernägel hatte. Ihre Hände waren zart und wohlgeformt.

»Kaspar war kein einfacher Mensch«, erwiderte die Schauspielerin. »Er hätte es so leicht haben können, aber das wollte er nicht ... Er ist immer den schweren Weg gegangen. Als er beim Fernsehen richtig gut im Geschäft war, hat er sich mit allen angelegt, hat besondere Storys entworfen, die alle irritiert haben – und dann hat er irgendwann genug gehabt. In diese Hütte zu ziehen war natürlich eine alberne Idee. Und dieser Blog ...« Sie nahm den Schraubenzieher in die Hand und drehte ihn.

»Was für ein Blog?«, fragte Birte.

Julia Bärwald schaute sie an – sie hatte dunkelgrüne Augen, die forschend und hellwach wirkten. »Wissen Sie nichts davon? Er hatte einen Blog im Netz, hat sich ›Meister Eckart‹ genannt – wie dieser Mystiker aus dem Mittelalter. Was natürlich auch eine Provokation war, schließlich ist er vor vielen Jahren aus der Kirche ausgetreten.«

Jan hatte die Espressokanne auf den Herd gestellt. Das Wasser begann zu brodeln, und der Duft von gerösteten Kaffeebohnen breitete sich aus.

»Und was hat er in diesem Blog geschrieben?«, fragte Birte und zog einen Notizblock aus ihrer Jackentasche.

»Alles, was ihm einfiel – über Köln, Politik, Filme, Fernsehen, Schauspieler. Er war ein guter Schreiber, sogar seine Beleidigungen waren immer brillant formuliert.«

»Meister Eckart ist in Köln im Jahr 1325 der Prozess wegen Ketzerei gemacht worden«, sagte Jan. Offenbar wusste er schon von diesem Blog. »Wahrscheinlich hat Brinkmann darauf angespielt.«

Julia Bärwald zuckte die Achseln. Ihr Smartphone klingelte, sie zog es hervor, blickte auf das Display, nahm das Gespräch jedoch nicht an. »Ich weiß nicht, was Kaspar so dachte. Wir haben uns kaum gesehen, er hat immer pünktlich für Paula bezahlt, zweitausend Euro im Monat, aber sonst … Er war ein Sonderling.«

Jan kam mit der Espressokanne und schenkte Julia Bärwald und Birte Kaffee ein. Er lächelte dabei wie ein höflicher Kellner. Ja, diese Bärwald gefiel ihm, das konnte Birte in seinen Augen lesen.

»Ich habe Ihre Biografie bei Wikipedia nachgelesen«, sagte er, während er sich setzte. Ohne Zögern trank er von seinem Kaffee, der eigentlich noch viel zu heiß sein musste. »Hat Brinkmann Sie tatsächlich auf der Straße angesprochen und Ihnen eine Rolle für seine Fernsehserie angeboten?«

»Nein, das war gelogen.« Auch Julia Bärwald nippte an dem heißen Kaffee. »Die Wahrheit war ganz anders. Ich war auf der Schauspielschule vom Kellertheater, und als Kaspar einmal in eine Aufführung kam, bin ich ihm regelrecht hinterhergerannt, aber was ich nicht wusste … Er kannte mich längst, hatte diesen einen Film gesehen, in dem ich mitgespielt hatte …«

»Diesen Pornofilm?«, fragte Jan ungerührt.

Julia Bärwald bedachte ihn über ihre Kaffeetasse hinweg mit einem düsteren Blick. »Es war ein erotischer Film mit einer richtigen Handlung. Es ging da um eine Frau, die sich ausprobieren wollte, die glaubte, dass nicht nur Männer auf Abenteuer aus sein sollten …«

Jan hob die Hände. »Entschuldigung«, sagte er. »Ich habe nur ein wenig im Netz recherchiert, da stand etwas von einem Pornofilm. Spielt aber auch keine Rolle.«

»Allerdings«, sagte Julia Bärwald, »es spielt keine Rolle, es ist zwölf Jahre her – Schnee von gestern, und Kaspar hat es auch nicht gestört, im Gegenteil, er fand es total unkonventionell, in so einem Film mitzumachen.«

Irgendwo im Haus klingelte schrill ein Telefon. Birte blickte sich um. Ja, von dem Flur, über den sie in die Küche gegangen waren, gingen noch zwei Türen ab.

Sie schwiegen und warteten darauf, dass das Klingeln verstummte. Ein Anrufbeantworter sprang an. »Sie haben den Anschluss der Detektei Brasch gewählt«, erklärte dumpf eine

Männerstimme. »Ich will und kann zurzeit nicht mit Ihnen reden, aber sagen Sie mir bitte, was Sie wollen.«

Ein Klicken, dann war undeutlich eine Stimme zu hören, die eine kurze Nachricht hinterließ.

»Und was war mit Leander Kaup, diesem Schauspieler, der den Kommissar Kölsch gespielt hat? Hatten Sie mit ihm eine Affäre?«

Julia Bärwald nippte erneut an ihrem Kaffee. Das Unbehagen, das sie angesichts dieser Fragen befiel, war ihr anzumerken. Sie setzte die Tasse ab und strich sich ihr rotes Haar zurück. »Sie sollten nicht alles glauben, was im Netz steht«, sagte sie.

»Stimmt es nicht?«, fragte Jan.

»Nicht so. Ja, ich hatte mit Leander eine kurze, ziemlich heftige Affäre, aber da war die Geschichte mit Kaspar längst vorbei.«

»Hat Brinkmann nicht wegen dieser Affäre aufgehört, Drehbücher für die Serie zu schreiben?«

Julia Bärwald schüttelte energisch den Kopf. »Das ist völliger Unsinn. Kaspar war niemals eifersüchtig. Er hatte einfach keine Lust mehr, an dieser Serie weiterzuschreiben. Er hatte genug von seiner Erfindung, diesem Kommissar Kölsch, und er wollte auch nicht, dass andere die Bücher schrieben. Damit war die Serie zu Ende – aus, Finis, auch wenn das manchen in der Produktionsfirma nicht gefallen hat.«

»Kaup hat es ihm ziemlich übel genommen«, sagte Jan. »Er hat Brinkmann bedroht, nicht wahr? Auf der Abschiedsparty hat er herumgepöbelt und wollte sich mit ihm prügeln. So stand es jedenfalls im Express.«

»Leander war betrunken – und natürlich ist es für einen Schauspieler ein Schlag, wenn die Serie, in der er die Hauptrolle spielt, eingestellt wird. Aber das passiert immer wieder.«

Julia Bärwald erhob sich. Sie steckte den Schraubenzieher ein. »Ich muss zu meiner Tochter … Und ja, es war dumm, hierherzukommen. Ich bin ein wenig durcheinander. Verzeihen Sie.«

Jan stand ebenfalls auf. »Ich bringe Sie zur Tür«, sagte er. »Und die Sache mit dem Schraubenzieher vergessen wir am besten.«

Birte zog ihr Smartphone hervor, nachdem beide die Küche verlassen hatten. »Heute Abend koche ich«, schrieb sie Max.

»Gegen neunzehn Uhr?« Darunter setzte sie ein Smiley, obwohl es gar nicht ihre Art war, solche Spielereien einzubauen.

Kaum hatte sie die Nachricht abgeschickt, kehrte Jan zurück. »Lavender«, sagte er. »Carl Lavender hat zweimal auf den Anrufbeantworter gesprochen. Er wollte wissen, was mit Brinkmann ist. Anscheinend hat dieser kluge Anwalt noch nicht mitbekommen, dass Brasch angeschossen wurde. Seine Quellen sind wohl in den Weihnachtsferien.«

7

Schiller hatte sich alle Mühe gegeben, vor Birte sein Entsetzen über den Zustand zu verbergen, in dem sich Braschs Haus befand. Das Haus war verdreckt und beinahe völlig leer, so als hätte Brasch Stück für Stück seine Möbel verkaufen müssen. Oder es war ihm schlichtweg gleichgültig, wie er wohnte. Auch in seinem Arbeitszimmer, in dem ein Telefon mit einem altmodischen Anrufbeantworter stand, entdeckten sie keinen Hinweis darauf, warum Brasch bei Brinkmann gewesen war. Zwei Ordner enthielten Rechnungen, die Brasch geschrieben hatte, ein Notizbuch lag da, aber die Aufzeichnungen waren kaum zu entziffern. Sie würden baldmöglichst Carl Lavender ihre Aufwartung machen müssen.

Schiller schaltete den Laptop an, der sich ebenfalls auf dem Schreibtisch befand.

»Jemand, der dieses Haus sieht, würde Brasch nie einen Auftrag geben«, sagte Birte. Sie zog eine Schublade an einem Metallschrank auf und holte eine Pistole hervor – eine Walther P88.

Schiller betrachtete die Pistole stumm. Brasch hatte also eine eigene Waffe besessen, er hatte sie aber nicht zu Brinkmann mitgenommen.

»Würde mich wundern, wenn Brasch einen Waffenschein hätte«, sagte Birte weiter. Sie zog weitere Schubladen an dem Schrank auf, doch schien sie nichts Interessantes zu finden.

Schiller probierte ein paar Passwörter – das beliebte »1234«, dann »MatthiasB«, er erhielt jedoch keinen Zugang. Die Kriminaltechnik würde sich um den Laptop kümmern müssen.

Als draußen eine Wagentür zugeschlagen wurde, erstarrten sie beide für einen Moment. Schiller blickte aus dem Fenster des Arbeitszimmers. »Oh«, sagte er. »Das Wild stellt sich von allein ein.«

Einen Moment später klingelte es nicht etwa an der Tür – es wurde ein Schlüssel ins Schloss geschoben.

Sie gingen in den Flur. Schiller machte Birte ein Zeichen, ein wenig zurückzubleiben, dann öffnete er mit einem Ruck die Haustür.

Überrascht wich Carl Lavender zurück. Er war wie immer wie aus dem Ei gepellt – dunkler Kaschmirmantel, teurer Anzug, handgenähte italienische Schuhe. Erstaunt blickte er Schiller an.

»Stimmt es also, was ich gehört habe«, sagte er ein wenig atemlos. »Dass Brasch in eine Schießerei verwickelt war?«

Schiller nickte dem Anwalt freundlich zu. »Welch Überraschung!«, sagte er. »Sie haben einen Schlüssel für das Haus?«

»Für Notfälle«, erklärte der Anwalt. »Ich hatte gelegentlich mit Herrn Brasch zu tun, und er wollte nicht, dass ich draußen auf ihn warten musste.«

Schiller bat Lavender mit einer Geste einzutreten. »Wie schön, dass Sie sich an einem so hohen Feiertag selbst herbemüht haben«, sagte er. »Müssen wir keinen Hausbesuch mehr machen.« Er führte Lavender in die Küche. »Hat es Ihnen nicht gereicht, Brasch anzurufen? Wollten Sie selbst nach dem Rechten schauen?«

Birte kam hinzu. Obwohl sie sich gut kannten, bedachte Lavender sie lediglich mit einem kurzen Gruß.

»Was genau haben Sie gehört?«, fragte Schiller.

Lavender hatte sich gesetzt, ohne dass ihn jemand aufgefordert hatte. Er öffnete seinen Mantel und seufzte. »Von einem Schusswechsel habe ich gehört … zwischen Brinkmann und Brasch … Ich kenne Brasch nicht sonderlich gut, habe ihm hin und wieder Aufträge gegeben … und da habe ich mir Sorgen gemacht.«

»Sie haben sich so große Sorgen gemacht, dass Sie am ersten Weihnachtstag mit Ihrem Ersatzschlüssel hierherkommen?«, fragte Schiller in einem beinahe schneidenden Tonfall.

Birte starrte Lavender an. Schiller meinte, ihre Gedanken lesen zu können. Lavender gehörte als Anwalt zur ersten Kategorie, niemals brachte ihn etwas aus der Ruhe, doch nun wirkte er um eine Antwort verlegen.

»Ich habe Brasch gebeten, Brinkmann ein wenig im Auge zu behalten. Ich habe einen Klienten, der mit Brinkmann ein paar Schwierigkeiten hat.«

»Wer ist dieser Klient?«, fragte Birte genauso unfreundlich wie Schiller eben.

Lavenders Kopf zuckte herum. Er musterte Birte. »Das darf

ich natürlich nicht sagen. Nur so viel: Es hat mit den Blogs zu tun, die Brinkmann schreibt.«

»Es handelt sich um Raimund Probst«, sagte Schiller. »Den Immobilieninvestor.« Es war ein Schuss ins Blaue hinein – er hatte sich Brinkmanns Blog nur kurz am Morgen angeschaut, aber anscheinend lag er richtig.

Lavender betrachtete den Ersatzschlüssel, steckte ihn dann ein und suchte offensichtlich nach Worten. »Wie gesagt – von mir erfahren Sie nichts. Mandantenschutz.«

»Brinkmann hat sich in einigen seiner Blogs Probst vorgenommen«, sagte Schiller an Birte gewandt. »Probst hat mehrere Häuser in Köln, an der Luxemburger Straße, am Eifelwall – fast überall wohnen Menschen aus Bulgarien und Rumänien. Die Häuser sind völlig überfüllt und in einem sehr schlechten Zustand. Brinkmann hat darüber geschrieben – wie handfester Kapitalismus heutzutage funktioniert.«

»Was genau ist mit Brasch passiert?«, fragte Lavender. Es war ein wenig zu offensichtlich, dass er das Thema wechseln wollte.

Schiller antwortete nicht sofort. »Brinkmann ist tot«, sagte er dann. »Erschossen – und jemand will uns glauben machen, dass Brasch es war. Brasch selbst hat eine Kugel in den Kopf bekommen, aber er lebt.«

Lavender stöhnte auf. Er warf Birte einen Blick zu, als würde er um ihre Hilfe oder wenigstens um ihr Verständnis bitten.

»Ich werde mit meinem Mandanten sprechen«, sagte er. »Ich werde ihm raten, sich bei Ihnen zu melden und eine Aussage zu machen. Ich bin sicher, dass er mit dieser ganzen unappetitlichen Angelegenheit nichts zu tun hat.« Dann erhob er sich. »Schade«, sagte er und reichte Birte ganz förmlich die Hand, »schade, dass es mit dir und Pierre nichts geworden ist.«

Schiller fiel ein, dass er Carla nicht einmal sein Geschenk gegeben hatte. Vielleicht hatte sie sich auch deshalb so abweisend verhalten. Er hatte ihr einen teuren roten Seidenschal gekauft und einen Gutschein für ein Wellness-Wochenende in einem ehemaligen Kloster in der Eifel besorgt – für zwei Personen.

»Bist du verliebt?«, fragte er Birte, als sie ins Präsidium zurückfuhren. Fitschen, der Kriminaldirektor, hatte eine Sitzung einberufen. Seine schlechte Laune hatte er ganz gegen seine sonstige Gewohnheit am Telefon kaum verborgen.

»Kann sein«, sagte Birte. Sie schaute ihn von der Seite an. »Aber bitte frag nicht weiter.«

Schiller nickte. Er überlegte, Carla eine Nachricht zu schreiben, unterließ es dann jedoch. Wahrscheinlich würde er nicht vor dem späten Abend nach Hause kommen.

»Er ist Schriftsteller und Fahrradkurier«, fuhr Birte fort. »Und er macht mir keine Vorwürfe. Dabei habe ich ihn am Anfang belogen. Ich habe mich geschämt, ihm zu verraten, dass ich Polizistin bin. Ich habe ihm einen falschen Namen genannt und ihm gesagt, ich sei Geigenbauerin.«

»Jeder Mann, in den du dich verliebst, kann von Glück reden«, entgegnete Schiller, und noch während er es sagte, kam es ihm wie ein unpassendes, weil zu weit gehendes Kompliment vor.

Birte wollte etwas erwidern, als ihr Smartphone klingelte. »Nein«, sprach sie leise in ihr Telefon hinein, »nein, es macht mir nichts aus, wenn du bleibst. Fühl dich ganz wie zu Hause.«

Schiller sah ihr Profil, er sah, wie sie lächelte, und spürte ein seltsames Unbehagen, als wäre Birte nicht seine liebste Kollegin, sondern jemand, den er beschützen musste.

Zum Glück rief ihn einen Moment später Nele an. Auch sie würde keinen Tag Urlaub nehmen können – wie es aussah. »Keine Schmauchspuren an Braschs Kleidung«, sagte sie. »Eindeutig.«

»Wusste ich es doch«, sagte Schiller. »Wir sehen uns gleich.«

Birte beendete gleichfalls ihr Telefonat. »Er heißt Max«, sagte sie. »Und er hat bei einem Unfall einen Fuß verloren.«

Im Präsidium hatte Fitschen eine kleine Runde im Konferenzraum versammelt. Es war elf Uhr.

»Fröhliche Weihnachten«, begrüßte der Kriminaldirektor sie. »Es hilft ja leider nichts. Da macht uns jemand eine Menge Ärger.«

Schultke und Grauer von der Spurensicherung saßen am Tisch, dazu Nele Krach und zwei Kommissarsanwärter, die

Fitschen offenbar aus dem Weihnachtsurlaub herbeordert hatte. Die Frau mochte Mitte zwanzig sein und hieß Laura Lengsdorf, der Mann war Ende zwanzig und wurde von Fitschen als Christian Berner vorgestellt. Beide kamen von der Polizeihochschule.

Schultke referierte kurz die Spurenlage. Brinkmann war zweifelsfrei in der Hütte erschossen worden – und zwar mit der Waffe, die man am Boden gefunden und die jemand offensichtlich Brasch in die Hand gedrückt hatte. Mit der Waffe, die der Tote in der Hand gehalten hatte, war auch ein Schuss abgegeben worden – vermutlich auf Brasch. Fingerabdrücke hatten sie in der Hütte nur vom Toten gefunden. Ansonsten keine Anhaltspunkte für ein Motiv. Brinkmann hatte nur das Nötigste in seiner Behausung gehabt: ein wenig Kleidung, ein paar Nahrungsmittel, drei Flaschen Wein, ein paar Gramm Marihuana und etwa zehn Bücher – philosophische Schriften, eine Nietzsche-Biografie, die Bibel sowie ein zerlesenes Exemplar von »Ansichten eines Clowns« von Heinrich Böll. Eine Kladde hatten sie beschlagnahmt, aber noch nicht gesichtet. Ein Computer oder ein Smartphone waren nicht gefunden worden. Der Tote besaß noch eine Wohnung in Ehrenfeld an der Venloer Straße. Vielleicht würden sie da fündig werden.

Als Schiller übernahm und von Brinkmanns Blogs und Lavenders Überraschungsbesuch bei Brasch berichtete, wurde plötzlich die Tür zu ihrem Konferenzzimmer aufgerissen. Ein etwa vierzigjähriger Mann mit halblangen dunkelblonden Haaren, die er in einem Mittelscheitel trug, schob sich vor. An seiner Seite eingehakt hielt er eine Frau, die etwa Mitte zwanzig sein mochte.

»Hören Sie zu!«, rief der Mann und stierte mit wirrem Blick in die Runde. »Ich will eine Aussage machen. Ich habe mit der ganzen Sache nichts zu tun. Da kann der Express schreiben, was er will.«

Die Frau, die einen großen, kirschrot geschminkten Mund hatte, hatte sich eine Sonnenbrille ins schneeweiße Haar geschoben, sie trug einen kurzen schwarzen Rock und rote Strümpfe. Man konnte ihr ansehen, wie unwohl sie sich fühlte, während sie neben dem Mann hertrippelte.

»Sibel ist meine Zeugin«, rief der Mann. »Wir waren den ganzen Tag zusammen. Ich habe Brinkmann nichts angetan.«

Schiller brauchte ein paar Sekunden, um den Mann, der in einer zerschlissenen Jeansjacke vor ihnen stand, mit den Fotos zusammenzubringen, die er am Morgen im Internet gefunden hatte. Leander Kaup, der Star aus der Serie »Kommissar Kölsch«, war in den zehn Monaten, seit die letzte Folge gesendet worden war, auf unheimliche Art um Jahre gealtert.

8

»Wann kommst du?«, schrieb Max. »Ich habe Sehnsucht.«

»Ich weiß nicht«, schrieb Birte zurück. »Wir haben einen Mordfall.«

»Weihnachten sollte niemand allein sein«, antwortete er.

Weihnachten sollte man auch niemandem eine Kugel in den Kopf schießen, dachte Birte. Mit der jungen Polizeianwärterin fuhr sie nach Ehrenfeld zur Venloer Straße. In der alten 4711-Fabrik besaß Kaspar Brinkmann eine Wohnung, zumindest war er unter dieser Adresse polizeilich gemeldet.

Jan hatte sich mit dem Schauspieler und dessen blonder Freundin in ihr Büro zurückgezogen. Offenbar waren Fotos von Leander Kaup auf der Internetseite vom Express aufgetaucht – wie er beim Abschiedsabend des Filmteams auf den Tisch gesprungen war und Brinkmann wüst beschimpft hatte.

»Heute Abend Kerzenlicht und ein Vier-Gänge-Menü?« Max ließ nicht locker.

»Haben Sie einen Freund?«, fragte Birte die Polizeianwärterin, nachdem sie kurz auf ihr Smartphone geblickt hatte.

Laura Lengsdorf hatte bisher kaum ein Wort gesagt. Sie wandte den Kopf. Sie hatte ein wenig hervorquellende dunkelgrüne Augen. Etwas fahrig griff sie sich ins kurze dunkelblonde Haar.

»Ich habe eine Freundin«, sagte sie. »Maria – sie ist beim Theater, arbeitet in der Requisite.«

Birte nickte. Einen Moment war sie verlegen. Sie bog von der Venloer Straße ab und parkte direkt vor dem Gebäude, das mit seinen weißen Fliesen und langen Fensterfronten den Charme der fünfziger Jahre ausstrahlte.

»Vielleicht heiraten wir bald«, fügte Laura Lengsdorf hinzu. »Maria hat den Toten einmal getroffen – als sie beim Film ausgeholfen hat. Er muss ein ziemliches Ekel gewesen sein, wollte bei den Aufnahmen neben dem Regisseur sitzen. Das gibt es eigentlich gar nicht – ein Autor am Set.«

»Sehen Sie das?«, fragte Birte, während sie ausstiegen. Eine Gestalt, die einen blauen Kapuzenpullover trug, hatte kurz vor dem Eingang gekniet und eilte nun in Richtung des Innenhofes davon.

Laura Lengsdorf sprang aus dem Wagen, und dann eilten sie der Gestalt hinterher, die aber nach wenigen Metern wie vom Erdboden verschwunden war.

»Es hat sich herumgesprochen, dass Brinkmann tot ist«, sagte die Polizeianwärterin und deutete zum Eingang. Zwei Totenlichter brannten da, daneben lag eine rote Rose. »Vielleicht wollte nur jemand seine Trauer bekunden.«

Sie gingen zum Eingang. Nele Krach hatte jemanden von der Hausverwaltung ausfindig gemacht, der in der Wohnung auf sie warten sollte.

Die Wohnung lag in der neunten Etage. Birte zeigte einem schnauzbärtigen Mann, der ihnen öffnete, ihren Ausweis.

»Ein Jammer«, sagte der Schnauzbärtige. »Der Brinkmann war ein echter Kerl, hat mir immer ein ordentliches Trinkgeld gegeben, wenn ich was reparieren musste. Wie ist er denn umgekommen, der Arme?«

Birte bedachte den Mann mit einem unfreundlichen Blick. »Ich fürchte, wir werden Ihren Schlüssel noch eine Weile behalten müssen. Die Spurensicherung wird sich im Laufe des Tages die Wohnung ansehen.«

Der Mann tippte sich an die Stirn. Er hatte die Abfuhr verstanden. »Schöne Weihnachten noch«, murmelte er, bevor er verschwand.

Brinkmann hatte drei lichte Zimmer bewohnt, sparsam, aber sehr geschmackvoll eingerichtet. An der einen Wand des Wohnraums stand ein etwa fünf Meter langes Regal voller Bücher. Ein weißes Ledersofa war vor einem überdimensionalen Bildschirm platziert. In der Küche wäre auch ein Drei-Sterne-Koch zurechtgekommen – inmitten des Raumes befand sich eine Kochinsel mit einem modernen Gasherd. Wenn man sich die Utensilien besah, die an der Wand hingen – Töpfe, Kellen, Sieb, Messer –, dann war Brinkmann ein leidenschaftlicher Koch gewesen. Der dritte Raum war das Schlafzimmer: ein breites Doppelbett, zwei alte bemalte Bauernschränke, ein Schreibtisch vor dem Fenster und wieder ein Regal mit CDs und Büchern.

»Wenn man solch eine Wohnung besitzt – warum haust man dann in einer Hütte im Wald?«, fragte sich Birte laut.

»Und wieso hatte der Tote keinen Schlüssel bei sich?«, ergänzte Laura Lengsdorf. Dann deutete sie auf das Bett. »Es ist jemand hier gewesen.«

Nun sah Birte es auch: Das Bett – die Bettdecke war zurückgeworfen worden, und die Matratze stand ein wenig erhöht.

»Jemand hat unter die Matratze geguckt.«

Laura Lengsdorf ging zum Schreibtisch vor dem Fenster und beugte sich vor. Ein schwarzes Notizbuch lag da, daneben eine Autozeitschrift. Sonst nichts.

»Hier gibt es zwei schwache Abdrücke – schwarze Schlieren. Habe ich auf meinem Schreibtisch auch.« Sie richtete sich auf.

»Vom Laptop«, sagte Birte. »Da hat Brinkmanns Laptop gestanden.« Sie holte ihr Smartphone hervor und begann, Fotos zu machen. »Jemand hat Brinkmann seinen Schlüssel abgenommen und ist in der Wohnung gewesen.«

Sie fanden nichts von Bedeutung, keine Briefe, kein Fotoalbum, keine Aufzeichnungen. Entweder war Kaspar Brinkmann ein echter Minimalist, was persönliche Dinge betraf, oder jemand hatte diese Dinge bereits an sich genommen. Nur vier gerahmte Fotos hingen im Wohnraum an der Wand. Ein viel jüngerer Brinkmann mit einer rothaarigen Frau und einem ebenfalls rothaarigen lächelnden Kind, das stolz eine bunte Schultüte im Arm hielt – das Bild mochte zwanzig oder dreißig Jahre alt sein. Dann eine Aufnahme aus der Studentenzeit: vier Männer, zu denen auch Brinkmann – mit langem, wallendem Haar – gehörte, bei einer offensichtlich feucht-fröhlichen Bootstour. Zumindest waren im Hintergrund ein Fluss und ein Ruderboot zu sehen. Als drittes ein Foto mit Kaup und Bärwald – offenbar am Filmset aufgenommen. Das vierte Bild – eine Schwarz-Weiß-Aufnahme – zeigte einen jungen Mann in einem Tennisdress, der heiter in die Kamera lachte. In seinen erwachsenen Zügen lag das Lächeln des Kindes mit der Schultüte verborgen. »Sven – 1985–2011«, stand unter der Fotografie.

Birte nahm die Fotos von der Wand. Keine große Ausbeute, aber für weitere Spuren sollten sich Schultkes Leute einmal umsehen.

Laura Lengsdorf hatte sich das Telefon vorgenommen – den Festnetzanschluss. Sie notierte sich die Nummern der letzten Anrufer. Zuletzt hatte jemand vor einer Stunde versucht, Brinkmann zu erreichen. Eingespeichert hatte Brinkmann keinen einzigen Namen.

Birte versiegelte die Tür, dann liefen sie hinunter. Wieder war eine SMS eingegangen. Diesmal aber nicht von Max, sondern von Pierre Lavender. »Unser Mandant wird sich melden«, stand da. »Frohe Weihnachten!«

Für einen Moment war sie erstaunt, dass Pierre es wagte, ihr solch eine lapidare Nachricht zu senden. Er hatte sie betrogen und dann so getan, als wären sie lediglich gute Freunde gewesen. »Man soll sich nicht mit Anwälten einlassen«, hatte Jans lakonischer Kommentar gelautet. Aber nein, es passte ins Bild – die Lavenders waren Profis und immer auf den Vorteil ihrer Mandanten bedacht.

Ein frischer Wind war aufgekommen, Wolken ballten sich am Himmel zusammen. Es sah nach Regen aus, ein grauer trostloser Regen an einem Weihnachtstag.

»Es gibt noch eine Trauerbekundung«, sagte Laura Lengsdorf, während sie das Gebäude verließen.

Ein alter Mann stand etwa zehn Schritte vor ihnen, schwer auf einen Stock gestützt, und blickte zum Eingang. Er trug eine Baskenmütze und einen hellen Mantel und hielt eine weiße Rose in der Hand. Mit trauriger Miene nickte er ihnen zu. »Polizei?«, fragte er.

»Wer sind Sie?«, entgegnete Birte. Für einen Moment glaubte sie, dass es sich um Brinkmanns Vater handelte.

Der alte Mann hatte Mühe, seine Baskenmütze zu lüpfen, ohne dass ihm die Blume aus der Hand fiel.

»Gestatten, Professor Albing«, sagte er. »Kaspar Brinkmann ist mein bester Student gewesen und später fast so etwas wie ein Freund.«

»Wann haben Sie ihn zuletzt gesehen?« Während sie näher trat, bemerkte Birte, dass der Professor weit über achtzig sein musste, aber ja, Kaspar Brinkmann war siebenundfünfzig, also musste sein Lehrer längst emeritiert sein.

»Gesehen haben wir uns so gut wie nie. Wir haben telefoniert – jeden Donnerstagabend um neunzehn Uhr. Und ich habe seine Blogs gelesen. Er war ein brillanter Schreiber.«

»Seit wann wissen Sie, was mit Brinkmann passiert ist?«

Der alte Mann lächelte müde. »Ich habe es heute Morgen erfahren – stand auf der Seite vom Stadtanzeiger. ›Kaspar B. – ermordet‹. Wer sollte Kaspar B. sonst sein?«

Er reichte Laura Lengsdorf die Rose. »Wären Sie so nett, die Blume für mich auf die Stufe zu legen?« Er lächelte wieder.

Die Polizeianwärterin nahm die Rose, schaute sie einen Moment an und wandte sich dann ab.

»Wer könnte Brinkmann ermordet haben?«, fragte Birte.

Der alte Mann legte sein Gesicht in Falten. Er trug ein Hörgerät. Er schwankte ein wenig. Birte fragte sich, ob er in der Nähe wohnte.

»Kaspar hat bestimmt viele Leute vor den Kopf gestoßen. Die Leute beim Fernsehen haben ihn gefürchtet. Haben Sie seine Blogs gelesen? Nach dem Tod seines Sohnes ist er hart und kompromisslos geworden.« Der Professor hob die Hand und deutete auf das Foto, das Birte in der Hand hielt. »Er hat Svens Tod nie verwunden, nie wirklich, auch wenn es eine Zeit lang so aussah und er sich alle Mühe gegeben hat, es nicht zu zeigen.«

Laura Lengsdorf kehrte zurück. Die ersten Regentropfen fielen. Der alte Professor schien es nicht zu bemerken. »Haben Sie schon mit Katja gesprochen? Kaspars Ehefrau? Sie weiß vermutlich besser, mit wem er sich alles angelegt hat, auch wenn sie schon lange nicht mehr zusammen waren.«

Nein, hätte Birte beinahe entgegnet, wir haben Brinkmanns Frau noch nicht gesprochen – wir wissen eigentlich gar nichts über ihn. Sie zog eine Visitenkarte aus ihrer Tasche hervor.

»Könnten Sie uns im Präsidium aufsuchen?«, fragte sie. »Morgen Nachmittag? Ich weiß, es ist der zweite Weihnachtstag, aber …«

»Ich habe nichts vor«, unterbrach sie Professor Albing. »Zwischen drei und vier trinke ich immer Kaffee und spreche mit Freja, meiner toten Frau, damit mein Schwedisch nicht einrostet, aber das kann ich leicht verschieben.«

9

Wer hatte ihm einmal erzählt, dass Schauspieler zu der Gattung Mensch gehörten, die man am meisten überschätzte? Sie galten als Experten für alles, weil sie einfach alles spielten: Serienkiller, Politiker, Sportler, Liebhaber, Polizisten. Keine Talkshow im Fernsehen, die ohne einen Schauspieler als Gast auskam.

Schiller hatte sich, Leander Kaup und dessen Begleiterin mit Kaffee versorgt. Kaup hatte seine erste Unsicherheit abgelegt, er machte nun auf Star, der eine junge schöne Freundin hatte und dem man in der Presse übel mitspielte. Händchenhaltend saß er neben Sibel, eine kalte Zigarette im Mundwinkel, und erklärte sich.

»Kaspar und ich, wir wussten von Anfang an, dass wir nur gemeinsam Erfolg haben könnten. Ich habe meine Rolle als Kommissar definiert, und er hat das dann aufgeschrieben. Manchmal habe ich ihm auch ein paar Ideen für die Handlung rübergeschoben, habe kein großes Gewese darum gemacht. Es waren seine Bücher, und es war meine Rolle. Ich war Kommissar Robert Kölsch. Ohne mich hätte es diesen Erfolg nie gegeben. Ich …«

»Verstehe.« Schiller unterbrach den Schauspieler. Er hatte sein Diktiergerät auf den Tisch gelegt. Kaup hielt es ständig im Auge, als wolle er sichergehen, dass keines seiner Worte verloren ging. »Sie und Brinkmann waren eigentlich ein Herz und eine Seele.«

»Nun, wir sind beide richtige Alphatiere – er und ich. Da gab es schon mal Reibungen, vor allem wenn er am Set auftauchte.« Kaup strich seiner Freundin über den Arm, die seine Geste als Aufforderung verstand, zu seinen Worten zu nicken.

»Sie haben Brinkmann nicht gedroht?«

»Gedroht? Nein, so würde ich es nicht nennen. Ich habe eine kleine Performance abgehalten – bei unserem Abschiedsfest. Der Schlusspunkt nach fast zehn Jahren und zweiundfünfzig Folgen. Kaspar hat etliche Leute arbeitslos gemacht, viele haben von unserer Serie gelebt. Sie glauben gar nicht, was an so einer Produktion alles hängt, Darsteller, Kameraleute, Ausstatter, Beleuchter,

Caterer … Nur weil Brinkmann keine Lust mehr hatte, stehen nun die meisten auf der Straße … Eigentlich wollten wir sogar einen Kinofilm drehen – hundertzwanzig Minuten Action und Drama. Kommissar Kölsch auf der großen Leinwand, aber der werte Herr Brinkmann wollte nicht mehr, er wollte eine Hütte im Wald beziehen, ein Eremit werden, der im Internet Unsinn schreibt …« Kaup stöhnte auf, dann wandte er sich um und küsste seine Freundin auf die Wange. Sie nickte wieder und leckte sich über ihre kirschroten Lippen.

Schiller überlegte, dass er mit der Freundin allein hätte sprechen sollen, aber nun war es zu spät dafür. »Also keine Drohung von Ihnen?«

»Keine ernst gemeinte – nicht so, wie es im Express steht. Ich habe nicht geschrien: ›Man sollte dich vierteilen und meinen Hunden zum Fraß vorwerfen.‹ Ich habe gar keine Hunde.« Er grinste. Seine Augen waren gerötet.

Zu viel Alkohol, dachte Schiller, so sah jemand aus, der nicht ohne ein gewisses Quantum an Alkohol ins Bett ging.

Kaup strich seiner Freundin mit seiner freien linken Hand über die Finger ihrer rechten.

»Was spielen Sie zurzeit?«, fragte Schiller. »Haben Sie ein Engagement?«

Kaup hielt einen Moment inne, so abrupt, dass seine Freundin ihn anschaute.

»Ich bereite mich auf neue Rollen vor«, sagte er vage. »Ich brauchte eine Auszeit, aber es gibt ein paar schöne Angebote … Sind richtig große Rollen dabei. Man wird wieder von mir hören.« Er reckte sich, als wäre ein imaginäres Publikum im Raum, dem er sich präsentieren müsse.

»Herr Kaup«, sagte Schiller förmlich, »und nun sind Sie zu uns gekommen, um zu erklären, dass Sie ein Alibi haben, dass Sie Kaspar Brinkmann nicht getötet haben?«

»Ganz recht«, erwiderte Kaup. »Bevor es Missverständnisse gibt … Der Artikel im Express war da nicht gerade hilfreich … Kaspar und ich, wir hatten unsere Probleme, zugegeben, aber ich hätte ihm niemals auch nur ein Haar gekrümmt. Das will ich vor aller Welt klarstellen.«

»Und was genau haben Sie am Heiligabend gemacht?«, fragte Schiller. Er blickte Sibel an, die jedoch sofort die Augen niederschlug.

»Wir haben eingekauft – morgens am Chlodwigplatz, und dann haben wir es uns den ganzen Tag gemütlich gemacht. Falls Sie verstehen, was ich meine, Herr Kommissar?« Kaup lächelte anzüglich und tätschelte seiner Freundin wieder die Hand.

»Sie haben also Ihre Wohnung nicht mehr verlassen?« Schiller nahm Sibel ins Visier.

Sie nickte und leckte sich erneut über ihre vollen Lippen. »Das können Sie bestätigen, Frau …?«

»Vargas«, sagte Kaups Freundin, »ich heiße Sibel Vargas … Meine Eltern kommen aus Ungarn«, fügte sie beinahe entschuldigend hinzu. »Ich war mit Leander zusammen, wir haben gekocht, DVDs geguckt und so …«

Schiller schwieg einen Moment. »Gut.« Er tat, als wollte er das Diktiergerät abschalten, hielt dann jedoch in der Bewegung inne.

»Wenn der Express noch einmal so etwas schreibt, werde ich einen Anwalt einschalten«, erklärte Kaup. Zum ersten Mal ließ er die Hand seiner Freundin los.

»Eine Frage noch.« Schiller lächelte Sibel Vargas an. »Diesen Abdruck da auf Ihrem rechten Handrücken … kriegt man so einen Stempel nicht aufgedrückt, wenn man abends in einen Club geht? Damit man rausgehen, eine Zigarette rauchen und wieder hereinkommen kann?«

Verwirrt blickte Sibel auf ihre Hand. »Ja«, sagte sie, »ganz recht.«

»Könnte es nicht sein, dass, wenn wir herumfragen, ob man Sie gestern Abend irgendwo gesehen hat, dass da jemand sagt: Ja, diese schöne blonde Frau war hier! Könnte das nicht sein?«

Sibel warf Kaup einen hilfesuchenden Blick zu.

Der Schauspieler verzog den Mund und erhob sich. »Netter Versuch«, sagte er barsch, »aber Sie haben doch gehört, was Sibel gesagt hat. Wir waren den ganzen Tag zusammen – von morgens bis tief in die Nacht.«

Zögernd stand Sibel gleichfalls auf. Sie war ein Stück größer als Kaup, zog aber den Kopf ein, als müsse sie sich neben ihm kleiner machen.

»Eine Falschaussage ist kein Kavaliersdelikt, Frau Vargas«, sagte Schiller. Er hatte sich ebenfalls erhoben und schritt zur Tür, um sie zu öffnen. »Vielleicht überlegen Sie sich Ihre Einlassung noch einmal. Wenn Sie abends in einem Club waren – vielleicht waren Sie dann auch am Nachmittag nicht zu Hause. Könnte doch sein.« Er hielt der blonden Frau eine Visitenkarte hin, die sie erst nahm, nachdem sie Kaup angeschaut hatte.

»Wo kann ich Sie finden?«

»Wir wohnen in Marienburg«, sagte Kaup. »Kastanienallee – eine ruhige, schöne Straße. Wenn die Polizei uns besuchen will, sollte sie das jedoch bitte vorher ankündigen.« Er machte eine Kunstpause – ganz großer Schauspieler. »Damit wir auch zu Hause sind.«

Blog Nummer 32
Meister Eckart spricht: Ich segne deinen Schwanz, Herr K.

Liebe Leute, kennt ihr das nicht? Überall wimmelt es von Schauspielern. Kaum dreht man sich um, steht da ein Schauspieler, in jedem Café, in jedem Restaurant sitzen sie und lauern. Überall kräht einer herum und guckt, als wolle er sagen: Ich bin ein Star, beachte mich, frag mich nach einem Autogramm gefälligst! Ganz Köln ist voll von diesen Leuten – und sie stecken andere an. Jeder glaubt schon, heute ein wenig schauspielern zu müssen. Selbst die Pfaffen hinter ihrem Altar sind davon betroffen – gucken ganz andächtig in die Höhe, wenn sie uns die Hostie hinhalten, als würden sie Gott persönlich erschauen.
Aber sogar unter den Schauspielern gibt es noch die Oberschauspieler – die ganz Eitlen, die selbst morgens beim Zähneputzen Schauspieler sind, die selbst auf dem Sterbebett fragen, wie sie aussehen, ob sie ihre Rolle gut angelegt haben. Herr K. ist so einer – einer dieser Überschauspieler, die nichts anderes können, als anderen etwas vorzumachen. Herr K. erbleicht nicht, wenn man ihn etwas fragt – er weiß stets auf alles eine Antwort. Wäre Herr K. ein Sänger auf der Bühne, würde er sich eine Hasenpfote vorne in

die Hose schieben – so einer ist Herr K. Er kann sich zwar, weil er nun beim Film ist – oho, beim Film! –, kaum noch Text merken, aber er braucht Frauen um sich – immer Frauen um sich, die ihn kuhäugig anhimmeln. Politiker messen ihre Wichtigkeit daran, wie viele Bodyguards sie bewachen; Herr K. merkt seine Wichtigkeit daran, wie viele Frauen ihn angaffen – seinen so kraftvollen Gang, sein luftiges Haar, sein unwiderstehliches Lächeln.
Nur manchmal, nachts vor dem Spiegel, ist K. ganz allein und ganz traurig, und da fällt ihm schon mal eine kleine blaue Pille aus der Hand.
Hallo, Herr K., was willst du mit all diesem Viagra-Kram? Komm zu Meister Eckart, er könnte deinen Schwanz segnen und zu einem aufrechten Leben erwecken.

Der Blog war gut zwei Jahre alt, es war nicht schwer zu erraten, wen Brinkmann mit Herrn K. gemeint hatte. Zu der Zeit lief die Serie noch, ja, sie hatten sogar noch einige Folgen abzudrehen. Aber waren ein paar Beleidigungen es wert, jemandem eine Kugel in den Kopf zu schießen? Wohl nicht. Auch dass Kaups Karriere vielleicht am Ende war, weil Brinkmann keine Drehbücher mehr geschrieben hatte, mochte ein Grund sein, ihm die Pest an den Hals zu wünschen, aber für einen Mord war selbst das zu wenig. Gleichwohl schrieb Schiller Kaups Namen und den von dessen Freundin auf das Whiteboard. Sie würden Sibel Vargas nochmals befragen müssen. Es sah doch so aus, als wäre sie am Heiligabend abends ausgegangen – ohne Kaup.

»Ein seltsames Paar.« Nele kam herein. »War es eine gute Idee, diesen Polizeianwärter allein zur Obduktion zu schicken?«, fragte sie.

Schiller nickte. »Schroeter hat bestimmt furchtbar gute Laune«, meinte er spöttisch.

»Nein«, sagte Nele. »Schroeter ist in den Weihnachtsferien – Ski fahren in der Schweiz. Die ganze Arbeit bleibt an dieser bleichen Frau Dr. Schwäbe hängen.«

»Umso besser«, erwiderte Schiller. »Dann muss unser junger Kollege sich wenigstens keine Anekdoten aus dem Alltag eines berühmten Rechtsmediziners anhören.«

Nele legte ihm einige Computerausdrucke auf den Tisch. »Brinkmann war immer noch verheiratet«, sagte sie. »Mit Katja Brinkmann, geborene Mißfelder – sie wohnt in Lohmar im Bergischen, hat dort einen Pferdehof. Sie hatten einen Sohn, der aber 2011 gestorben ist. Ein tragischer Unglücksfall – Sven Brinkmann war damals Medizinstudent, er ist an einer Ampel am Ring von einem Raser überfahren worden, ging damals groß durch die Presse.«

Schiller trat an seinen Schreibtisch und blätterte die Papiere durch. Die Kopie eines Artikels aus dem Stadtanzeiger war dabei. »Tödliches Autorennen – Raser überfährt unbeteiligten Studenten«.

Er meinte, sich an das Unglück zu erinnern, das damals wochenlang für Schlagzeilen gesorgt hatte. Ein paar Monate später war der Fahrer, ein zwanzigjähriger Deutscher mit marokkanischen Wurzeln, zu acht Monaten auf Bewährung verurteilt worden.

»Weiß diese Katja Brinkmann schon, dass ihr Mann tot ist?«, fragte Schiller. Sie mussten einen Angehörigen finden, der den Toten identifizierte – und Julia Bärwald war juristisch wohl dazu nicht geeignet.

»Ich schicke einen Beamten vorbei«, sagte Nele. »Und ... ach ja, ein Herr Probst hat sich angekündigt. Er will morgen um zehn Uhr vorbeikommen, um eine Aussage zu machen.«

Der Immobilienhai – Carl Lavender hatte Wort gehalten.

Schiller war immer noch erstaunt, dass der Anwalt einen Schlüssel zu Braschs Haus besessen hatte. Auch dessen Ex-Freundin mussten sie Bescheid geben – Leonie, die schöne Leonie, für die er Brasch früher bewundert hatte.

Über Raimund Probst hatte Brinkmann auch diverse Blogs geschrieben. Den letzten vor zwei Wochen.

Blog Nummer 134
Meister Eckart spricht: Ein Hai sagt guten Tag

Liebe Leute, kennt ihr auch solche Zeitgenossen? Bevor sie was Wichtiges machen, kratzen sie sich erst mal ... Pardon ... am

Sack. R.P. – nennen wir ihn der Einfachheit halber so – ist so einer. Er steht morgens auf und greift sich erst mal zwischen die Beine, dann wankt er ins Bad. Seine Frau ist nicht mehr ganz jung, aber schön und sonnengebräunt, keine Frage, doch ihr Aussehen interessiert ihn längst nicht mehr. Er kennt nur noch ein Parfüm – den Duft von Geld oder von noch mehr Geld. Er hat auch seine Lust an Bargeld nicht verloren – am liebsten sieht er es in seinem Büro auf seinem polierten Mahagonischreibtisch, Haufen von Geld, ordentlich abgepackt, denn Ordnung liebt er auch.
Ach ja, er nennt sich Investor oder Immobilienentwickler, dabei ist er nichts anderes als ein kleiner Immobilienhai, ein mieser Gauner, dem erst einige Mietshäuser gehört haben, dann immer mehr Mietshäuser. Für die Lage dieser Häuser hat er einen eigenen Stadtplan in seinem Büro an der Wand hängen – überall, wo ihm ein Haus gehört, ragt eine schöne gerade Stecknadel aus dem Plan, mit einem schönen roten Kopf. Der Stadtplan ist übersät von roten Köpfen.
Acht Häuser gehören ihm allein in der Südstadt vom heiligen Köln – habe ich erwähnt, dass er gern in die Kirche geht? Weihnachten sogar in die Messe –, und für diese Häuser hat er sich etwas Besonderes ausgedacht oder von seinen Experten ausdenken lassen. Er hat die Häuser verfallen lassen, bis alle Mieter ausgezogen sind, und dann hat er die Zimmer einzeln vermietet – an Menschen aus Bulgarien und Rumänien, die nirgendwo eine Bleibe finden konnten. Vier Erwachsene und sechs Kinder in einem Zimmer – eine ganze Familie. Abgerechnet wird pro Kopf – die Kinder zahlen den halben Preis. Er ist ja kein Unmensch.
Betreten hat er diese Häuser schon lange nicht mehr. Kein Wunder, es stinkt und schimmelt, und irgendwo schreit immer jemand. Aber manchmal, ganz heimlich, steht er nachts vor einem der Häuser, rechnet aus, was sie ihm bringen – so aufs Jahr gesehen –, und kratzt sich am Sack.

Den Blog hatte Brinkmann mit Fotos garniert – ein Stück abgebrochene Fassade, ein Blick in einen Gerümpelkeller, ein Zimmer mit drei Etagenbetten, ein zerbrochenes Fenster, Kabel, die aus der Wand hingen, ein Müllberg in einem Hinterhof. Es waren etwa zwanzig Fotos, die in mindestens zwei verschiedenen Häusern aufgenommen worden waren. Menschen waren auf den Aufnahmen nicht zu sehen – nur leere Flaschen, Mülltüten und liegen gelassenes Kinderspielzeug.

Kein Wunder, dass Probst nicht besonders gut auf Brinkmann zu sprechen war, aber offenbar war es ihm nicht gelungen, den Eintrag sperren zu lassen. Brinkmann hatte auch nur dessen Initialen erwähnt, jedermann in der Stadt konnte sich allerdings denken, wer gemeint war. Welchen Auftrag konnte Brasch von Lavender bekommen haben? Sollte er Brinkmann einschüchtern oder ihn überwachen? Schiller konnte sich nicht vorstellen, dass Brasch sich zu solchen Dingen hergab, aber was wusste er von seinem ehemaligen Kollegen? Nicht viel – und der Zustand seines Hauses sprach Bände, wie es ihm finanziell ging.

Schiller schrieb auch Probsts Namen an das Whiteboard. Dann rief er Brinkmanns letzten Blog auf, den er vor zwei Tagen verfasst hatte – offenbar in einer ganz anderen Stimmung, als hätte er seinen Tod geahnt.

Blog Nummer 159
Meister Eckart spricht: Ein Himmel aus Musik

Liebe Leute, kennt ihr das auch? Den Gedanken an den perfekten Tag, die Erinnerung, die das Herz erwärmt und erfüllt? Ein Gefühl, das aus der Mitte des Körpers strömt und einen wach und ganz macht? Keine Gedanken an all den Müll, mit dem man den lieben langen Tag vollgestopft wird. Ist mein iPhone aufgeladen? Ist der Wagen aus der Reparatur zurück? Wieso ist mein Kollege unpünktlich? Warum hat der Kindergarten geschlossen? Warum kann ich meinem Hausarzt nicht mehr trauen? Und wieso reden die Politiker immer den gleichen Unfug? Ich spreche von etwas anderem – von Momenten, die nicht einfach so verwehen, die bleiben, bis man den letzten Atemzug tut.
Ein Tag im Juni – eine Hand, die einem am Morgen beim Erwachen schon über das Gesicht streichelt, Haut an Haut, ein Lächeln

wie eine Botschaft. Und das Gefühl, mit diesem Menschen will ich immer zusammen sein.
Gewissheit, ja, Gewissheit verströmt der Tag. Ein Frühstück auf einer Terrasse am Fluss. Möwen treiben am Himmel. Die rote Frau ist da und verjagt Gespenster. Sie ist wirklich rot – rotes Haar, rotes Kleid, ein rotes, erfüllendes Lächeln. Es gibt keine Gespenster mehr, sagt ihr Lächeln, vergiss das alles. Gegenwart, alles ist Gegenwart.
Später das Konzert unter freiem Himmel. Vier Musiker weben ein Netz aus Tönen, laut und leise, mal wie ein funkelndes Wetterleuchten, dann wie ein sanfter Wolkenfluss. Die rote Frau im Arm, sie wiegt sich hin und her. Ich liebe, sagt der Rhythmus ihrer Bewegungen, sagt alles an ihr. Und du antwortest ihr genauso: Ja, ich kann doch lieben – in dieser Welt, unter diesem Himmel aus Musik.
Irgendwann geht die Sonne unter, und die rote Frau führt dich nach Hause.

Eine schöne, warme Erinnerung. Für diesen einen Tag hat es sich gelohnt zu leben.

Wer war diese rote Frau? Julia Bärwald? Es war anzunehmen, doch aus welchem Grund hatte Brinkmann diesen letzten Blog verfasst? War es eine Art Testament – eine Liebesbekundung an eine Frau, mit der er ein Kind hatte, die er aber enttäuscht und im Stich gelassen hatte?

Schiller musste unwillkürlich an Carla denken. Was waren ihre unvergesslichen Momente gewesen? Sie war der wichtigste Mensch in seinem Leben und dennoch …

Als er zu seinem Smartphone griff, sah er, dass Birte ihm eine Nachricht geschickt hatte. »Nichts gefunden in Brinkmanns Wohnung – war offensichtlich jemand vor uns da. Muss sich die Spurensicherung ansehen.«

Dann wählte er Carlas Mobilnummer.

Sie nahm sofort ab. »Na«, sagte sie, »hast du deinen Mörder schon gefangen?«

Sie klang so aufgeschlossen und freundlich, dass bei ihm für einen Moment die Hoffnung aufkam, sie hätte ihm den verunglückten Heiligabend schon verziehen.

»Fröhliche Weihnachten«, sagte er ebenfalls in einem besonders freundlichen Tonfall. »Wollen wir essen gehen? Ich könnte eine Pause machen und in einer halben Stunde bei dir sein.«

»Nein«, erwiderte sie, nun ernster, »bemühe dich nicht. Ich bin mit Therese in die Eifel gefahren, wir sitzen am Rursee und genießen den Tag. Es scheint sogar die Sonne.«

10

Ihre eigene Nummer leuchtete auf dem Display ihres Smartphones auf. Max wurde nun offenbar doch ungeduldig.

»Du stehst im Telefonbuch«, sagte er. »Weißt du das?«

Birte musste unwillkürlich lächeln. »Ja, ich weiß. Warum fragst du?«

»Es hat jemand angerufen – ein Mann. Er will sich mit dir treffen – wegen des Mordfalls, hat er gesagt.«

Klassische Musik lief im Hintergrund. Max hatte sich tatsächlich häuslich bei ihr eingerichtet. Er selbst bewohnte nur ein kleines Apartment am Ubierring, zwei Zimmer mit einer winzigen Küche, aber von einem Fenster aus konnte man die Spitzen des Doms sehen – so hatte er ihr die Wohnung jedenfalls beschrieben. Eingeladen hatte er sie dorthin noch nie.

»Wer will sich mit mir treffen?«

»Seinen Namen hat er mir nicht verraten. Er ist ein Informant, hat er gemeint, und er will dich sprechen. In einer Stunde im Café Reichardt.«

In einer Stunde. Es war nun halb zwei. Birte war mit der Polizeianwärterin auf dem Weg zurück ins Präsidium.

»Wie geheimnisvoll!«, sagte sie. »Aber gut, ich werde da sein.«

»In der Zeit«, sagte Max, »werde ich kochen und deine Wohnung verwüsten. Wie gefällt dir der Gedanke?«

Für einen Moment hatte sie keine Antwort darauf. In den letzten zwei Jahren war ihr niemand mehr so nahe gekommen wie Max, begriff sie, und ihn kannte sie erst seit acht Wochen.

»Gut«, sagte sie leise und beinahe mehr zu sich selbst, »der Gedanke gefällt mir gut.« Dann unterbrach sie die Verbindung.

Sie brachte Laura Lengsdorf zum Präsidium und fuhr dann zurück zum Dom. Der Kathedrale gegenüber lag das Café Reichardt, eine Touristenattraktion für ein Publikum jenseits der fünfzig. Zwanzig Minuten hatte sie noch bis zu ihrem geheimnisvollen Treffen.

Es war ein grauer, recht warmer Tag. Passanten strömten über die Domplatte. Die Temperaturen ließen einen fast vergessen, dass es der erste Weihnachtstag war. Im Dom schoben sich die

Menschen durch die Gänge. Trotzdem fand sie einen stillen Platz unterhalb des Richter-Fensters. Ihre Eltern hatten sie zur Kirche geschickt, hatten sie katholisch taufen lassen, aber gläubig hatte diese Erziehung sie nicht werden lassen – und dennoch … Martin, dachte sie mit geschlossenen Augen, habe ich nun doch wieder ein Stück Glück gefunden, geht das Leben ohne dich jetzt wieder freudiger, erfüllter weiter?

Ihr Smartphone klingelte und riss sie aus ihren Gedanken, doch sie nahm das Gespräch nicht an, sondern hastete auf die Domplatte hinaus, mitten in das Gewirr von Menschen. Jan hatte versucht, sie zu sprechen, aber als sie zurückrufen wollte, nahm er das Gespräch nicht an.

Neben der Kreuzblume hatte sich ein Musiker aufgebaut und spielte Saxophon. Sie brauchte einen Moment, um Hanno Gäb zu erkennen, einen alten Bekannten, mit dem Jan vor vielen Jahren in einer Band gespielt hatte. Hanno hatte seinen grauen Zopf gestutzt, nein, er hatte ihn nur unter einem schwarzen Filzhut verborgen. Er spielte ein Weihnachtslied – »White Christmas« –, doch als er sie sah, brach er unvermittelt ab, verneigte sich rasch vor den zwanzig, dreißig Zuhörern, die sich um ihn geschart hatten, und eilte auf sie zu.

»Wer?«, fragte er. »Wer hat Brinkmann totgeschossen?«

»Was weißt du davon?«, fragte sie zurück.

»Jeder in der Stadt kennt Brinkmann«, entgegnete Hanno. Er hatte sich das Saxophon auf den Rücken geschoben. »Ich habe mal in einer Folge von ›Kommissar Kölsch‹ mitgespielt – ich war der Leader einer Big Band. Da hat ein ganzes Orchester nach meiner Pfeife getanzt. War eine geile Show.« Hanno verzog den Mund. Er mochte mittlerweile Ende sechzig sein – seine Gesichtshaut war wie braunes Leder.

»Wir haben noch keine Spur«, sagte Birte. Sie blickte auf ihr Smartphone. Es war gleich vierzehn Uhr dreißig. Nun musste sie sich beeilen, wollte sie ihren ominösen Informanten nicht verpassen.

»Brinkmann hat sich viele Feinde gemacht«, sagte Hanno. »Aber dieser Unfall mit seinem Sohn … So etwas kann man wahrscheinlich gar nicht verkraften. Ich hatte schon Angst, er würde den Jungen im Gerichtssaal umbringen … ihn vor aller Augen erschießen.«

»Wen hätte Brinkmann umbringen wollen?«

»Na, den Raser, der seinen Jungen getötet hat, aber wahrscheinlich hat Mahler ihn davon abgebracht.« Hanno erkannte an ihrer fragenden Miene, dass sie keine Ahnung hatte, wer Mahler war. »He, lesen Polizisten keine Zeitung? Georg Mahler war Brinkmanns bester Freund, er ist Juraprofessor, und nun will er Oberbürgermeister von Köln werden.«

Er nickte ihr zu, zog sein Saxophon wieder hervor und kehrte an seinen Platz neben der Kreuzblume zurück. Einen Moment später schwebten die Klänge von »Stille Nacht, heilige Nacht« heran.

Im Café war fast jeder Tisch besetzt. Birte fand noch einen Platz in einer Ecke, von dem aus sie den Eingang im Blick hatte. Eine Kellnerin brachte ihr einen Milchkaffee. Kanadische Touristen saßen am Nebentisch, sie erzählten sich, wie sie den Rhein hinuntergefahren waren. Rüdesheim und Boppard hatten ihnen besonders gefallen. Einen Tisch weiter saß ein weißhaariger alter Mann, der den Käsekuchen vor sich mit großer Sorgfalt zerteilte und sich langsam in den Mund schob, sein Begleiter war deutlich jünger, allenfalls vierzig, vielleicht der Sohn. Die beiden sprachen kein Wort miteinander. Niemand näherte sich Birte, und niemand schien sie besonders im Auge zu haben.

Als sie schon glaubte, Max habe sich vielleicht geirrt, es gebe niemanden, der sie treffen wollte, trat ein Mann auf sie zu, der bisher ein Stück weiter allein an einem Tisch gesessen hatte. Er trug einen hellen Trenchcoat und stützte sich auf einen Schirm, er mochte Ende fünfzig, Anfang sechzig sein und hatte schütteres graues Haar.

»Sie sind die Polizistin, nicht wahr?«, fragte er mit leiser Stimme.

Birte nickte. »Und Sie sind der Informant?«

Er rückte den Stuhl zurecht und setzte sich. »Ganz recht«, sagte er. »Verzeihen Sie, dass ich Sie auf so unkonventionelle Art und Weise herbestellt habe, aber Ihr Mann meinte …« Er verstummte, während die Kellnerin auf ihn zukam, und bestellte dann einen doppelten Espresso.

»Sie haben nicht zufällig einen Namen?«, sagte Birte, nachdem der Mann sich ihr wieder zugewandt hatte. Den Irrtum, dass Max gar nicht ihr Mann war, korrigierte sie nicht.

Ihr Gegenüber kniff die Augen zusammen und lächelte. Sein Mund wirkte zu groß für sein Gesicht, irgendwie kastenförmig, wie bei einer Comicfigur.

»Gewiss«, sagte er. »Ich heiße Johannes Bönnen, bin Journalist beim Stadtanzeiger. Daher ist es auch besser, wenn wir nicht zusammen gesehen werden.«

»Warum sollte das besser sein?« Birte beobachtete, dass Bönnen sich verstohlen umsah, so als würde er glauben, dass ihm jemand gefolgt sein könnte.

»Ich möchte Ihnen ein paar Dinge mitteilen.« Bönnen sah ihr nun direkt in die Augen – seine waren wässrig blau und wirkten irgendwie leblos. »Über Kaspar, allerdings ganz inoffiziell. Ich bin mit Kaspar zur Schule gegangen – Kreuzgasse, hier in Köln. Wir kennen uns also fast fünfzig Jahre, richtig befreundet waren wir allerdings nie. Trotzdem …« Er verstummte wieder, als ihm sein Espresso serviert wurde. Dann trank er genussvoll und schloss für einen Moment sogar die Augen.

»Und?«, fragte Birte ungeduldig.

»Ich wollte immer so sein wie Kaspar, wenn ich ehrlich bin. Ich wollte auch Romane schreiben oder Drehbücher. Habe ich auch eine Zeit lang getan, leider nur für eine wirklich sehr schlechte Vorabendserie. Eine Qual war das – ungefähr so etwas wie Malen nach Zahlen.« Er stöhnte auf und nippte wieder an seinem Kaffee.

»Aber deshalb haben Sie mich nicht herbestellt, um mir das zu erzählen, nicht wahr?« Offenbar hatte sie es mit einem Schwätzer zu tun. Vermutlich wollte Bönnen sich nur wichtigtun.

»Nein«, sagte Bönnen, »natürlich nicht. Haben Sie schon Brinkmanns Blog gelesen?« Er wartete eine Antwort erst gar nicht ab. »Ich bin seine Quelle. Sobald es bei ihm politisch wird, wenn er irgendwelche Interna ausplaudert, dann war ich derjenige, der ihm die Informationen geliefert hat. Darf natürlich keiner wissen. Verstehen Sie?« Er kippte den Rest seines Espressos herunter.

»Von welchen internen Dingen sprechen Sie?« Allmählich wurde Birte zornig. Warum kam dieser Wichtigtuer nicht auf den Punkt?

Bönnen schaute sie beinahe mitleidig an. »Wie weit sind Sie denn in Ihren Ermittlungen? Haben Sie die Blogs noch gar nicht studiert? Brinkmann war der erste, der über die Dienstwagenaffäre geschrieben hat. Den Tipp hatte er von mir. Bevor ich mit der Story an die Öffentlichkeit ging, habe ich ihn den Testballon aufsteigen lassen, gewissermaßen.«

»Nein«, erwiderte Birte ausweichend. »Der Mord ist gestern Nachmittag passiert. Wir haben die Blogs noch nicht gründlich lesen können …«

Bönnen machte eine wegwerfende Handbewegung. Wieder blickte er sich verstohlen um.

»Gut, erkläre ich Ihnen also diese Affäre. Der Mann der Oberbürgermeisterin ist Galerist, ausgerechnet in Düsseldorf … Na ja, und immer wenn er über Land fahren musste und Sorge hatte, er sei nicht fahrtüchtig …« Bönnen lächelte. »Restalkohol, Sie verstehen … hat er den Dienstwagen seiner Frau benutzt, mit Chauffeur, natürlich. Die Oberbürgermeisterin hat die Fahrten jeweils abgezeichnet und so getan, als wäre sie mit dabei gewesen. Hat jeder gewusst, aber keiner hat sich getraut, es zu schreiben. Niemand wollte der Oberbürgermeisterin am Zeug flicken. Sie galt schließlich als neue Lichtgestalt in der Stadt. Brinkmann war der erste, der es gewagt hat. Dann habe ich nachgezogen.« Bönnen kniff wieder die Augen zusammen. »Sechs Wochen hat die Oberbürgermeisterin versucht, das Ganze durchzustehen, dann musste sie zurücktreten.«

»Verstehe.« Birte erinnerte sich, darüber gelesen zu haben, aber wenn sie ehrlich war, interessierte sie sich als Hamburgerin immer noch keinen Deut für Kölner Lokalpolitik. »Sie glauben, das Motiv für den Mord könnte mit dieser Affäre zu tun haben?«

Bönnen lehnte sich zurück und hob die Hände. »Ich wollte diese Information nur an eine geeignete Stelle weitergeben, ganz inoffiziell. Niemand darf wissen, dass ich Brinkmann mit

Informationen versorgt habe. Könnte mich auf meine alten Tage den Job kosten.« Der Journalist erhob sich ungelenk. Wieder blickte er sich suchend um. »Ich denke, mein Kaffee geht auf Ihre Spesenrechnung, oder nicht?«

Er neigte leicht den Kopf.

»Und was ist mit Mahler?«, fragte Birte. Hanno hatte doch eben von einem Freund Brinkmanns gesprochen, der sich nun als Kandidat für den Posten des Oberbürgermeisters zur Wahl stellte. »Tritt er nicht jetzt an? Und ist er nicht einer der besten Freunde Brinkmanns?«

Bönnen hielt überrascht inne. Er schaute sie durchdringend an. »Ein Freund? Ja, das war einmal, vor vielen Jahren. Lesen Sie Brinkmanns Blogs! Da erfahren Sie, wie viele Feinde er hatte.« Mit einer abrupten Bewegung drehte er sich um und verließ das Café.

Blog Nummer 137
Meister Eckart spricht: Jemand lässt sich fahren

Liebe Leute, kennt ihr auch solche Zeitgenossen? Alle sollen sich an die Regeln halten, nur sie selbst … sie sind ein wenig anders als die anderen – wichtiger, bedeutsamer, einfach größer, zu groß, um Regeln gelten zu lassen.
Nehmen wir ein Beispiel: Nennen wir ihn Herrn Joachim B., er ist Galerist, nein, nicht Lagerist – Galerist. Galeristen haben auch ein Lager, aber das nennen sie Depot, da bringen sie ihre Bilder hin, die sie nicht verkauft haben. Ein Galerist handelt mit Kunst – Herr B. tut das in D., der verbotenen Stadt. Ach ja, da fällt viel Fahrerei an, abends nach der Vernissage noch nach Hause, ins heilige Köln, von einem Klientenbesuch noch zurück, aus einem Atelier an der holländischen Grenze retour ins heimische Bett. Viel Fahrerei, wie gesagt, nur leider wäre es unhöflich, nicht da und dort ein Gläschen Champagner zu trinken oder mit einem richtigen Künstler auch mal etwas Härteres, wenn es dem Geschäft dient. Nur was dann?
Herr Galerist B. hatte da einen wunderbaren Einfall, er hat seinen eigenen Chauffeur, seine eigene Fahrbereitschaft: einen freundli-

chen älteren Herrn namens Ochs – er heißt tatsächlich so. Herr Ochs ist immer zur Stelle, Herr Ochs weiß stets den Weg, er widerspricht nie, und wenn es sein muss, springt Herr Ochs auch noch nachts bei McDonald's rein und besorgt einen fetten Big Mac. So ein Herr Ochs ist nicht mit Geld zu bezahlen, denkt sich Herr B. manchmal, wenn er in seiner bequemen Limousine in die Polster sinkt und die Augen schläfrig schließt.
Ach, das muss Herr B. ja auch gar nicht. Er leiht sich den freundlichen Herrn Ochs nur aus. Herr Ochs fährt sonst seine Frau durch die Gegend – die nette, adrette Oberbürgermeisterin von Colonia.

Birte brauchte drei Minuten, um diesen Blog zu finden. Der Beitrag war, wenn der Zähler stimmte, über zwölftausendmal abgerufen worden. Außerdem hatten ihn dreihundertsiebzig User kommentiert. Im Weiteren hatte Brinkmann noch dreimal über den Galeristen und die Oberbürgermeisterin geschrieben. Einmal über eine Pressekonferenz, in der die Oberbürgermeisterin erklärt hatte, ihr Mann sei für Kölner Museen unterwegs gewesen, habe also in ihrem Auftrag Dienstfahrten erledigt. Dann eine zweite Konferenz, in der ihr Mann sich bereit erklärt hatte, die entstandenen Kosten nachträglich in die Stadtkasse zu zahlen. Schließlich hatte Brinkmann kurz den Rücktritt der Oberbürgermeisterin kommentiert. Da hatte er das Kölsche Grundgesetz zitiert: »Wat fott es, es fott.«

Kein Wunder, dass etliche Leute in der Stadt nicht gut auf Brinkmann zu sprechen waren, aber reichte diese Affäre, um einen Mord zu erklären? Birte bezweifelte es. Eines jedoch hatte Bönnens Auftauchen klargemacht, sie mussten sich Brinkmanns Blog genauer ansehen, das hieß, jemand musste sich hinsetzen und jeden der hundertneunundfünfzig Einträge lesen.

Sie steckte ihr Smartphone ein und winkte die Kellnerin heran, um zu zahlen. Als jemand sie anrief, war sie sicher, dass Max am Apparat war. Ich komme, wollte sie ihm sagen, ich bin in dreißig Minuten bei dir. Die Zeit für ein gemeinsames Essen musste sie sich einfach nehmen.

»Weißt du, wo Jan ist?«, fragte Nele ungewohnt unwirsch. Sie war ansonsten die Freundlichkeit in Person. »Katja Brinkmann, die Frau des Toten, ist soeben eingetroffen, um ihren Mann zu identifizieren, aber Jan ist verschwunden.«

»Sie soll ein paar Minuten warten«, entgegnete Birte. »Ich bin auf dem Weg.«

11

Hinter der Freundlichkeit in Carlas Tonfall hatte noch etwas anderes gelegen – eine tief empfundene Gleichgültigkeit. Es war ihr mittlerweile gleichgültig geworden, ob er den ersten Weihnachtstag mit ihr verbrachte oder nicht. Ja, genau diese abgrundtiefe Gleichgültigkeit hatte er gespürt, und sie fuhr ihm in den Magen, als hätte man ihm ein Messer in die Gedärme gejagt, und trieb ihn aus dem Präsidium. Mein Gott, er hatte einen Mordfall zu lösen, der mit jeder Stunde, mit jeder Person, die im Umfeld des Toten auftauchte, immer komplizierter wurde, und was tat er? Er floh förmlich vor seinen eigenen düsteren Gedanken. Wie sollte es mit Carla und ihm weitergehen? Hatten sie nicht längst den Punkt überschritten, an dem sie noch einmal umkehren, noch einmal ihre Beziehung mit Leben und Liebe erfüllen konnten?

Er fuhr den Ehrenfeldgürtel entlang. Hier lag sein Lieblingscafé. Die Einrichtung war scheußlich, nur ein paar Stehtische, das Ganze war nicht viel mehr als ein besserer Kiosk, doch Frank und dessen Zwillingsbruder Niko, der die Nachtschicht übernahm, machten den besten Kaffee der Stadt.

Schon von Weitem sah er, dass keine FC-Fahne im Wind wehte. Frank hatte sich tatsächlich ein paar Tage Weihnachtsferien gegönnt. Das Café war geschlossen.

Schiller fuhr weiter, Richtung Lindenthal. Carla war noch unterwegs, er könnte nach Hause fahren, aber schon diese zwei Worte »nach Hause« bereiteten ihm Unbehagen. Wenn Carla und er sich einmal trennen würden, würde er begreifen, wie wenige Dinge er wirklich besaß. Die Möbel hatte sie ausgesucht, die Bilder an den Wänden ebenso, sämtliche Küchengeräte gehörten ihr. Er besaß ein wenig Kleidung, ein paar Bücher, CDs, den Fernsehapparat, der zehn Jahre alt war. Was sonst? Er musste unwillkürlich an Brasch und dessen leeres Haus denken, und dann, als würde ihn dieser Gedanke leiten, bog er zur Uniklinik ab.

Er musste Brasch sehen, musste wissen, was genau mit ihm geschehen war und ob er jemals wieder ein vernünftiges Wort herausbringen würde.

Nele versuchte, ihn auf dem Smartphone zu erreichen. Sie ließ es elfmal klingeln, weil sie wusste, dass er sein Telefon dabeihatte. Doch er nahm nicht ab. Ja, sie hatten so viel zu tun – sie mussten einen Plan machen, wer sich wann wen vornahm – Katja Brinkmann, Brinkmanns Wohnung, Lavender, die Blogs, die Telefondaten, E-Mail-Accounts. Wo war Brinkmanns Smartphone abgeblieben? Er ging in Gedanken die nächsten Schritte durch, während er in die Klinik stürmte.

Brasch lag immer noch auf der Intensivstation. Schiller hatte auch nichts anderes erwartet. Zumindest war er noch am Leben.

»Die Ärzte haben ihn ins künstliche Koma versetzt«, sagte eine Krankenschwester, die ihn offenkundig nicht auf die Station lassen wollte. »Er kann nicht selbstständig atmen.«

»Kann ich ihn sehen?«, fragte Schiller, und als die Krankenschwester zögerte, fügte er hinzu: »Es ist für unsere Ermittlungen wichtig, dass ich mir selbst einen Eindruck von dem Verletzten mache. Er ist unser wichtigster Zeuge in einem Mordfall.«

Die Krankenschwester nickte. Widerwillig öffnete sie die Tür zur Intensivstation. »Sie dürfen einen Blick durch die Scheibe werfen«, sagte sie. »Außerdem ist jemand bei ihm – seine Frau.«

Seine Frau? Brasch hat keine Frau, wollte Schiller schon antworten, dann jedoch ließ er sich von der Krankenschwester auf die Station führen.

Brasch war kaum zu erkennen. Sein Kopf war bandagiert, eine Atemmaske lag auf seinem Gesicht. Leblos sah er aus, wie eine dieser Puppen, die man bei einem Erste-Hilfe-Kurs beatmen musste. Schiller spürte einen tiefen Schrecken. Matthias, sprach er still in sich hinein, ich hoffe, du überlebst – wir werden in die Eifel fahren, Angeln gehen, Motorrad fahren und Bier trinken, ein richtiges Männerprogramm und …

Die Frau, die reglos an seinem Bett saß, hatte kurze schwarze Haare, sie war sehr schmal, zartgliedrig. Sie war ganz in Schwarz gekleidet, so als wäre sie schon in Trauer um Brasch. Sylvie, die Tangolehrerin, mit der Schiller früher getanzt hatte, bis sie eine Affäre mit Brasch begonnen hatte, hatte ebenfalls schwarze Haare, allerdings gefärbt, und sie war muskulöser, sehniger.

Als hätte die Frau seinen Blick gespürt, drehte sie sich um. Sie schaute ihn an, mit Augen, die wie grüner Diamant leuchteten, dann nickte sie und erhob sich. Beim Hinausgehen strich sie Brasch über die Hand. Langsam kam sie auf den Gang hinaus. Leonie – es war Leonie, Braschs Ex-Frau – nein, verheiratet waren sie nicht gewesen.

»Jan«, sagte sie. »Lavender hat mich angerufen. Ich musste Matthias einfach sehen.« Es klang, als müsse sie sich für ihren Besuch entschuldigen.

Er reichte ihr die Hand und wagte kaum, sie zu drücken, so zart kam sie ihm vor. An der Krankenschwester vorbei, die sie misstrauisch beäugte, verließen sie die Intensivstation.

»Wie konnte das alles passieren?«, fragte Leonie. Nun hatte sie Tränen in den Augen. »Habt ihr schon eine konkrete Spur?«

Sie war Fotografin, dachte Schiller, nein, Irrtum, sie war an einer Schule angestellt, als Sozialarbeiterin, obwohl sie ganz anders wirkte, eleganter, künstlerischer.

»Leider nicht«, sagte er, »wir ermitteln in alle Richtungen. Bisher wissen wir nicht einmal, warum Matthias in dieser Hütte war.«

Leonie blickte zu Boden. »Ich könnte einen Kaffee gebrauchen«, sagte sie flüsternd.

In der Cafeteria fanden sie nur mit Mühe einen Platz. Halb Köln schien zu Besuch in der Klinik zu sein.

»Weißt du, welche Aufträge Matthias in letzter Zeit hatte?«, fragte Schiller. »Womit hat er sein Geld verdient?«

Leonie blickte ihn traurig an. »Du weißt, dass wir nicht mehr miteinander gesprochen haben – schon viele Jahre nicht mehr. Ich habe aber mitgekriegt, dass Matthias langsam vor die Hunde ging. Der Rauswurf bei der Polizei hat ihn schier umgebracht. Die Arbeit war ihm immer wichtig, viel zu wichtig.« Sie seufzte.

Schiller hatte sich zu dem Kaffee ein Stück Kuchen mitgenommen, das er sich langsam, Stück für Stück, in den Mund schob. Er konnte sich gar nicht erinnern, wann er zuletzt etwas gegessen hatte.

Carla und Leonie – sie würden sich bestimmt bestens verstehen, dachte er unwillkürlich.

»Ich kenne Lavender ganz gut … eigentlich Pierre, den

Sohn … da habe ich …« Leonie nahm ihre Tasse und umschlang sie mit beiden Händen.

Plötzlich begriff Schiller, dass Brasch ihr immer noch nachtrauerte, dass er über die Trennung mit dieser besonderen Frau offensichtlich nie hinweggekommen war.

»Lavender hat Matthias hin und wieder Aufträge gegeben, obwohl Matthias nicht sehr zuverlässig war. Er hat zu viel getrunken, nicht permanent, das nicht, aber es gab wohl so Phasen, da hat er ganze Tage in einer Kneipe in Niehl verbracht.« Sie verstummte und senkte wieder den Kopf.

Schiller wusste davon. Brasch war häufiger im Linkewitz am Niehler Damm gewesen, er hatte da sogar bei der Renovierung geholfen.

»Weißt du Genaueres über diese Aufträge?«, fragte Schiller. »Ging es um diesen Immobilienmann Probst?«

»Probst?« Leonie schaute auf. Ihr dunkelgrüner Blick traf ihn. »Kann sein. Ja, ich glaube, Matthias sollte feststellen, woher Brinkmann das Material zu Probst hatte. Fotos, Zahlen … Ja, das kann sein.«

Schiller widerstand der Versuchung, nach ihrer Hand zu greifen. Wann genau hatten Brasch und sie sich getrennt? Es musste fast sechs Jahre her sein, und doch schien sie immer noch über ihn zu wachen. Hast du eigentlich geheiratet?, hätte er am liebsten gefragt. Bist du mit jemandem zusammen?

»Hast du Brinkmann, den Toten, gekannt?«, fragte er stattdessen.

Sie schüttelte den Kopf, dann sah sie unauffällig auf ihre schmale Armbanduhr.

»Nein«, sagte sie. »Ich habe heute Morgen im Netz etwas über ihn gelesen, dass er Fernsehautor war, irgendeine Krimiserie geschrieben hat. Auch diese … wie heißt das? … Blogs habe ich nicht gekannt. Scheint aber ein merkwürdiger Mensch gewesen zu sein.«

»Jemand hat Matthias eine Pistole in die Hand gedrückt, damit es so aussah, als hätte er Brinkmann erschossen«, sagte Schiller. Er gab Täterwissen preis, ein schweres Vergehen für einen Polizisten, aber er wollte, dass Leonie die Wahrheit wusste. »Hat er aber nicht. Er hat nicht geschossen. Seine eigene Pistole lag zu Hause in seiner Schublade.«

Leonie seufzte. »Ich fürchte, ich muss gehen. Es ist Weihnachten. Wir haben Besuch. Die Schwester meines Mannes mit ihrer Familie.«

»Kannst du mir deine Handynummer geben?«, fragte Schiller. »Falls ich noch Fragen habe.«

Sie nickte. Dann funkelten wieder ihre grünen Augen auf. »Weißt du, was mich seit Jahren verfolgt? Dass ich denke, Matthias will sterben, er will gar nicht mehr leben, seit wir getrennt sind. Deshalb trinkt er, deshalb kümmert er sich nicht um sich selbst.«

»Nein«, sagte Schiller. »Das glaube ich nicht. Wir waren verabredet. Er sollte den Heiligabend bei uns verbringen, und er hat sich darauf gefreut. Außerdem hatte er Sylvie, seine Freundin.«

»Die Tangolehrerin?« Leonie schnaubte abfällig – so konnte sie also auch sein, abweisend und kalt. »Das war nichts Ernstes und lange vorbei.« Sie gab Schiller die Hand und erhob sich. »Ich schicke dir eine SMS mit all meinen Daten«, sagte sie zum Abschied.

Er sah ihr nach, eine zarte schwarze Gestalt, die sich wie eine Tänzerin bewegte.

Im nächsten Moment klingelte sein Smartphone wieder. Eine unbekannte Mobilnummer leuchtete auf.

»Ich habe etwas entdeckt«, sagte Julia Bärwald heiser. »Hier in der Wohnung … bei Kaspar … Ich glaube …«

Dann brach die Verbindung ab.

12

Katja Brinkmann hatte lange, braun-rötliche Haare. Sie war Anfang fünfzig, und man sah ihr an, dass sie sich viel draußen aufhielt. Ihre Wangen waren rosig, ihre Hände groß und von Arbeit gezeichnet. Sie trug eine hellbraune Lederjacke über einer Reithose.

»Entschuldigen Sie«, sagte sie. »Ich habe mich sofort in meinen Wagen gesetzt.«

Birte stellte sich vor. »Es tut mir leid, dass wir Sie bitten mussten zu kommen. So eine Identifizierung ist keine angenehme Angelegenheit … noch dazu am ersten Weihnachtstag.«

»Ich würde es nur gern schnell hinter mich bringen. Ich muss bald zurück. Ich habe acht Pferde, um die ich mich kümmern muss, auch wenn Weihnachten ist.«

Katja Brinkmann machte nicht den Eindruck, eine trauernde Witwe zu sein, sie wirkte eher wie jemand, der sich einer Pflicht stellte, ohne darüber nachzudenken, ob es ihm gefiel oder nicht.

Sie fuhren in Birtes Alfa zur Rechtsmedizin am Melatengürtel.

»Wann haben Sie Ihren Mann zuletzt gesehen?«, fragte Birte.

Katja Brinkmann holte ihr Smartphone hervor und rief ihren Kalender auf. »Vor etwa drei Wochen. Ich bin selten in Köln. Manchmal verabreden wir uns auf einen Kaffee. Wir haben ein Stammcafé an der Aachener Straße, und dann gehen wir gemeinsam auf den Friedhof – zu unserem Sohn.« Sie schwieg für einen Moment, als müsse sie ihren eigenen Worten nachlauschen oder als wolle sie abwägen, was sie als Nächstes sagte. »Ihre Kollegin hat mir gesagt, dass Sie noch keine Spur haben, wer Kaspar getötet haben könnte. Er war ein seltsamer Mensch, mal genial, dann wieder völlig lethargisch. Wir haben uns an der Universität kennengelernt. Ich habe auch Germanistik studiert. Kaspar zog da mit seinen Leuten durch die Gänge, als würde ihm die Uni gehören. Er hat ganze Seminare bestritten, hat die Dozenten herausgefordert. Schon während des Studiums hat er für Zeitungen geschrieben, während ich nur eine brave Lehramtsstudentin war. Wir sind sehr schnell zusammengezogen, hausten in einem Loch in Ehrenfeld, weil er kein Geld von seinen Eltern nehmen wollte. Sein Vater war ein hohes Tier bei Ford, aber Kaspar hat ihn verachtet.« Sie verstummte und blickte Birte von der Seite an. »Merkwürdig, was für Erinnerungen nun hochkommen – und dabei habe ich immer noch nicht begriffen, dass er tot ist, wirklich tot ist.«

Sie bogen auf den Parkplatz am Institut ein. Der Parkplatz war leer – bis auf einen schwarzen Polo und ein Motorrad. Sie mussten klingeln. Ein etwa dreißigjähriger Mann, der einen weißen Kittel trug, öffnete ihnen die Tür. Birte kannte ihn vom Sehen – der Sektionsassistent, der Mann fürs Grobe, ohne den sich kein Rechtsmediziner an die Arbeit machte.

»Wünsche fröhliche Weihnachten«, meinte er, anscheinend ohne jede Ironie.

Dr. Almut Schwäbe saß in ihrem Büro und diktierte. Sie brach ihr Diktat jedoch sofort ab, als sie eintraten. Ihre Augen verrieten, dass sie kaum geschlafen hatte. »Schön, dass Sie endlich kommen«, sagte sie seufzend, »dann kann ich ja heute noch nach Hause fahren.«

Katja Brinkmann brauchte lediglich einen kurzen Blick, um den Toten zu identifizieren. Die Rechtsmedizinerin war so pietätvoll, nur eine Seite seines Gesichts zu entblößen. Der Schuss aus nächster Nähe musste ihm eine Wange weggerissen haben.

Als sie zum Auto zurückkehrten, wischte Katja Brinkmann sich ein paar Tränen aus dem Gesicht.

»Macht es Ihnen etwas aus, wenn wir in dieses Café an der Aachener Straße gehen? Nur für ein paar Minuten? Ich muss mich ein wenig sammeln.«

Birte schüttelte den Kopf. »Wir brauchen auch noch Informationen über Ihren Mann – was er zuletzt gemacht hat, mit wem er sich verfeindet hat. Solche Dinge. Und dann müssen Sie mir von Ihrem Sohn erzählen.«

Das Café war fast leer. Birte bestellte sich einen Tee und eine Tomatensuppe, während Katja Brinkmann einen Kaffee und einen Cognac orderte.

»Das Unglück im Jahr 2011 hat uns auseinandergebracht«, sagte Katja Brinkmann zögernd, nach Worten tastend, nachdem sie den Cognac hinuntergestürzt hatte. »Haben Sie Kinder?«

Birte verneinte.

»Aber vielleicht können Sie sich trotzdem vorstellen, wie es ist, wenn das eigene Kind plötzlich aus dem Leben gerissen wird – völlig ohne jede Vorwarnung, ohne jede Schuld.« Ihre Stimme begann zu zittern. »Sven stand am Hohenzollernring an einer Ampel, als ein Auto ihn erfasste. Zwei Vollidioten hatten ein Rennen gefahren, mitten in der Stadt, der eine war mit seinem BMW ins Schleudern gekommen und auf die Gegenfahrbahn geraten. Sven war sofort tot.« Sie verstummte, griff noch einmal nach dem Glas und setzte es an die Lippen, obwohl es leer war. »Kaspar war zwei Monate unfähig, auch nur ein Wort zu sagen. Danach hat er sich in die Arbeit gestürzt, er hat drei Drehbücher in sechs Wochen geschrieben, und insgeheim hatte ich ihn in Verdacht, dass er Rache nehmen wollte, dass er überlegte, den Fahrer zu töten, aber dann …« Sie brach erneut ab und wandte sich ihrem Kaffee zu. »Es ist schon so viele Jahre her«, sagte sie, »und trotzdem ist der Schmerz ganz frisch – so als hätte ich die Todesnachricht erst gestern erhalten. Zwei uniformierte Polizisten standen vor unserer Tür – es war nachts um ein Uhr. Ich hatte schon geschlafen. Sie hatten ein paar Stunden gebraucht, um Sven zu identifizieren – ein Mann und eine Frau. Die Frau war vielleicht Anfang zwanzig, eine hübsche Blonde mit einem Pferdeschwanz … Sie musste dann reden, weil ihr Kollege, der viel älter war, kein Wort herausbrachte.« Katja Brinkmann blickte auf. Zwei große Tränen liefen ihr über die Wangen. »Und nun ist auch Kaspar tot. Ein ebenso schreckliches, unerklärliches Unglück.«

Birte hatte nicht gewagt, ihre Tomatensuppe zu probieren. Nun nahm sie einen Löffel, die erste Mahlzeit des Tages.

»Könnte der Tod Ihres Mannes etwas mit dem Unglück von damals zu tun haben?«, fragte sie.

Katja Brinkmann überlegte einen Moment. »Ich weiß, dass der Raser längst wieder auf freiem Fuß ist. Er lebt auch noch in Köln, arbeitet in einem Handyladen. Ich bin einmal da gewesen … am Wiener Platz in Mülheim. Er hat mich nicht erkannt und hat mich ganz freundlich bedient, ein harmloser junger Mann. Aber wieso sollte er Kaspar etwas antun? Eher umgekehrt. Kaspar war voller Rachegedanken, aber dann stand Georg Mahler bei uns vor der Tür. Ein alter Freund von Kaspar … sie hatten sich ein wenig aus den Augen verloren. Mahler arbeitete damals noch in einer Kanzlei, und einer seiner Kollegen hatte die Verteidigung des Rasers übernommen. Georg hat mit Kaspar gesprochen, hat ihm die Sache auseinandergesetzt.«

»Und dann?«, fragte Birte, weil Katja Brinkmann wieder verstummt war.

»Dann hat Kaspar sich eine Wohnung genommen, hat nur noch da gearbeitet. Er hat getrunken und geraucht und kaum noch gesprochen. Ich habe ihn angefleht. ›Rede mit mir! Keiner von uns ist schuld, dass unser Junge tot ist.‹ Ich habe eine Therapie vorgeschlagen, Trauerarbeit, aber er hat mich nur stumm angeschaut. ›Geht du nur‹, hat er gesagt. ›Mach du deine Trauerarbeit, ich mache meine.‹ Ich habe begonnen, ihn zu hassen. Mit mir war er stumm, doch wenn er andere Leute traf, war er witzig, redselig. Es war alles eine Show, aber man hat es ihm abgenommen. Eineinhalb Jahre später habe ich meinen Job in der Schule gekündigt und habe mich auf einem Reiterhof eingekauft. Die beste Entscheidung meines Lebens.« Sie seufzte, dann schaute sie Birte an und lächelte matt. »Verzeihen Sie, ich wollte hier keine Lebensbeichte ablegen.«

»Aber nein«, erwiderte Birte. Sie war plötzlich voller Mitgefühl. »Alles, was Sie uns sagen, kann wichtig sein. Ihr Mann war eine schillernde Figur, er hatte offensichtlich viele Kontakte – und wir müssen all diesen Kontakten nachgehen, um die eine heiße Spur zu finden.«

Katja Brinkmann blickte auf die Uhr. Es war längst dunkel draußen. Das Café hatte sich nun vollkommen geleert. »Ich werde mich um die Beerdigung kümmern müssen – um all das. Kaspar hatte nur noch eine Schwester, die auf Mallorca lebt. Sonst hatte er keine Verwandten mehr.«

Birte löffelte ihre Suppe, dann zahlte sie. Katja Brinkmann war in ein dunkles Schweigen gefallen, sie nahm ihr iPhone hervor und machte sich eine Notiz. Dann blickte sie auf und lächelte müde.

»Reiten Sie? Pferde sind meine Rettung gewesen. Ich denke

jeden Tag an Sven, ich rede mit ihm, ich sehe ihn vor mir, wie er ein Kind war … Einmal hat er sich aus Silberfolien einen Astronautenanzug gemacht, da ist er zum Mond gefahren … Ohne meine Pferde hätte ich das alles nicht durchgestanden.« Sie seufzte. »Kaspar hat geschrieben – das war seine Flucht.«

Während sie zum Auto gingen, versuchte Birte, Jan zu erreichen, doch er nahm immer noch nicht ab. Sie würde Katja Brinkmann zum Präsidium bringen, dann würde sie nach Hause fahren. Max wartete immer noch. Ein warmes, ungewöhnliches Gefühl durchflutete sie, als sie an ihn dachte.

»Wir brauchen eine Liste von Menschen, mit denen Ihr Mann zu tun hatte«, sagte Birte, nachdem sie sich in den Verkehr eingefädelt hatte. »Welche Freunde hatte er? Welche Geschäftspartner? Gab es alte Feindschaften?«

»Haben Sie schon seine Blogs gelesen?«, fragte Katja Brinkmann. »Kaspar konnte sehr ruppig sein. Die Wahrheit war ihm wichtiger als Freundschaft – so hat er sich einmal ausgedrückt. Ich glaube nicht, dass er in den letzten Jahren Freundschaften gepflegt hat. Es gab da diese Schauspielerin … Julia Bärwald …« Sie zögerte einen Moment, schien sich zu straffen. »Ja … ich weiß, dass Kaspar ein Kind mit ihr hat, um das er sich nicht kümmert … So war er. Das Schreiben war ihm wichtiger, eine Zeit lang zumindest.«

»Warum hat er in dieser Hütte gehaust?«, fragte Birte. »Er war doch ein wohlhabender Mann. Ich habe seine Wohnung in dem 4711-Haus gesehen. Aber statt da Weihnachten zu feiern, hockte er im Worringer Bruch in einer Bretterbude.«

»Die meisten Dinge waren nur noch Ballast für ihn – und er ist wohl viel in der Gegend umhergelaufen, musste in Bewegung sein, um auf Ideen zu kommen. Würde mich nicht wundern, wenn er an einem umfangreichen Roman gearbeitet hätte. Einmal hat er einen Blog geschrieben, der nur aus dem Wort ›gehen‹ bestand. ›Gehengehengehen‹. Zwanzig Zeilen lang. Er hatte wohl das Gefühl, dass wir nur noch Materialisten sind … Ach, ich weiß es nicht genau. Ich habe ihn in den letzten Jahren gar nicht mehr verstanden.«

Unwillkürlich musste Birte an Max denken. In dem Roman,

den er seit drei Jahren schrieb, ging es nur um einen einzigen Tag – den 3. März 2009, der Tag, an dem das Kölner Stadtarchiv eingestürzt war. Sechs Personen hatte er erfunden, aus deren Perspektive sich diese besonderen vierundzwanzig Stunden der Stadt zusammensetzten. Bisher hatte er ihr jedoch erst ein paar Seiten zu lesen gegeben.

Vor dem Präsidium verabschiedete Birte sich von Katja Brinkmann. Aufrecht, mit dem Smartphone am Ohr, ging die Frau zu ihrem Wagen, einem schwarzen Land Rover. Birte holte ihr Telefon hervor. Max, dachte sie, soll ich dich überraschen, oder muss ich mich ankündigen?

Als ihr Smartphone klingelte, glaubte sie beinahe, über telepathische Kräfte zu verfügen. Doch es war gar nicht Max am Apparat.

»Du musst sofort kommen«, sagte Jan ungewohnt atemlos. »Sofort!«

13

Aus welcher Wohnung hatte Julia Bärwald ihn angerufen? Was konnte sie entdeckt haben? Schiller wählte ihre Nummer, doch nur eine mechanische Stimme meldete sich. »Der Teilnehmer ist im Moment nicht erreichbar. Versuchen Sie es bitte später noch einmal.«

Sie musste in Brinkmanns Wohnung im 4711-Haus in Ehrenfeld gefahren sein. Gut möglich, dass sie einen Schlüssel für das Apartment besaß.

Schiller spürte, wie Unruhe in ihm aufstieg. Während er zu seinem Wagen ging, versuchte er erneut, Julia Bärwald zu erreichen. Nun war der Anschluss ganz tot – nicht einmal die elektronische Stimme meldete sich. Er rief Nele an, die noch im Präsidium war.

»Schick einen Streifenwagen zu Brinkmanns Wohnung. Es ist dringend.«

Er widerstand der Versuchung, einen Bogen zu fahren und kurz einen Blick in die Sülzburgstraße zu werfen, ob Carla schon zurückgekehrt war. Welchen Grund konnte es geben, dass Julia Bärwald sich nicht mehr meldete? Er raste den Gürtel hinunter Richtung Ehrenfeld, nahm zwei Ampeln bei Gelb und spürte, wie müde er trotz seiner Besorgnis war. Wann hatte er zuletzt ein paar Stunden tief und fest geschlafen? Carla schob es darauf, dass er lange keinen Urlaub gemacht hatte, aber es war etwas anderes. Im Grunde wussten sie beide, dass ihre Beziehung zu Ende war, dass sie sich auseinandergelebt hatten, aber keiner wollte es dem anderen eingestehen.

Nele meldete sich. »Die Kollegen sind vor Ort. Sie gehen jetzt in die Wohnung hinauf.«

»Ich bin in fünf Minuten da. Die Kollegen sollen mir den Zugang zu der Wohnung ermöglichen.«

Acht Minuten später war er an der Venloer Straße angekommen. Ein Streifenwagen stand mit eingeschalteten Scheinwerfern vor dem Haus. Ein Sirenenlaut flirrte heran. Ein Krankenwagen bog kurz nach ihm vor das 4711-Haus ein.

Schiller sprang aus seinem Wagen und lief die Treppen hinauf.

Hatte es einen Fahrstuhl gegeben? Er hatte nicht darauf geachtet. Seine Besorgnis trieb ihn weiter.

In der neunten Etage stand eine Wohnungstür offen. Ein uniformierter Polizist hatte sich im Treppenhaus postiert.

Schiller zückte seinen Ausweis. »Ist eine Frau in der Wohnung?«, fragte er. »Vielleicht auch ein Kind?«

Doch der Oberwachtmeister machte nur ein betretenes Gesicht.

In dem Wohnraum, der auf einen schmalen Flur folgte, brannte ein grelles Deckenlicht. Julia Bärwald lag auf einem weißen Teppich. Ihre Konturen warfen einen harten Schatten. Sie trug eine Samthose, die im Licht schwarz funkelte, und hatte die Beine angewinkelt, als hätte sie irgendwie zum Sprung angesetzt, während sie gestürzt war. Ihr Gesicht hatte sie leicht abgedreht, ihre linke Wange wurde fast ganz von ihren dunkelroten Haaren verdeckt. Ihre linke Hand mit den grün lackierten Fingernägeln wirkte unnatürlich verkrampft. Um den Kopf hatte sich eine kleine schillernde Blutlache gebildet.

Schiller sah auf den ersten Blick, dass sie tot war – erschlagen mit einer Grubenlampe, die ein Stück neben ihr auf dem Boden lag und an der Blut klebte.

Zwei Sanitäter betraten nach ihm den Wohnraum. Aus dem angrenzenden Zimmer kehrte der zweite Polizeibeamte mit gezogener Pistole zurück. »Niemand mehr hier«, sagte er. »Die Wohnung ist leer.«

Schiller nickte ihm zu. Einen Moment später spürte er, wie ihm übel wurde.

Zwölf Jahre war er bei der Mordkommission. Er hatte Wasserleichen gesehen, schlimme Schussverletzungen, übel zugerichtete Gesichter, einen Mann, der sich erhängt hatte, eine Frau, der ein Bein abgetrennt worden war, doch der Anblick der toten Julia Bärwald hatte ihm die Luft aus den Lungen gepresst. Das letzte Telefonat musste sie mit ihm geführt haben. Aber er war zu spät gekommen. Der Mörder hatte hinter ihr gestanden, als sie ihre letzten Worte gesprochen hatte, die Grubenlampe vielleicht schon in der Hand. Was genau hatte sie entdeckt, das sie das Leben gekostet hatte?

Schiller sah, wie die beiden Sanitäter beidrehten. Ja, da war nichts mehr für sie zu machen. Sie packten ihre Sachen ein, routiniert und wortlos, während er, ohne groß nachzudenken, Birte anrief. Verdammt, es war der erste Weihnachtstag, sie war verliebt, aber er brauchte sie nun hier an seiner Seite. Danach meldete er sich bei Nele.

»Wir haben einen zweiten Mord«, sagte er. »Die Schauspielerin … Fordere bitte die Spurensicherung an und jemanden aus der Rechtsmedizin.«

»Ich sehe schon die Schlagzeile«, erwiderte Nele. »›Blutiges Weihnachtsfest in Köln‹. – Ich kümmere mich.« Dann legte sie auf.

Schiller kehrte zu der Toten zurück. Sie hielt eine Hand ganz verkrampft, aber nicht, weil sie ihr Telefon umklammerte. Das Smartphone, mit dem sie ihn angerufen hatte – es war verschwunden. Genau wie bei Brinkmann. Jemand hatte sie getötet und war so geistesgegenwärtig gewesen, ihr Telefon mitzunehmen.

Als Schiller sich vorsichtig in Richtung des hinteren Raumes bewegte, Brinkmanns Schlafzimmer, erkannte er zumindest das Versteck, das Julia Bärwald gefunden hatte. Eine der großen hölzernen Bodenplatten war nicht ordentlich zurückgeschoben worden. Er streifte sich Latexhandschuhe über und besah sich den Boden. Ein unversiegelter Boden aus Kiefernholz, doch an der Türschwelle zum Schlafraum ließ sich eine Platte anheben. Ein Hohlraum kam darunter zum Vorschein – etwa vierzig Zentimeter breit und zehn Zentimeter tief. Was hatte man hier verstecken können? Geld, Schmuck, Dokumente? Wenn Julia Bärwald von diesem Versteck gewusst hatte, warum hatte sie nichts davon gesagt?

Plötzlich fiel ihm das Kind ein. Er schob die Holzplatte zurück und ging, ohne die Tote anzusehen, ins Treppenhaus. Ihr Auto musste irgendwo stehen, und vielleicht wartete ein Kind da, das innerhalb von kaum vierundzwanzig Stunden seinen Vater und seine Mutter verloren hatte. Wortlos eilte er an einem Beamten vorbei die Treppe hinunter.

Der gelbe Beetle parkte vorschriftsmäßig auf einem Seitenstreifen auf der Venloer Straße. Schillers Magen zog sich erneut zusammen, als er den Schatten auf dem Rücksitz registrierte. Nein, dachte er, das ist nur der Kindersitz. Man kann aus der Entfernung gar nicht sehen, ob sich da ein Kind befindet oder nicht. Außerdem hat Julia Bärwald gewiss ihre Tochter bei der Nachbarin gelassen, oder sie hat sich einen Babysitter bestellt, um in Ruhe Brinkmanns Wohnung durchsuchen zu können.

Birtes Alfa rauschte an ihm vorbei, doch er nahm sie nur aus den Augenwinkeln wahr.

Als er in den Wagen blickte, drehte das Kind sich um und schaute ihn mit großen Augen an.

Die Kleine hieß Paula, erinnerte sich. Er hob kurz die Hand und zwang sich zu einem Lächeln, obschon ihm zum Weinen zumute war. Das Mädchen erwiderte seinen Gruß, es hob auch die Hand, die in einem leuchtend roten Handschuh steckte, ohne dass sich sein Gesichtsausdruck veränderte.

»Großer Gott!«, stieß Birte neben ihm aus. »Die Kleine hat hier die ganze Zeit im Auto gesessen?«

Ja, dachte Schiller, und wahrscheinlich ist der Mörder an ihr vorbeigelaufen, hat vielleicht sogar einen Blick auf sie geworfen.

Er zog sein Telefon hervor und hielt es Birte hin. »Könntest du Carla für mich anrufen?«, fragte er unsicher. »Ich glaube, wir brauchen nun jemanden, der sich um das Mädchen kümmert.«

Birte schaute ihn stumm an. »Ja«, sagte sie stockend, »wir brauchen jetzt Hilfe vom Jugendamt. Carla wird wissen, was zu tun ist.« Dann holte sie ihr eigenes Telefon hervor, und einen Moment später hörte er, wie sie »Hallo, Carla« sagte, tonlos und düster.

14

Wie redete man mit einem Kind, das eben seine Mutter verloren hatte? Dafür gab es keine Anweisungen, kein Drehbuch. Während sie neben dem Beetle auf Jan wartete, der ihr den Autoschlüssel beschaffen wollte, hoffte Birte, dass Carla bald kommen würde. Sie hatten beschlossen, das Kind abzuschirmen. In spätestens einer halben Stunde würden die ersten Reporter am Tatort auftauchen. Das ließ sich bei einer so großen Sache wie dem Mord an einer bekannten Schauspielerin nicht vermeiden. Niemand sollte mitbekommen, dass die Tochter der toten Julia Bärwald im Auto auf ihre Mutter hatte warten müssen.

Während der erste Van der Spurensicherung vorfuhr, drückte Jan ihr den Schlüssel des Beetle in die Hand.

»Fahr ein Stück die Straße hinunter«, sagte er.

Birte nickte. Ihre Kehle war wie zugeschnürt. Die Kleine hockte noch immer stumm auf ihrem Kindersitz. Sie schien es gewohnt zu sein, eine Weile im Wagen ihrer Mutter auszuharren. Nur dass ihre Mutter nun nie wieder zu ihr zurückkehren würde. Birte atmete tief ein, bevor sie die Fahrertür öffnete.

»Na, meine Kleine, du heißt Paula, nicht wahr?«, sagte sie zu dem Mädchen und versuchte, möglichst freundlich zu klingen. »Ich bin Birte. Keine Angst, ich muss nur das Auto ein Stück wegfahren.«

Das Mädchen schaute sie stumm an. Es öffnete den Mund, entblößte kleine Milchzähne und schloss ihn wieder, ohne einen Laut hervorzubringen. Vier Jahre alt war Paula.

Birte spürte, dass ihre Hände zitterten. Unsicher ließ sie den Wagen die Straße hinunterrollen. Zwei weitere Streifenwagen waren eingetroffen.

»Wo ist Oma?«, fragte das Mädchen plötzlich. Dann: »Mama?« Das letzte Wort klang fragend, unsicher, als würde die Kleine ahnen, dass etwas nicht in Ordnung war.

»Es ist alles gut«, sagte Birte.

Sie hatte einen Parkplatz gefunden und stellte den Motor ab. Ein düsterer Gedanke schwebte herab. Sie sah Max vor sich, den lächelnden, gut gelaunten Max, der in ihrer Küche stand, und sagte zu ihm: »Nein, ich will kein Kind haben. Die Verantwortung ist viel zu groß.«

»Mama?«, sagte Paula wieder.

Birte drehte sich zu ihr herum. »Mama? Ja, ich kenne deine Mama«, sagte sie. »Sie heißt Julia, nicht wahr?«

Die Kleine nickte. Ihre roten Locken lugten unter ihrer Mütze hervor. Dann sagte sie leise: »Ich habe Durst ... Durst ...« Einen Moment später verzog sich ihr Mund, und sie begann zu weinen. Ein langer, hoher Heulton.

Birte beugte sich vor und strich der Kleinen über die Wange. »Ich kaufe dir etwas zu trinken. Milch ... trinkst du Milch?«

Paula weinte weiter.

Birte kam sich hilflos vor. Sie streichelte dem Mädchen abermals die Wange, doch es ließ sich gar nicht beruhigen. Nun quollen Paula dicke Tränen aus den Augen.

Jemand öffnete die Beifahrertür. Eine Gestalt in einem schwarzen Mantel. Carla! Birte lächelte sie dankbar an. »Die Kleine ... Paula ... sie hat eben zu weinen begonnen.«

Carla nickte. Sie klappte den Beifahrersitz zurück und streckte ihre Arme nach dem Mädchen aus.

»Paula«, sagte sie fürsorglich. »Was ist denn los? Wie lange sitzt du schon hier?« Dann schnallte sie das Mädchen ab und befreite es aus dem Kindersitz.

Einen Moment später wiegte sie das Mädchen im Arm. Bewundernd sah Birte ihr zu. Klar, Carla war Kindertherapeutin, sie wusste, was zu tun war, und doch brauchte man eine Menge Geduld, um ein schreiendes fremdes Kind zu beruhigen. Allmählich wurde das Weinen leiser. Paula drückte ihr Gesicht an Carlas Schulter, dann schloss sie die verquollenen Augen und schien für ein paar Sekunden sogar eingeschlafen zu sein.

»Was ist mit Angehörigen?«, flüsterte Carla. »Sie hat doch eine Großmutter, die sich um sie kümmert, nicht wahr? Habt ihr sie schon ausfindig gemacht?«

»Jan wollte sich darum kümmern«, erwiderte Birte leise, während sie beobachtete, wie ein Leichenwagen vor das 4711-Haus abbog.

Als sie den Namen »Jan« erwähnte, rollte Carla mit den Augen.

»Ich werde Paula zu ihr nach Hause fahren«, sagte sie. Das Mädchen regte sich in ihrem Arm. »Es wird sie beruhigen, sich in den Räumen aufzuhalten, die sie kennt, aber es wäre wichtig, dass die Großmutter kommt, bevor sie einschläft.«

Birte versprach, mit Nele zu sprechen und die Großmutter zu finden und nach Köln zu beordern.

Am Tatort war ein zweiter Wagen der Spurensicherung vorgefahren. Auch Fitschen, der Kriminaldirektor, war gekommen, und ein Kamerateam baute sein Equipment auf. Nur von Jan fehlte wieder einmal jede Spur.

Die Sehnsucht überkam sie schier auf den letzten Metern. Sie würde sich an seine Schulter werfen, würde Max küssen, auf den Mund, auf den Hals. Sie würde ihm die Kleider vom Leib reißen, ganz wie in einem schlechten Film, und dann würde sie neben ihm liegen, seine Haut einatmen und irgendwann einschlafen, am besten traumlos bis morgens um neun.

Verdammt, was für ein grauenhafter Tag!

Es war nach Mitternacht, als sie vor ihrem Haus anhielt. Nur die festlich erleuchteten Fenster verrieten, dass Weihnachten war. Sie hatte sich zusammen mit Schultke und Grauer in Brinkmanns Wohnung umgesehen, hatte den Abtransport der Leiche in die Rechtsmedizin überwacht und war dann zu Carla zum Haus der toten Julia Bärwald gefahren. Da hatte die kleine Paula in ihrem Kinderzimmer gehockt und ganz selbstvergessen mit Puppen gespielt, bis die Großmutter gekommen war – völlig aufgelöst und einem Herzinfarkt nahe. Statt dass sie das Kind beruhigte, hatte Marianne Bärwald, die Anfang siebzig sein mochte, sich so aufgeregt, dass sie einen Arzt hatten rufen müssen. Das Kind war schließlich eingeschlafen, völlig übermüdet und erschöpft. Carla hatte versprochen, die Nacht über zu bleiben. Über Jan hatte sie kein Wort verloren, aber dieses Schweigen war überaus beredt gewesen.

In ihrem Küchenfenster brannte Licht. Hatte Max tatsächlich gekocht und ihre Küche verwüstet? Bei dem Gedanken musste sie lächeln. Als sie im Begriff war, die Haustür aufzuschließen, legte sich ein Schatten über sie. Eine Gestalt trat an sie heran.

Für einen Moment dachte sie an einen Angriff. Sie wandte sich instinktiv um, die rechte Hand erhoben, um einen Schlag abzuwehren.

»Tut mir leid«, sagte eine Männerstimme. »Ich wollte Sie nicht erschrecken.«

Es war Bönnen, der Journalist, erkannte sie im Licht einer Laterne. Er trug den hellen Trenchcoat, den er auch am Nachmittag im Café Reichardt angehabt hatte.

»Was wollen Sie?«, fragte Birte unfreundlich.

»Ich habe gehört, dass diese Frau tot ist … Kaspars Freundin«, sagte Bönnen. »Hat mich ganz schön mitgenommen. Ich meine …« Er verstummte, führte seine rechte Hand zum Mund und zog an einer Zigarette, die kurz aufglomm und sein fahles Gesicht beleuchtete.

»Was meinen Sie?«

Birte wurde ungeduldig. Bönnen war ein Wichtigtuer und Schwätzer – davon war sie felsenfest überzeugt. In jeder Zeitungsredaktion gab es solche Leute, zweitklassige Journalisten, die nie die große Geschichte hatten, aber immer so taten als ob.

»Ich meine … ich möchte Ihnen noch einen Tipp geben … Ihnen etwas verraten …« Er warf die Zigarette vor sich und trat sie aus. »Die Dienstwagenaffäre … Ich bin sicher, dass die Oberbürgermeisterin reingelegt worden ist. Die Geschichte, dass ihr Mann ihren Dienstwagen nutzt, habe ich von Probst … Er steckt dahinter. Er war auch auf der Kreuzgasse, zwei Jahrgänge über Brinkmann und Mahler. Er hat Jura studiert wie Mahler, allerdings nur ein Semester, dann ist er Makler geworden. Mahler und er haben schon damals gemeinsame Geschäfte gemacht, und nun planen sie wieder irgendwelche Dinge. Ja, wenn Mahler erst Oberbürgermeister ist, dann ist Probst richtig im Geschäft.«

»Und was hat Brinkmann damit zu tun?«, fragte Birte. Ihr Smartphone summte. Eine SMS war eingegangen. Sie hoffte, dass Carla alles im Griff hatte.

»Brinkmann wusste davon – er hat alles durchschaut. Lesen Sie den Blog, den er über Mahler geschrieben hat, seinen alten Freund.« Bönnen nickte ihr zu und machte Anstalten zu gehen. »Wahrscheinlich hat Kaspar auch seiner Freundin davon erzählt … Vielleicht hatte er sogar Material über Probst und Mahler … Könnte doch sein.«

Er steckte sich eine Zigarette an, dann drehte er endgültig ab, überquerte die Straße und verschwand in der Dunkelheit.

Bevor Birte die Tür aufschloss, zog sie ihr Smartphone hervor. »Ich schwöre«, hatte Jan geschrieben, »dass ich diesen Scheißkerl erwische, der Brinkmann und Bärwald auf dem Gewissen hat. Sitze im Präsidium und werde die Nacht hier verbringen.«

Birte beschloss, ihm nicht sofort zu antworten. Sollte er die ganze Nacht durcharbeiten – sie war nun zu Hause.

Als sie Wohnungstür öffnete, weitete sich für einen Moment ihr Herz. Es roch nach Kerzen und Essen – nach Fisch, ein sanfter Fischgeruch, der durch die Wohnung zog.

Max saß am gedeckten Tisch und lächelte sie an. Er breitete die Arme aus. »Noch eine halbe Stunde, meine Schöne«, sagte er, »dann wären sämtliche Kerzen heruntergebrannt, aber nun bist du ja da.«

15

Schiller starrte in die Nacht hinaus. Der Dom war weihnachtlich erleuchtet. Überhaupt schien über der Stadt ein Licht zu schweben. Der erste Weihnachtstag ging zu Ende. Nur er hatte von dieser Stimmung nicht den leisesten Hauch mitbekommen. Mit wem hatten sie es in diesem Fall zu tun? Da hatte jemand innerhalb von vierundzwanzig Stunden zwei Menschen getötet und einem Mann skrupellos in den Kopf geschossen. Wo war das Motiv? Julia Bärwald hätte es ihm sagen können – sie hatte eine Entdeckung gemacht, die sie das Leben gekostet hatte. Schiller spürte eine Wut in sich wie selten zuvor. Die kleine Paula war mit einem Schlag elternlos geworden.

Die Hinweise, die sie bisher gesammelt hatten, gaben nichts her. Keine Kommunikationsdaten von Brinkmanns verschwundenem Smartphone, keine Spuren am Tatort in Worringen, keine Auffälligkeiten in der Wohnung des Toten. Auch die Untersuchung von Braschs Volvo hatte nichts ergeben. Die Kriminaltechnik hatte den Wagen abholen lassen und untersucht. Die Ergebnisse von Braschs Laptop standen noch aus, aber Schiller erwartete nicht, auf etwas zu stoßen, das sie weiterführen würde. Wie passte Brasch überhaupt ins Bild? Ein heruntergekommener Privatdetektiv, der offenbar jeden Job hatte annehmen müssen.

Wenn es so etwas wie eine Spur gab, dann lief sie bei Probst zusammen. Raimund Probst – der Immobilieninvestor. Auf den Fotos, die Schiller im Internet fand, präsentierte sich ein fettleibiger, glatzköpfiger Mann mit einem feisten Lachen – das Klischee von einem miesen Makler. In jedem mittelmäßigen Fernsehfilm hätte man Probst so besetzen können.

In einem kurzen Mitschnitt einer Diskussion, der auf YouTube zu sehen war, zeigte Probst sich allerdings von einer vollkommen anderen Seite. Er wirkte nicht so feist, hatte sogar eine angenehm warme Stimme und äußerte sich über Stadtentwicklung. »Köln muss sich Gedanken über den Zustand seiner Plätze machen – Plätze sind wichtig für die Stadt. Wo versammeln sich die Menschen, wo finden Begegnungen, Feste statt? Gucken Sie sich den Rudolfplatz, den Barbarossaplatz an. Oder den Platz hinter dem Bahnhof. Das sind Steinwüsten, öde und menschenfeindlich, aber keine Orte der Begegnung. Ich habe der Oberbürgermeisterin meine Unterstützung angeboten für einen großen Masterplan, aber leider habe ich aus dem Rathaus keine Antwort erhalten.«

Auf ein paar Aufnahmen, die bei der Eröffnung einer Kunstausstellung gemacht worden waren, stand Probst händchenhaltend mit seiner Frau Lyda da, einer blonden Fitness-Queen, die garantiert mindestens zwanzig Jahre jünger war als er. Ihre gemeinsamen Kinder waren Zwillinge und acht Jahre alt, und sie hießen tatsächlich Max und Moritz.

Für einen Moment überlegte Schiller, Probst ins Präsidium einzubestellen oder ihn in seiner Villa in Hahnwald aufzusuchen, aber dann sah er auf die Uhr. Es war gleich Mitternacht. Wahrscheinlich war Probst schon zu seiner Fitness-Queen ins Bett gekrochen.

Schiller schrieb Birte eine SMS und nahm sich dann Brinkmanns Blogs vor. Nicht nur Probst – einer Menge Leute in der Stadt war Brinkmann wortreich auf die Füße getreten. Ein Eintrag, den er vor fast zwei Jahren geschrieben hatte, galt dem ehemaligen Kölner Erzbischof.

Blog Nummer 39
Meister Eckart spricht: Ich gestehe, ich habe den Ohrenzieher gesehen, oh Herr!

Liebe Leute, kennt ihr das nicht auch? Ihr seid schon lange erwachsen, aber plötzlich fühlt ihr euch wieder wie ein Kind, wie ein unartiger Junge, der zum ersten Mal in dem kleinen Büdchen an der Ecke ein Kaugummi geklaut hat. So ist es mir ergangen, als ich mich neulich in den Dom verirrt habe. Ich dachte mir nichts dabei, ich wollte Gott und seine ganze Mischpoke gar nicht stören, ich wollte nur ein paar Kerzen aufstellen, für die zwei Menschen, an denen mir etwas liegt, für die Frau mit den wunderschön roten Haaren, für das kleine Kind mit den Grübchen … Zu meiner Überraschung geriet ich in eine Messe. Na gut, sagte ich mir, du glaubst zwar nicht an diesen Hokuspokus, aber mach den Zauber einfach mal mit. Ist ja lange genug her, dass du als Ministrant am Altar gestanden hast. Da sah ich ihn leibhaftig vor mir – den geborenen Ohrenzieher, den hartherzigen Mann, für den Mitgefühl, Verständnis, Empathie et cetera nur Fremdwörter sind! Ich kannte diesen Typus noch aus meiner Schulzeit – ja, diese Kerle werde ich niemals vergessen. Der alte Erzbischof höchstselbst hielt die Messe ab – mit schnarrender Stimme, mit harten Gesten, und natürlich musste er irgendwen geißeln – die Ungläubigen, die Materialisten, diejenigen, die nicht an IHN glaubten. Er machte ein finsteres Gesicht, und sogar sein Lächeln war finster. Nur einmal, als er sagte: »Gott wird strafen!«, glitt der Hauch einer echten Freude über seine Züge. Ja, dachte ich mir, so ist er, der Züchtiger, der Peiniger, der den Menschen ständig einflüstert, wie schlecht sie sind. Wenn er könnte, würde er kleinen Jungen im Religionsunterricht immer noch die Ohren lang ziehen, würde sie zwingen, das Vaterunser hundertmal abzuschreiben, ihnen das Holzlineal auf die ausgestreckten Finger schlagen … He, du Ohrenzieher!, rief ich ihm stumm durch das Gotteshaus zu, und da wandte er unvermittelt den Kopf, erforschte die Menschenmenge vor sich, als habe er mich gehört. Unsere Blicke trafen sich kurz, und ich lachte ihn an und ging. Die Kirche Sankt Andreas ein paar Meter weiter war wohltuend leer und nahm mich dankbar auf.

In einem anderen Blog machte Brinkmann sich über einen Meistertrainer lustig, der schon jahrelang keine Fußballmannschaft mehr betreute, aber noch immer in den Boulevardzeitungen das große Wort führte. Keine Entscheidung beim FC, kein Spiel, keinen Spielerwechsel ließ dieser ehemalige abgehalfterte Trainer unkommentiert, beinahe als würde er jeden Morgen einen Reporter zum Frühstück einbestellen, dem er seine Kommentare diktierte. Auch einen Rocksänger, der vor fast dreißig Jahren einmal einen Hit gehabt hatte – einen kölschen Rocksong über Straßenbahnfahrten –, knöpfte Brinkmann sich vor. Der Rocksänger, der mittlerweile über zweihundert Kilogramm wog, sei der nörgelige, unzufriedene Besserwisser schlechthin – obschon er selbst kein einziges Lied mehr komponiert habe.

Konnten diese Blogs etwas mit Brinkmanns Tod zu tun haben? Wohl kaum. Sie zeigten Brinkmann als Zeitgenossen, als Beobachter. Irgendwie aber schien er zumindest in den letzten Wochen Todesahnungen gehabt zu haben. Nicht nur im letzten Blog, sondern auch im vorletzten, den er am 20. Dezember verfasst hatte, hatte er vom Tod gesprochen.

Blog Nummer 158
Meister Eckart spricht: Wir sollen wie Vögel sein

Liebe Leute, kennt ihr das auch? Wünsche, die einen des Nachts überfallen? Ich habe so einen Wunsch, der mich ganz und gar erfasst: sich auf den Wind legen – die Arme wie Flügel ausbreiten und über das Land, über Berge, Flüsse, Seen schweben, das Gesicht der Sonne zugewandt. Wind wie Musik in den Ohren, Musik, die niemals verklingt. Vogelgleich das Land riechen, die Bäume, das Wasser tief unten und dabei die wunderbarsten, einfachsten Gedanken haben. Schöne rothaarige Frau, ich küsse deine Finger, deine Daumen, ich küsse deinen Mund. Ich bin dein Adler, und es ist ewig Sommer. Niemals vergeht die Musik des Windes. Ich atme das Leben ein. Das Wort Dankbarkeit formt sich in meinem Kopf, windumrauscht – und die Gewissheit: Wenn ich sterbe, werde ich lächeln.

Wenn ich sterbe, werde ich lächeln! Nein, Brinkmann war nicht lächelnd gestorben. Jemand hatte ihm aus nächster Nähe in den Kopf geschossen, und vorher war er gefesselt worden. An seinen Handgelenken hatte man Spuren von Kabelbindern entdeckt, die man ihm dann jedoch, vermutlich nach seinem Tod, wieder abgenommen hatte. In der Hütte waren sie nicht gefunden worden.

Der Mörder war jemand, der etwas gesucht hatte, deshalb war die Matratze aufgeschlitzt und die Hütte durchsucht worden, aber Brinkmann hatte das Versteck nicht verraten, obwohl man ihm den Tod angedroht hatte. Danach hatte der Täter Julia Bärwald ins Visier genommen.

Ja, so ähnlich musste es gewesen sein.

Schiller überlegte, Carla anzurufen. Sie hatte sich um die kleine Paula gekümmert. Wo war sie nun? Zurück in ihrer

Wohnung in der Sülzburgstraße? Hatte Nele die Großmutter der Kleinen erreicht?

In dem Moment, als er nach seinem Smartphone griff, begann es zu summen.

»Ich ahne«, sagte eine Frauenstimme, »dass Sie auch nicht schlafen können. Sind Sie noch im Präsidium?«

»Ja«, erwiderte Schiller. Er hatte keine Ahnung, wer ihn anrief. Die Stimme klang dunkel und müde. »Wer sind Sie?«

Die Stimme lachte. »Verzeihen Sie«, sagte die Frau. »Ich habe meine Kinderstube ganz vergessen. Passt eigentlich gar nicht zu mir. Ich bin Almut Schwäbe, die Rechtsmedizinerin.« Sie lachte wieder – vor Erschöpfung, so kam es Schiller vor. »Eigentlich sollte ich längst bei meinen Eltern im Westerwald sein, aber … Na ja, manchmal laufen die Dinge eben anders. Müssen die beiden ihren Weihnachtsbraten dieses Jahr eben allein essen.«

Schiller sah die unscheinbare Frau mit der Hornbrille und den halblangen dunkelblonden Haaren vor sich. Bei ihrem Auftauchen in der Hütte hatte sie kaum ein Wort gesagt – geschweige denn ironische Kommentare abgegeben.

»Warum rufen Sie mich an?«, fragte Schiller.

»Ich dachte, wir plaudern ein wenig«, sagte Almut Schwäbe. »Warum wir uns mit dem Tod beschäftigen.« Wieder ein mattes Lachen. »Nein«, fuhr sie dann ernster fort. »Verzeihen Sie, aber in meinem Kopf dreht sich alles. Ich brauche dringend ein paar Stunden Schlaf, doch vorher habe ich etwas für Sie.«

Die Rechtsmedizinerin saß da, auf einem Plastikstuhl, eine Flasche Bier vor sich auf einem Metallhocker, wie eine Kämpferin nach der Schlacht. Sie trug noch einen gelbgrünen Kittel, der an einer Stelle einen hellen Blutfleck aufwies. Das Haar hatte sie sich zurückgekämmt. Ihre Augen hinter der Hornbrille funkelten. Gut möglich, dass sie schon mehr als eine halbe Flasche Bier getrunken hatte. Sie deutete auf einen zweiten weißen Plastikstuhl vor sich.

»Setzen Sie sich doch, Herr Kommissar.« Sie wischte sich über das Gesicht. »Köln tut mir gut«, sagte sie. »Ich komme aus einem Kaff im Westerwald – Driedorf. War immer die brave Tochter,

Einser-Abitur, dann Medizinstudium in Frankfurt. Super Abschluss. Ganz wie es sich gehört. Aber dann habe ich mir die Toten ausgesucht – Rechtsmedizin – Tote lesen. Da haben meine Eltern große Augen gekriegt. Die hätten mich lieber irgendwo als Göttin in Weiß in einer Klinik gesehen oder besser noch als allseits beliebte Kinderärztin.« Sie griff nach der Bierflasche, setzte sie an die Lippen und nahm einen langen Schluck. »Na und jetzt sitze ich hier, am ersten … nein, zweiten Weihnachtstag …« Sie machte eine vage Handbewegung. »Der Fall nimmt selbst Sie mit, nicht wahr? Die tote Schauspielerin …«

»Ja«, sagte Schiller. »Der Fall beschäftigt mich, nein, er quält mich regelrecht … Zwei Morde quasi an einem Tag. Der Mörder war verzweifelt auf der Suche nach etwas … und ich glaube, das hat er nun gefunden.«

Almut Schwäbe nickte. »Schon möglich, aber ich habe etwas für Sie. Wir müssen nach nebenan gehen … da liegt die Frau … Ich konnte nicht anders, ich habe sie mir schon einmal angesehen. Die Todesursache ist eindeutig. Da hat jemand mit brutaler Kraft mindestens fünf-, sechsmal auf ihren Schädel eingeschlagen. Die Frakturen sind erheblich und haben innerhalb von Minuten zum Tod geführt.« Sie erhob sich, und dann gingen sie aus dem kleinen gekachelten Vorraum in den Saal, wo die Obduktionen vorgenommen wurden.

Das grelle Deckenlicht brannte und wurde von den silberfarbenen Tischen zurückgeworfen. Nun, mitten in der Nacht, kam Schiller der Raum noch unwirklicher vor als sonst. Almut Schwäbe hatte alles aufgeräumt, oder sie hatte sich noch gar nicht richtig an die Arbeit gemacht, jedenfalls war alles sauber, nirgendwo Nierenschalen oder benutzte Instrumente. Der Leichnam war mit einem grünen Tuch abgedeckt.

Die Rechtsmedizinerin trat an eine Seite und lüpfte das Tuch ein wenig, sodass eine kleine fahle Hand zum Vorschein kam. Auch die grün lackierten Finger wirkten wächsern und so, als könnte nie Leben in ihnen gesteckt haben. »Diese Hand war merkwürdig verkrampft. Ich habe mir erst nichts dabei gedacht. Totenstarre, dachte ich. Im Schmerz erstarrt. Bis ich sie mir genauer vorgenommen habe. Und dann …«, sie ließ das Tuch über den wächsernen Arm zurückgleiten, »... habe ich etwas entdeckt.« Mit einer fließenden Bewegung griff sie in die Tasche ihres Kittels und holte eine durchsichtige Plastiktüte hervor. »Ein Stück Papier ... Die Tote hatte noch einen Fetzen Papier in der Hand, abgerissen von einem größeren Stück.« Sie hielt die Tüte hoch, sodass sie im Licht schimmerte.

Schiller griff danach. Er brauchte ein paar Sekunden, um entziffern zu können, was auf dem winzigen Papierfetzen stand – nur ein Wort in Druckbuchstaben. »Liebesfalle«.

»Na«, sagte die Rechtsmedizinerin, »bringt Sie das weiter? Laden Sie mich nun zum Essen ein?«

Schiller starrte sie an. Sie lächelte. »Jetzt«, sagte er, »um diese Zeit?«

Almut Schwäbe lächelte. »Warum nicht? Oder erwartet Sie noch jemand?«

Sie landeten in einer Bar an der Friesenstraße, die kaum besucht war. Leise Jazzmusik lief. Almut Schwäbe ging zielstrebig zur Theke und bestellte zwei Bier. Sie prosteten sich zu und tranken. Die Rechtsmedizinerin sah nun in Jeans und dunkelrotem Pullover anders aus, jünger, mädchenhafter, weniger streng. Ihre Hornbrille hatte sie gegen ein randloses Modell getauscht. Im Auto hatten sie sich noch gesiezt, doch nun duzte sie ihn plötzlich.

»Hast du eine Frau?«, fragte sie und fuhr fort, ohne eine Antwort abzuwarten. »Ja, natürlich hast du eine Frau. Männer wie du haben immer Frauen. Nur die Loser haben nichts, die Kerle, die aus dem Mund riechen, die gelbe Zähne haben, die Frauen im Internet anbaggern ...« Sie lachte plötzlich. »Ach, was rede ich da?« Wieder prosteten sie sich zu.

Wenig später tanzten sie auf einer kleinen Fläche, oben auf der zweiten Ebene der Bar. Almut Schwäbe legte den Kopf auf seine Schulter. Sie war kleiner als er, aber nicht viel, fünf, sechs Zentimeter allenfalls. Ihr Haar roch nach Zitrone, ein deutlich wahrnehmbarer Duft, aber er empfand ihn als angenehm. Für einen Moment schloss Schiller die Augen. Sie wiegten sich im Rhythmus der Musik, ein Jazzklassiker, dessen Titel er vergessen hatte. Wann hatte er zuletzt getanzt? Es war eine gefühlte Ewigkeit her. Ja, mit Sylvie – noch vor einigen Monaten, aber an einen Tanz mit Carla konnte er sich gar nicht mehr erinnern.

Als sie sich voneinander lösten, lächelten sie sich an.

»Ich bin so müde, dass ich nur noch dich spüre«, sagte Almut plötzlich. »Mich selbst spüre ich gar nicht mehr.«

Es war halb vier, als er sie zum Taxistand am Rudolfplatz brachte. Sie küssten sich zum Abschied, kein sanfter, leichter Kuss, sondern ein langer, inniger, wie ein Versprechen auf mehr.

»Wir sehen uns«, sagte Almut, dann fuhr das Taxi an.

Er ging, ohne ihr nachzuwinken, und nahm sich auch ein Taxi.

Die Wohnung war leer. Keine Carla, keine Therese auf dem Sofa. Eine Sekunde lang war er erleichtert. Wie hätte er erklären sollen, wo er jetzt herkam – alkoholisiert und um vier Uhr in der Frühe? Doch die Erleichterung wich, kaum dass er allein in ihrem Doppelbett lag. Die leere Wohnung war wie ein Vorwurf an ihn. Du bist nie da, wenn ich dich brauche. Du kommst stets zur falschen Zeit nach Hause. Du bist immer noch Polizist.

Bevor er endlich sanft in den Schlaf glitt, fiel ihm das Wort ein, das auf dem Zettel gestanden hatte, den Almut Schwäbe der toten Julia Bärwald abgenommen hatte: »Liebesfalle«. Er hatte das Wort am Abend schon einmal gelesen – in einem Artikel über Raimund Probst. Der Immobilienmakler hatte sich in einem Prozess gegen eine Frau von einem Escortservice verteidigen müssen. Sie beschuldigte ihn, erst handgreiflich geworden zu sein, dann, sie nicht bezahlt zu haben. Sie habe ihm eine Liebesfalle gestellt, hatte er vor Gericht erklärt. Den Prozess hatte er aus Mangel an Beweisen gewonnen.

16

Blog Nummer 143
Meister Eckart spricht: Der Kandidat ist nackt

Liebe Leute, kennt ihr das auch? Die große Kandidaten-Show? Fanfaren und Ärmchen schwenken und kölsche Lieder singen. Und dann tritt er auf: der große neue Kandidat, er springt auf die Bühne – hochdynamisch, mit einem Hunderttausend-Volt-Lächeln im Gesicht und einem FC-Schal um den Hals – mitten ins Rampenlicht. Der Kandidat für ein großes Amt – sagen wir, er will Oberbürgermeister werden, beispielsweise. Als Erstes kauft er sich ein paar neue Anzüge, lässt sich bei der Auswahl der Krawatten beraten und überredet seine Frau, die stets an seiner Seite sein muss, zu einer neuen modernen Frisur. Dann müssen auch einige neue Wörter her – »Aufbruch«, »Innovation«, »Neustart«, »Sauberkeit« (ganz wichtig in Köln!), »Kultur«, »Gerechtigkeit« und das voluminöse »Ich – der Kandidat für die ganze Stadt«.
Aber Leute, fallt nicht darauf herein, hört genau zu und fragt euch lieber, ob der Kandidat nicht über Leichen geht, die er im Keller hat, ob er seine Bilder nicht mit falschen Farben malt, ob seine schönen Sätze nicht in Wahrheit ganz und gar abgestanden sind – ob unser Kandidat wirklich Kleider anhat.
Ich weiß es, er hat keine an.

Hatte Bönnen diesen Blog über Mahler gemeint? Birte fand den Text ungewöhnlich schwach – er zog den Kandidaten für das Amt des Oberbürgermeisters in Misskredit, ohne viel auszusagen. Allerdings erinnerte sie sich nun, dass sie die Plakate mit Mahler gesehen hatte, darunter den Spruch »Unser Mann für die ganze Stadt«.

Es war Viertel vor neun. Bis um halb drei in der Nacht hatten sie sich geliebt. Dann hatte Max sie in den Schlaf gestreichelt. Doch ein Traum hatte Birte gegen halb acht geweckt. Nein, kein wirklicher Traum. Sie hatte ein Kind weinen gehört – die kleine Paula hatte sich in ihren Schlaf geschlichen und hatte sie aufgeschreckt. Vorsichtig, ohne den selig schlafenden Max zu stören, war sie aufgestanden, hatte geduscht und war ins Präsidium gefahren. Eigentlich hatte sie erwartet, Jan auf dem Sofa im kleinen Besprechungsraum vorzufinden, doch nirgends war eine Spur von ihm zu entdecken. Auch Nele und die beiden Polizeischüler waren noch nicht eingetroffen.

Sie ging weiter die Blogs durch, die Brinkmann verfasst hatte. Einmal hatte er über einen Redner geschrieben, den er Hohlredner nannte. War Mahler auch damit gemeint? Es wurde nicht klar.

In gut zwei Wochen, Mitte Januar, würde die Wahl zum Oberbürgermeister stattfinden. Georg Mahler hatte eine knallig bunte Homepage, auf der er sich einerseits als Mann des Volkes, andererseits als Allroundkünstler präsentierte. Er hatte ein Einser-Abitur abgelegt, hatte Jura studiert und daneben mit gerade einmal dreiundzwanzig Jahren zwei Bücher geschrieben – einen Roman, der ein Bestseller geworden war, und einen Band mit Kurzgeschichten. Dann hatte er zwei Firmen – ein Steuerbüro und eine Immobilienfirma – gegründet, war in eine Kanzlei eingestiegen und war schließlich Professor geworden – erst in Heidelberg, dann in seiner »geliebten Vater- und Mutterstadt Köln«, wie es hieß. Er hatte zwei bereits erwachsene Kinder, seine Frau war einige Jahre lang Lehrerin gewesen, hatte ihren Beruf aber bald aufgegeben, »um meinen Mann und meine Kinder zu unterstützen«. Seit zwanzig Jahren stand sie einem Literaturverein und dem Verein zur Förderung der Kölner Oper vor. Mahlers Lebenslauf wurde mit zahlreichen Fotos illustriert, selbst der Familienhund, ein Bobtail namens Michelangelo, durfte nicht fehlen. Meret Mahler war eine gut aussehende, zierliche Frau mit Sommersprossen und dunkelroten, dem Farbton nach gefärbten Haaren. Von Ferne konnte Birte sogar eine Ähnlichkeit mit Julia Bärwald ausmachen.

Dann fielen Birte die vier gerahmten Fotografien ein, die sie aus Brinkmanns Wohnung mitgenommen und die sie, ohne sie weiter zu beachten, auf ihren Schreibtisch gelegt hatte. Mittlerweile lagen sie unter Akten verborgen. Zu den vier Studenten hatte eindeutig auch Georg Mahler gehört. Er war der Einzige, der eine Kurzhaarfrisur hatte und beflissen in die Kamera lächelte.

Neben ihm duckte sich ein schwarzhaariger Jüngling mit einem Oberlippenbart, der voller Misstrauen mit dunklen Augen in die Kamera blickte. Brinkmann – mit wallender Mähne, in einem Pullover, der ihm fast bis zu den Knien reichte – hatte sich neben diesen Jüngling postiert. Der vierte, einen Arm um Brinkmann gelegt, war ein Mann, dessen Haarpracht sich bereits lichtete; stocksteif stand er da, als wäre er eine Art Aufseher. Sein Lächeln wirkte aufgesetzt, irgendwie lehrerhaft.

Gegen halb zehn steckte Nele ihren Kopf durch die Tür. »Tut mir leid«, sagte sie ungewohnt zerknirscht. »Habe verschlafen. Ich glaube, spätestens Silvester wird mein Freund mit mir Schluss machen.« Nele Krach war die schönste Polizistin im Präsidium – ein ebenmäßiges Gesicht, lange blonde Haare, die sie manchmal hochgesteckt trug, und die Figur eines Models. Sie wechselte ihre Freunde alle drei, vier Monate – meistens waren es Musiker aus der Kölner Jazzszene. Zurzeit war ein norwegischer Schlagzeuger ihr Favorit. Er hieß Ove und war fast zwei Meter groß. Als Rechercheurin war sie unübertroffen.

»Ich habe immer noch keine Verbindungsdaten zu Brinkmanns Handy«, sagte sie. »Er hatte kein Smartphone, sondern ein altes Nokia-Gerät, mit dem er nur telefoniert und Kurznachrichten verschickt hat. Eine Ortung wird schwierig sein.«

Birte deutete auf das gerahmte Foto mit den vier Studenten. »Kannst du versuchen, herauszufinden, wer die drei Männer auf dem Foto sind?«, fragte sie. »Bei einem bin ich mir sicher, dass es Georg Mahler ist, der Mann, der jetzt bei der Oberbürgermeisterwahl antritt.«

Nele nickte, dann lächelte sie. »Du hattest eine kurze Nacht, nicht wahr?«, sagte sie. »Aber du riechst anders. Hast du dein Parfüm gewechselt?«

Birte spürte, wie sie errötete. Parfüm? Nein, sie hatte kein Parfüm benutzt – sie roch nach Max, nach gut vier Stunden Schlaf in seinen Armen. Ohne eine Antwort abzuwarten, zog sich Nele in ihr Büro zurück.

Während eine SMS einging, wurde an die Tür geklopft. »Vermisse dich!«, schrieb Max. »Wie konntest du nur einfach so gehen … und jetzt? Es ist immer noch Weihnachten. Da darf man sich etwas wünschen. Ich wünsche mir, dass eine schöne blonde Frau mit blauen Augen mir das Frühstück ans Bett bringt!«

Sie musste unwillkürlich lächeln. Zum Glück schrieb er nun nichts mehr von einem Weihnachtskind.

Noch einmal wurde geklopft. Dann hörte sie eine männliche Stimme, die ihr für einen Moment den Atem nahm. Verdammt, wo war Jan? War er in der Nacht doch noch nach Hause gefahren? Sie hatte auch ganz vergessen, Carla anzurufen und sich zu erkundigen, wie es der kleinen Paula ging.

Pierre Lavender öffnete die Tür. Forschend blickte er sich um.

»Hallo, Birte«, sagte er ganz vertraut, so als wären sie noch immer alte Freunde, so als hätte ihre Affäre nie begonnen oder wäre noch nicht zu Ende. »Wir sind ein paar Minuten zu früh, aber das stört euch hoffentlich nicht.«

Sie nickte ihm zu. Er sah gut aus, Drei-Tage-Bart, das schwarze Haar mit den grauen Strähnen modisch kurz geschnitten. Er trug einen grauen Anzug mit dunkelgelber Krawatte. Höflich ließ er Raimund Probst den Vortritt.

Der Immobilienmakler rief beinahe wie ein Offizier ein barsches »Guten Morgen« in den Raum. Er hatte eine Glatze, war klein und untersetzt. Sein Drei-Tage-Bart wirkte ungepflegt. »Unseriös« – das war die erste Vokabel, die einem einfiel, wenn man ihn sah. Ein unseriöser Geschäftsmann, dem man besser aus dem Weg ging.

Pierre reichte ihr die Hand. »Wir waren eigentlich mit deinem Kollegen verabredet«, sagte er. »Mit Hauptkommissar Schiller.«

Birte begriff, dass sie noch kein Wort erwidert hatte. »Ihr müsst euch noch einen Moment gedulden«, sagte sie ganz förmlich. »Wir sind gleich bei euch.«

Pierre nickte, und die beiden zogen sich wieder auf den Gang zurück. Probst sah auf die Uhr und schnaubte.

Sie spürte, wie sich ihr Herzschlag wieder verlangsamte. Dann nahm sie ihr Smartphone hervor. »Kleine Jungen dürfen sich etwas wünschen«, schrieb sie Max, »aber nicht jeder Wunsch geht in Erfüllung. Frühstück mache ich heute Abend.«

Sie würde Max von Pierre erzählen müssen und von Rainer Hinrichs, dem ehemaligen Sprecher der Kölner Polizei, der sie gestalkt hatte, ja, in all ihre Irrtümer müsste sie ihn einweihen – und vielleicht war das ja gar nicht so schwer.

Als sie Jan anrief, hörte sie, dass sie ihn geweckt hatte. »Es ist Viertel vor zehn«, sagte sie. »Probst ist schon da.«

»Ich komme«, flüsterte er. »Ich brauche zwanzig Minuten und dann einen starken Kaffee.«

Jan brauchte siebenunddreißig Minuten, bis er es ins Präsidium geschafft hatte. Er war unrasiert und garantiert ungewaschen. Er sah aus, als hätte er die Nacht unter einer Brücke verbracht. Pierre Lavender und sein Mandant warteten noch immer. Birte hatte Nele einmal hinübergeschickt und ausrichten lassen, dass es noch ein paar Momente dauern würde. Keine zehn Pferde würden sie dazu bringen, allein mit Pierre und Probst eine Befragung durchzuführen. Carla hatte sie in ihrem Auto erreicht – sie hatte die Nacht bei Paula und deren Großmutter verbracht, die immer noch völlig aufgelöst war. Die Nachricht, dass ihre Mutter tot war, hatte der Kleinen noch niemand beizubringen versucht.

Nach einem gemurmelten Gruß ging Jan wortlos an die Kaffeemaschine und füllte sich einen Becher, den er sofort an die Lippen setzte. »Hat Probst den alten Lavender im Schlepptau?«, fragte er mit heiserer Stimme.

Birte zögerte einen Moment. »Den jungen – Pierre. Die beiden warten nun schon über eine halbe Stunde. Dementsprechend wird ihre Laune sein.«

Jan verharrte einen Moment, als müsste er über diese Antwort nachdenken, dann nickte er ihr zu. Seine Augen waren gerötet, als hätte er sich in der Nacht betrunken. Er zog eine durchsichtige Tüte aus seiner Jackentasche.

»Ich war gestern noch in der Rechtsmedizin. Die Tote … Julia Bärwald hat einen Fetzen Papier in der Faust gehabt. Da steht ein Wort drauf: ›Liebesfalle‹.« Er schenkte sich Kaffee nach. Dann verließ er den Raum.

Wenn er in einer solchen Stimmung war, konnte die Befragung das reinste Vergnügen werden.

Nele hatte Pierre und Probst in ein Vernehmungszimmer geführt. Probst sprang empört auf, als sie den Raum betraten. »Unerhört ist das!«, rief er aus. »Es ist Weihnachten, meine Familie wartet auf mich. Ich komme freiwillig zu Ihnen – und Sie …«

»Wir hatten zu tun«, entgegnete Jan völlig ungerührt.

Pierre zwang sich zu einem Lächeln und breitete die Hände aus. »Meine Herren«, sagte er, als wäre Birte gar nicht anwesend, »ich bitte Sie, es gibt keinen Grund zur Aufregung.« Dann wandte er sich Jan zu. »Herr Kriminalhauptkommissar, mein Mandat hat Sie aufgesucht – am zweiten Weihnachtstag –, weil er sich denken kann, dass es auf Ihrer Seite vielleicht ein paar Irritationen gibt. Er war mit dem ermordeten Kaspar Brinkmann bekannt – und er hat dem Privatdetektiv Matthias Brasch den Auftrag erteilt, diesen Herrn Brinkmann und dessen Aktivitäten ein wenig im Auge zu behalten, aber das heißt nicht, dass er …«

Jan hatte sein altes, abgeschrammtes Diktiergerät auf den Tisch gestellt und schaltete es an. »Herr Lavender«, sagte er, »sparen Sie sich die Mühe, Ihr Honorar durch weise Sprüchlein verdienen zu wollen. Wir freuen uns, dass Herr Probst zu uns gekommen ist. Andernfalls aber hätten wir heute Morgen bei ihm auf der Matte gestanden und hätten ihn bei seinem Festtagsfrühstück stören müssen.«

Probst hatte sich wieder hingesetzt. Er wischte sich über das Gesicht.

Jan sprach förmlich das Datum, die Uhrzeit und die Namen der anwesenden Personen in das Diktiergerät. Als er Pierres Namen nannte, geriet er kurz ins Stocken, aber vielleicht war sogar das Absicht, vielleicht wollte er so zum Ausdruck bringen, wie unangemessen er es fand, dass Pierre hier aufgetaucht war.

Birte registrierte, dass Probst und Pierre Lavender beeindruckt waren, wie nüchtern Jan vorging.

Jan nickte Probst auffordernd zu, lächelte sogar. »Nun können Sie loslegen. Erzählen Sie uns Ihre Geschichte – woher Sie Brinkmann kennen, warum Sie ihm einen Detektiv auf den Hals gehetzt haben, all das …« Er machte eine wedelnde, beinahe gönnerhaft wirkende Handbewegung.

Probst schaute Pierre an, ein wenig verunsichert, als müsste er sich erst dessen Zustimmung holen.

»Ich kenne Kaspar schon lange«, begann er, »wir waren auf

einer Schule … Ich bin ein wenig älter als er, aber wir sind uns schon da über den Weg gelaufen. Außerdem haben wir einen gemeinsamen Bekannten.« Er zögerte, dann griff er in seine Anzugjacke und holte ein Packung Zigarillos hervor, doch als Jan streng den Kopf schüttelte, steckte er sie gleich wieder weg.

»Dieser Bekannte ist vermutlich Georg Mahler«, sagte Birte.

Jan wandte erstaunt den Kopf, und Pierre zog die Augenbrauen in die Höhe.

»Ganz recht – Georg Mahler«, erklärte Probst, »aber wir sind uns auch so gelegentlich begegnet, und ich habe dem Filmteam manchmal geholfen. Ich war bis vor Kurzem an einem Filmstudio draußen in Hürth beteiligt, das sie für ihre Innenaufnahmen benutzt haben.« Er räusperte sich. »Na, die Sache mit dem Privatdetektiv war vielleicht nicht die beste Idee, aber irgendwann begann Kaspar, Spaß daran zu kriegen, mir Schwierigkeiten zu machen. Er verkroch sich in seiner Bretterbude und schrieb diese bescheuerten Blogs – er wollte wohl der Rächer der Enterbten werden, der Robin Hood von Köln. Ich, Kaspar Brinkmann, stehe auf der Seite der Armen und Schwachen.« Probst verzog das Gesicht, seine Stimme hatte einen spöttischen Tonfall angenommen. »Sie haben diese dämlichen Blogs über mich ja wahrscheinlich gelesen. Er fing auch an, in meinen Häusern herumzuspionieren und Leute zu befragen. So etwas mag ich nicht, ganz und gar nicht.« Er senkte den Kopf, die Finger seiner rechten Hand begannen auf der Tischplatte zu trommeln. »Ich beschloss …«

Pierre legte ihm beruhigend die Hand auf den rechten Arm. »Mein Mandant ist ein erfolgreicher und allseits geachteter Geschäftsmann. Er kann sich natürlich keine Rufschädigung leisten.«

»Natürlich nicht«, sagte Jan, ebenfalls ironisch.

»Mir war zu Ohren gekommen, dass Kaspar an einem Filmscript schrieb – über einen windigen Makler und dessen Geschäfte. Darüber habe ich mir Gedanken gemacht.« Wieder fingerte Probst die Schachtel Zigarillos aus der Tasche. »Deshalb habe ich die Kanzlei Lavender gebeten, Erkundigungen einzuholen. Daher der Privatdetektiv. Da konnte ich beim besten

Willen nicht ahnen, dass dieser Detektiv in den Mord an Kaspar verwickelt wird.«

Probst sah auf die protzige goldene Uhr an seinem Handgelenk und schnaubte unwillig – das schien eine Gewohnheit von ihm zu sein.

»Sie haben geglaubt, Sie könnten das Vorbild für den Makler sein, über den Brinkmann sein Script schrieb?«, fragte Jan.

Probst starrte ihn an, seine Augen weiteten sich zornig. »Das lag ja wohl auf der Hand.«

»Und was ist mit dem Mord?«, fragte Jan mit schneidender Stimme.

Pierre Lavender atmete tief ein, doch Probst kam ihm mit einer Äußerung zuvor.

»Was soll damit sein? Glauben Sie, ich habe ihn ermorden lassen? Und dann auch noch diese Frau – diese Schauspielerin?« Er schnaubte – noch tiefer und abfälliger.

»Herr Kriminalhauptkommissar«, sagte Pierre betont, und auf einmal kam er Birte herablassend und schmierig vor, »Ihre Unterstellung ist absurd und abwegig. Mein Mandant …«

»Wer könnte einen Grund haben, Kaspar Brinkmann und dessen Geliebte Julia Bärwald zu töten?« Jan musterte Probst, der unter diesem kalten Blick unruhig auf seinem Stuhl hin- und herrutschte. »Haben Sie da eine Vermutung?«

»Nein!«, brüllte Probst. Eine Ader an seiner Schläfe hatte zu pochen begonnen. Er rang nach Atem. »Ich habe keine Vermutung! Absolut nicht!«

Für einen Moment trat Stille ein.

Noch ein drängendes Wort von Jan, dachte Birte, und Probst würde ihm buchstäblich an die Gurgel gehen.

»Also gut«, sagte Jan. Seine Stimme hatte einen leichteren Tonfall angenommen. »Dann erklären Sie mir nur Ihre kleine Episode mit dem Escortdienst, die Sie vor Gericht gebracht hat. Was hatte es mit dieser Liebesfalle auf sich?«

17

Sogar während er Probst und dessen widerwärtigem Anwalt – ausgerechnet der Typ, mit dem Birte eine kurze Affäre gehabt hatte – gegenübersaß, musste er an Almut Schwäbe denken. Sie hatten sich geküsst, nein, sie hatte ihn geküsst, nicht fordernd, aber sehr bestimmt und auf eine Weise, die etwas in ihm angerührt hatte. Sie war keine besonders schöne Frau, keine für den ersten Blick, aber dieser Kuss … Er versuchte, sich jeden weiteren Gedanken an sie zu verbieten.

Nach fünfundvierzig Minuten war die Befragung von Probst zu Ende. Die Geschichte mit der Liebesfalle hatte er recht einleuchtend erklärt: Er war an einem Erotikclub beteiligt, zu dem ein Escortservice gehörte, den er gelegentlich selbst nutzte – um zu sehen, wie das Geschäft so lief. Seine Frau wisse davon, er habe da keine Geheimnisse, und da habe eine Dame auf sehr plumpe Art versucht, ihn aufs Kreuz zu legen, sie habe wohl nicht gewusst, wer er war, und in ihm einen zahlungskräftigen Kunden gewittert, den sie betrügen könne, deshalb habe er den Ausdruck »Liebesfalle« benutzt.

Birte hatte noch kurz davon gesprochen, dass Probst mit Mahler, dem Oberbürgermeisterkandidaten, eigene Geschäfte plane, dass er offenbar gut in der Verwaltung vernetzt sei, aber da hatte Lavender sofort insistiert, dass etwaige Immobiliengeschäfte wohl kaum mit dem Mord an Brinkmann zu tun hätten.

Beinahe triumphierend waren die beiden Herrschaften dann abgezogen.

Aber wenn er ehrlich war, glaubte Schiller auch nicht, dass Probst etwas mit den beiden Morden zu tun hatte. Auch nicht, als Birte den Journalisten erwähnte, der ihr aufgelauert und von der Dienstwagenaffäre berichtet hatte. Bönnen hieß der Mann – er war ihm wahrscheinlich schon mal über den Weg gelaufen.

»Haben wir irgendwo ein Script von Brinkmann gefunden?« Im Büro nahm Schiller sich einen weiteren Kaffee. Die Müdigkeit, die ihm tief in den Knochen saß, ließ sich nicht einmal durch eine hohe Dosis Koffein abschütteln.

»Nein.« Birte setzte sich. Es war ihr anzumerken, dass sie sich

Gedanken über seinen Aufzug machte, dass er unrasiert und ungeduscht im Präsidium aufgekreuzt war. »Aber wir haben auch seinen Laptop nicht gefunden. Und die Handydaten haben wir auch noch nicht.«

Schiller spürte, wie sich sein Magen von dem heißen Kaffee zusammenzog. Er hielt die Tüte mit dem abgerissenen Papier in die Höhe. »Warum hat die tote Julia Bärwald so einen Fetzen Papier in der Hand?«

»Vielleicht stammte es aus einem Brief?«

»Glaubst du, Brinkmann oder sonst wer hat ihr mit dem Computer einen Brief geschrieben?«

Sie zuckte mit den Achseln. »Die Kriminaltechnik muss es sich ansehen. Vielleicht entdecken sie noch etwas – ein Wasserzeichen, eine DNA-Spur.«

Schiller nickte. Dann stand Nele in der Tür. Sie schaute Birte an.

»Da ist ein alter Mann, der dich sprechen will«, sagte sie.

Birte sprang auf. »Brinkmanns Professor«, sagte sie, mit Blick auf Schiller. »Ich habe ihn gestern vor dem Haus des Toten getroffen. Offenbar hat er Brinkmann gut gekannt.«

Sollte er sie anrufen – Almut Schwäbe? War sie noch in der Stadt oder auf dem Weg zu ihren Eltern? Wo wohnte sie? Im Westerwald – hatte sie Westerwald gesagt?

Es war Unsinn, sie anrufen zu wollen – völlig abwegig. Was hätte er ihr sagen sollen? Ich denke an unseren Kuss von gestern Nacht?

Er nahm sein Smartphone und wählte Carlas Nummer.

Förmlich nannte sie ihren Namen, obwohl sie seine Nummer auf dem Display gesehen haben musste.

»Schön, dass du dich gestern um das Mädchen kümmern konntest«, sagte Schiller. Er versuchte, sanft und einfühlsam zu klingen.

»Ich habe da übernachtet.« Carlas Stimme nahm einen kühleren Tonfall an. »Marianne Bärwald hat fast einen Zusammenbruch erlitten. Julia war ihre einzige Tochter. Jemand muss sich um sie kümmern.«

»Was ist mit dem Mädchen?«, fragte Schiller. Nun war er wieder der Polizist, der eine Auskunft haben wollte.

»Sie weiß noch nicht, dass ihre Mutter nicht wiederkommen wird«, sagte Carla. »Ich bin mir auch nicht sicher, ob ihre Großmutter es ihr nahebringen kann.«

»Können wir beide mit dem Kind reden?«, fragte Schiller ein wenig ungeduldig.

Carla zögerte einen Moment, sie atmete rief ein. »Jan«, sagte sie, »du willst das Mädchen befragen – wie eine Zeugin? Paula ist vier Jahre alt.«

»Jemand hat ihre Mutter umgebracht – mit einer Grubenlampe erschlagen. Vielleicht hat die Kleine jemanden gesehen, der aus dem Haus gekommen ist.«

»Du bist verrückt – so einfach geht das nicht. Sie ist ein kleines, unsicheres Kind, völlig auf die Großmutter fixiert, die sich anscheinend mehr um sie gekümmert hat als ihre Mutter.«

»Ich will nur einen Versuch machen«, sagte Schiller. »Und dafür brauche ich dich.«

»Dafür brauchst du mich?« Sie stieß die Worte beinahe gehässig aus.

Schiller begriff, dass er einen Fehler begangen hatte. Für ihn durfte Carla nicht nur die erfahrene Kinderpsychologin sein, die er für seinen Fall einspannen wollte. Einen winzigen Moment blitzte der Gedanke in seinem Kopf auf, ihr von Almut Schwäbe und seinem Kuss zu erzählen. Hör zu, ich habe eine fremde Frau geküsst, heute Nacht um halb vier. Aber nein, das war lächerlich.

»Versteh mich nicht falsch – ich will nur einen Versuch unternehmen. Wenn es nicht klappt, hören wir sofort damit auf«, sagte Schiller.

»Wer könnte einen Grund gehabt haben, Julia Bärwald zu töten? Diese Frage müsst ihr klären, da wird euch das Kind nicht helfen. Für Marianne Bärwald ist Brinkmann an allem schuld. Er hat ihre Tochter nicht in Ruhe gelassen. Immer wenn sie sich von ihm abwenden wollte, hat er sie wieder angerufen, und sie musste etwas für ihn erledigen.«

Diese Seite an Brinkmann hatte ihnen noch niemand geschildert – bisher hatte es für sie so ausgesehen, als wäre Brinkmann der totale Eigenbrötler gewesen.

»Wir fahren gleich zu Marianne Bärwald«, sagte Schiller. »Wäre schön, wenn du auch kommen könntest.« Er dachte an das Geschenk, das er Carla noch geben wollte. Sollte er es erwähnen, sollte er sagen: Unseren Heiligabend holen wir nach – versprochen?

»Julia Bärwald hat übrigens noch einen Freund gehabt«, sagte Carla. »Was für eine Art von Freund, weiß ich nicht genau, aber er hat heute Morgen angerufen. Er war völlig aufgelöst, obwohl ich ihm am Telefon gar nicht die Wahrheit gesagt habe – er wusste es wohl schon.«

»Wer war dieser Mann?«, fragte Schiller.

»Er heißt Ronald Greif – er war der Regisseur dieser Krimiserie.«

Am liebsten wäre er in seine Wohnung gefahren, hätte seine Laufkleidung angezogen und wäre ein paar Kilometer am Rhein entlanggelaufen. Im Präsidium war die Hölle ausgebrochen. Sie wurden regelrecht von Journalisten belagert. Fitschen hatte eine Pressekonferenz angesetzt, sie dann aber wieder abgesagt, weil sie nichts vorzuweisen hatten. Die Spurensicherung hatte ihnen nicht den kleinsten Hinweis gegeben, und Nele versuchte immer noch, bei der Telekom die Verbindungsnachweise zu Brinkmanns Handy zu bekommen.

Die Einzige, der der Trubel nichts auszumachen schien, war Birte. Vielleicht lag es daran, dass sie frisch verliebt war – hoffentlich diesmal in den richtigen Kandidaten. Schiller spürte erneut eine vage Eifersucht, während sie gemeinsam nach Müngersdorf zu dem Haus von Julia Bärwald fuhren, das in einer ruhigen Seitenstraße am Stadion lag.

»Habe ich etwas falsch gemacht? War ich betrunken?«, schrieb Almut Schwäbe ihm als SMS. »Ach nein, ich spüre einen Kuss auf meinen Lippen.«

Für einen Moment war er verwirrt. Hatten sie tatsächlich ihre Mobilnummern ausgetauscht? Er konnte sich nicht erinnern.

Birte beobachtete ihn aus den Augenwinkeln, während sie auf

das weiß getünchte Reihenhaus zugingen, in dem Julia Bärwald gewohnt hatte.

»Kommt Carla auch?«, fragte sie. »Hat sie dir eine Nachricht geschickt?«

»Nein«, sagte er einsilbig. »Keine Nachricht.«

Ein Mann öffnete ihnen die Tür – ein Wuschelkopf, der begann, grau zu werden. Er trug eine schwarze, teuer aussehende Lederjacke und musterte sie feindselig.

»Polizei?«, fragte er.

Schiller hielt ihm seinen Ausweis hin. »Und wer sind Sie?«

Der Mann machte keine Anstalten, die Tür weiter zu öffnen, als habe er hier das Hausrecht.

»Ronald Greif«, sagte er, »ich bin ein Freund der Familie.«

Schiller zog die Augenbrauen in die Höhe. »Der Regisseur? – Wären Sie so freundlich, uns hereinzulassen? Wir möchten mit Frau Bärwald sprechen.«

»Frau Bärwald ist tot«, entgegnete Greif, ohne sich zu rühren. »Ermordet worden!«

Schiller spürte, wie Zorn in ihm aufstieg. Eine barsche Erwiderung lag ihm auf den Lippen, doch Birte kam ihm zuvor – ganz diplomatisch.

»Wir möchten mit Frau Marianne Bärwald sprechen«, sagte sie. »Wie Sie sich denken können.« Sie schickte ihren Worten ein unverbindliches Lächeln hinterher.

Greif senkte den Blick und nickte stumm, doch statt die Tür zu öffnen, sagte er: »Marianne hat ein Beruhigungsmittel genommen und ist kaum ansprechbar. Warum haben Sie Julia nicht schützen können?« Dann gab er doch den Weg frei und wandte sich abrupt um.

Schiller glaubte, Julia Bärwalds Parfüm wahrzunehmen, als er das Haus betrat. Eine weiß geflieste, helle Diele empfing sie – da stand ein großer hölzerner Engel, der sie mit geschlossenen Augen zu mustern schien – eine feine Schnitzarbeit. An der Wand hing ein Schwarz-Weiß-Foto der Schauspielerin. Sie hielt eine Pistole in der Hand und blickte konzentriert vor sich hin – vermutlich eine Aufnahme aus der Fernsehserie. Auch Birte betrachtete das Foto einen Moment lang aufmerksam.

In dem weitläufigen Wohnraum, der mit einer breiten Fensterfront in einen dicht bewachsenen Garten hinauswies, hockte eine dunkelhaarige Frau, die nicht aufsah, als sie näher kamen.

Greif legte ihr die Hand auf die Schulter. »Wie ich vermutet habe – Polizei, Marianne«, sagte er leise.

Die Frau blickte nun doch auf. Sie war Julia Bärwald wie aus dem Gesicht geschnitten – nur mochte sie knapp dreißig Jahre älter sein. Ihre schwarzen Haare waren vermutlich gefärbt, sie war ansonsten genauso zierlich wie ihre Tochter. Mit verweinten Augen blickte sie Schiller an.

»Ich muss meine Tochter sehen«, flüsterte sie. »Und wer tut so etwas?«

Birte setzte sich neben die Frau, während Schiller stehen blieb.

»Wir werden den Mörder finden«, sagte Birte. Schiller war überrascht. Solche Sätze sagte Birte für gewöhnlich nie. »Ihre Tochter hat etwas über Brinkmann gewusst. Sie hat ein Versteck gefunden – in seiner Wohnung. Wissen Sie, was es sein könnte?«

Marianne Bärwalds Blick irrte durch das Zimmer, als suche sie etwas – einen Haltepunkt, etwas, das sie beruhigen konnte.

»Nein«, sagte sie nach einer Weile. »Ich weiß nichts darüber. Ich weiß nur, dass Brinkmann ihr Unglück war. Warum hat sie sich auf ihn eingelassen? Warum kam er immer wieder an, wenn sie endgültig Schluss machen wollte?«

Greif stöhnte plötzlich auf. »Alle Welt weiß, dass Brinkmann jeden beherrschen wollte, mit dem er zu tun hatte«, sagte er. »Und Julia hat immer an ihr Kind gedacht.«

Das Kind? Schiller blickte sich um. »Wo ist die Kleine?«, fragte er.

Marianne Bärwald räusperte sich. »Sie ist bei den Nachbarn. Sie spielt da, aber ich glaube, sie weiß es bereits. Sie hat nicht ein Mal nach Julia gefragt.« Ein Weinkrampf schüttelte sie.

Greif legte ihr fürsorglich den Arm um die Schulter. Feindselig sah er Schiller an.

»Brinkmann war ein Schwein«, stieß er hervor. »Eigentlich hat er Julia auf dem Gewissen.«

So, dachte Schiller, sprach ein verschmähter Liebhaber.

»Nein«, sagte Birte sehr entschieden. »Brinkmann war wohl

kaum am Tod von Julia Bärwald schuld, aber es gibt da einen Zusammenhang, den wir entdecken müssen. Wie standen Sie zu Julia?« Sie fixierte Greif, der plötzlich aufstand und zum Fenster ging.

»Ich habe Julia geliebt«, sagte er. »Aber sie mich nicht – Künstlerpech.« Er wandte sich um. Seine Stimme nahm einen scharfen, empörten Tonfall an. »Sie werden nicht viele Menschen finden, die etwas Gutes über Brinkmann sagen werden. Da gehe ich jede Wette ein. Seine Allüren, seine Blogs – der ganze Unsinn, den er von sich gegeben hat, aber …«, er zögerte, »… seine Drehbücher waren gut, sehr gut sogar.«

»Wissen Sie, woran Brinkmann zuletzt gearbeitet hat?«, fragte Schiller.

Greif schüttelte den Kopf. »Seitdem er mit der Serie aufgehört hat, habe ich kein Wort mehr mit ihm gesprochen. Ich glaube, er hat auch kein Script mehr vorgelegt.«

Birte hatte sich eine Notiz gemacht. Schillers Smartphone summte. Sofort dachte er wieder an die Rechtsmedizinerin. Plötzlich sah er vor sich, was geschehen würde – sie würden sich verabreden, heute Abend noch –, und er würde Carla betrügen. Wenn er Almut Schwäbe noch einmal treffen würde, würde es nicht bei einem Kuss bleiben.

Er zog sein Smartphone hervor. Neles Nummer im Präsidium leuchtete auf. Entschuldigend nickte er Greif und Marianne Bärwald zu, dann drehte er ab und ging in Richtung Diele.

»Es ist etwas Merkwürdiges geschehen«, sagte Nele. »Jemand hat uns per E-Mail vier Fotos geschickt – von Brinkmann, wie er sich mit jemandem trifft, mit einer Frau, schätze ich. Die Fotos sind nicht sehr gut.«

»Von wem kommen die Fotos?«

»Anonym – jemand, der sich ›Cologne Revenge‹ nennt. Ich lasse gleich überprüfen, ob die Kriminaltechnik herausfinden kann, woher die Fotos verschickt wurden.«

»Kannst du die Fotos auf mein Smartphone weiterleiten?«, fragte Schiller.

Nele seufzte. Auch ihr schien der Stress mittlerweile an die Nieren zu gehen.

»Kann ich machen – auf einem kleinen Display wirst du noch weniger erkennen können. Am besten siehst du es dir hier am Bildschirm an. Außerdem habe ich herausgefunden, wer die Männer auf dem Foto sind, das Birte mir gegeben hat.«

18

Pierre Lavenders Auftritt hatte Birte nur kurz aus dem Gleichgewicht gebracht. Nach einer Weile, als Probst begonnen hatte, große Reden zu schwingen, hatte sie sich lediglich gewundert, was sie einmal an Pierre gefunden hatte – gewiss, er sah gut aus, er verstand es, sich zu kleiden, er war smart, aber im Vergleich zu Max wirkte er herzlos und langweilig.

Während sie mit Brinkmanns altem Professor gesprochen hatte, hatte Max ihr eine Kurznachricht nach der anderen geschickt, fünf insgesamt, die eine kleine Weihnachtsgeschichte ergaben. Ein Mann saß zu Hause unterm Tannenbaum und wartete auf seine Frau. Dabei holte er eine große Schachtel hervor und legte in Gedanken alles hinein, was ihm an der Frau gefiel: ihr helles, lebhaftes Lachen, der Nagel ihres linken kleinen Fingers, eine blonde Locke, die ihr ständig ins Gesicht fiel, ihre kirschrot lackierten Fußnägel, ihr weicher, warmer Bauchnabel … Zuletzt stellte er eine Kerze ins Fenster, und da endlich stand die Frau vor seiner Tür – angelockt vom Licht, mitten in der Nacht.

Niemals wäre Pierre Lavender auf die Idee gekommen, ihr so etwas zu schreiben.

Professor Albing schien einer der wenigen Menschen zu sein, der nur Positives über Brinkmann mitzuteilen hatte, aber leider waren seine Auskünfte nicht sonderlich ergiebig. Nein, er wisse nicht, ob Brinkmann zuletzt auch andere Texte als seine Blogs geschrieben habe, nein, getroffen hätten sie sich nicht mehr, lediglich telefoniert, und da habe Brinkmann sich immer sehr rührend nach seinem Gesundheitszustand erkundigt.

»Richtig nahegekommen sind Kaspar und ich uns, als dieses furchtbare Unglück passiert ist – als sein Sohn Sven überfahren worden ist.« Der alte Mann hatte gelächelt, sein faltiges Gesicht wirkte ganz in Erinnerungen versunken. »Ich muss Ihnen etwas sagen … Er hatte ernsthaft vor, den Jungen zu töten, diesen Raser, der sein Kind auf dem Gewissen hatte. Ich habe es ihm zum Glück ausreden können. Meine Tochter Charlotte ist mit dreißig Jahren an Leukämie gestorben. Ich weiß, was so ein Verlust bedeutet. Auch ich wäre daran fast zerbrochen. Kaspar und ich, wir haben drei Nächte lang ununterbrochen geredet. Man muss auch Verluste ertragen können, habe ich Kaspar gesagt. Verluste gehören zum Leben. Wir können es nicht ändern.«

»Brinkmann wollte den Raser wirklich töten?«

»Kaspar hatte diesen Arif, der ja nicht in Haft war, verfolgt, er hatte heimlich Fotos von ihm gemacht – und er hatte schon einen Plan, wie er ihn im Gericht vor aller Augen richten wollte. Irgendwo in einem Schützenverein in der Eifel hatte er schon Schießübungen gemacht und sich überlegt, wie er die Waffe in den Gerichtssaal schmuggeln könnte.«

Birte hatte sich daran erinnert, was Hanno ihr gesagt hatte – Mahler hatte Brinkmann von dem Vorhaben abgebracht, sich zu rächen.

»Dann waren Sie das, der ihm diesen Gedanken ausgeredet hat – nicht Brinkmanns Freund Mahler?«, hatte Birte gefragt.

Professor Albing hatte auf seine zarten geröteten Hände geblickt. »Mahler ist Jurist«, hatte er dann erwidert. »Ich kenne auch ihn ein wenig, aber ich glaube nicht, dass er wirklich etwas von den Abgründen versteht, die in einem Menschen liegen können. Lesen Sie Kaspars Blog über seinen toten Sohn, dann wissen Sie, wie tief ein Schmerz gehen kann.«

Georg Mahler – auch ihn mussten sie befragen, doch als sie Jan von ihrem Gespräch mit Albing berichtete, winkte er nur ab. Er hatte die absurde Idee, die kleine Paula könnte den Mörder ihrer Mutter gesehen haben.

»Ist es nicht so, dass Kinder die Dinge malen, die sie beschäftigen? Carla hat sich das in ihren Therapiestunden immer zunutze gemacht. Vielleicht sollten wir der Kleinen einfach ein paar Buntstifte geben und sie etwas malen lassen.«

Insgeheim war Birte erleichtert, dass sie Paula nicht bei ihrer Großmutter antrafen. Jan schien seine Idee auch beiseitegeschoben zu haben – oder er war ganz auf seine Abneigung gegen den Regisseur Ronald Greif konzentriert. Etwas Neues, das sie weiterbringen konnte, hatten sie von Marianne Bärwald nicht erfahren. Den Reportern, die vor dem Präsidium auf sie warteten, konnten sie zum Glück entgehen. Fitschen jedoch würde sich spätestens morgen, wenn die Weihnachtstage vorbei waren, der Presse stellen müssen.

Die Fotos von Brinkmann, die ans Präsidium geschickt worden waren, hatte Nele auf DIN-A3-Format vergrößert und ausgedruckt. Es waren schlechte, grobkörnige Aufnahmen, die offenbar am Rhein gemacht worden waren. Im Hintergrund war ein erleuchtetes Schiff zu sehen, und ein paar Lichtsprenkel verteilten sich auf dem grauen Wasser. Brinkmann war zu erkennen, er trug einen Mantel und hielt eine Zigarette in der Hand, die er auf dem vierten Bild zum Mund führte. Die zweite Gestalt, möglicherweise eine Frau, stand ein wenig versetzt hinter ihm, sie war deutlich kleiner und hatte eine Kapuze über den Kopf geschlagen. Eigentlich war sie kaum mehr als ein dunkler Fleck. Die Lichtverhältnisse waren äußerst schlecht. Vermutlich handelte es sich um Nachtaufnahmen, oder zumindest waren sie nach Einbruch der Dämmerung gemacht worden. Wann genau, ließ sich nicht feststellen.

Jans Laune hatte sich nicht gebessert. »Was soll das?« Er deutete auf die vier Ausdrucke und sah Nele beinahe vorwurfsvoll an. »Warum schickt uns jemand so etwas?«

»Brasch kann es nicht gewesen sein«, sagte Nele, ohne auf den anklagenden Tonfall einzugehen. »Die Aufnahmen sind heute gegen Mittag gesendet worden. Wir wissen noch nicht, woher. Aber vorhin sind noch drei Aufnahmen gekommen.« Sie klickte auf ihrem Computer eine E-Mail an und öffnete die angehängte Datei. Drei Fotos von Brinkmann tauchten auf. Sie zeigten ihn vor dem 4711-Haus in Ehrenfeld. Er verließ das Haus und blickte geradewegs in die Kamera. Auf dem dritten Bild hatte sich sein Gesicht verfinstert, als hätte er entdeckt, dass man ihn heimlich fotografierte.

»Da will uns jemand mitteilen, dass er Brinkmann beobachtet hat«, sagte Birte. »Aber das wird kaum sein Mörder sein.«

»›Cologne Revenge‹ nennt der Absender sich?«, fragte Jan missmutig.

Nele nickte. »Ich habe dazu nichts gefunden. Wenn man ›Revenge Cologne‹ eingibt, dann taucht nur ein Aftershave auf, das so heißt.«

Jan schnaubte. »Will uns irgendein Superschlauer also eine Rasur verpassen?«

»Revenge heißt doch Rache. Brinkmann wollte sich einmal an jemandem rächen«, sagte Birte. »An dem Jungen, der seinen Sohn totgefahren hat.«

»Ja und?«, fragte Jan.

»Vielleicht hat es etwas damit zu tun.«

»Brinkmanns Sohn ist 2011 totgefahren worden. Das ist eine Ewigkeit her.«

»Nein«, sagte Birte. »Eine Ewigkeit ist das nicht.« Sie dachte an das, was Professor Albing ihr gesagt hatte – über Verluste und dass man sie ertragen musste. Sie hatte Martins Tod ertragen, aber wenn man sie fragte, wann es passiert war, dann würde sie antworten: Gestern, eigentlich ist es erst gestern passiert.

»Wenn wir herausgefunden haben, von wo aus die E-Mails gesendet worden sind, wissen wir wahrscheinlich mehr«, sagte Nele, wie so oft um Ausgleich bemüht.

Als Jans Smartphone summte, sah er lediglich mit starrer Miene auf das Display und ließ es dann klingeln.

»Jedenfalls«, fuhr Nele fort, den Blick auf Birte gerichtet, »habe ich herausgefunden, wer die beiden anderen Männer auf dem Foto sind, das Birte aus Brinkmanns Wohnung mitgenommen hat. Katja Brinkmann konnte es mir sagen.« Sie wies auf das gerahmte Foto mit den vier jungen Männern. »Der Große, der steif dasteht, heißt Henner Precht. Er lebt in Köln am Höninger Weg, und der andere …« Sie deutete auf den Dunkelhaarigen mit dem Oberlippenbart. »Das Foto wurde bei einer Bootstour auf der Sieg gemacht. Kurz danach ist er ums Leben gekommen. Auf einer Party ist er auf einen ungesicherten Balkon hinausgetreten und abgestürzt. Tragisch! Er hieß Colin Faber und wurde nur dreiundzwanzig Jahre alt.«

Die dritte Sendung von Fotos kam um siebzehn Uhr zweiundvierzig, und wenig später wussten sie auch, von wo aus die erste E-Mail verschickt worden war – von einem Internetcafé in der Kalk-Mülheimer Straße, keinen Kilometer vom Präsidium entfernt.

Drei Bilder zeigten Brinkmann mit einem Mann in einem offenbar heftigen Gespräch, zumindest wurde es sehr gestenreich geführt. Die Unterredung war durch eine Fensterscheibe fotografiert worden, doch auch der zweite Mann war gut zu erkennen. Er trug einen Anzug mit einer roten Krawatte. Es war eindeutig Georg Mahler, der Kandidat für die Oberbürgermeisterwahl. Ernst und konzentriert sah er aus, während Brinkmann einen aufgebrachten Eindruck machte.

»Sieht aus, als hätte unser superschlauer Fotograf eine Menge Bilder geschossen – wie ein echter Paparazzo«, sagte Jan. Er nickte Birte zu. »Ich glaube, ich kenne dieses Internetcafé. Da kriegt man sogar einen ganz guten Kaffee.«

Sieben Minuten später hielten sie vor einem Kiosk mit einem großen Schaufenster, auf dem »Internet-Café« stand. In einer Theke wurden Croissants und Pizzen angeboten, dazu gab es zwei Stehtische sowie zwei Tische mit drei Computerbildschirmen. Eine grell geschminkte Frau von Anfang zwanzig schaute ihnen erwartungsfroh entgegen – aus einiger Entfernung hätte man sie für ein Amy-Winehouse-Double halten können. Sie war ganz allein in dem Kiosk.

Jan bestellte gleich zwei Kaffee, dann blickte er sich um und lächelte. Der Raum wurde tatsächlich von einer Kamera überwacht, die versteckt in einer Glaskugel in einer Ecke angebracht war.

Die Frau nickte. »Kaffee – mache ich sofort.«

»Wie kommt es, dass Sie an so einem Tag hier arbeiten müssen?«, fragte Jan ganz leutselig.

Amy Winehouse wandte sich um. Sie lächelte. Sie hätte wirklich eine Sängerin sein können – sie hatte perlweiße Zähne und einen perfekt geformten Mund.

»Oh!«, sagte sie. »Macht mir nichts aus. Weihnachten ist für mich langweilig – und mein Freund …«

Sie verstummte, als wäre sie im Begriff gewesen, ein Geheimnis zu verraten. Formvollendet stellte sie zwei gefüllte Wassergläser zu den beiden Kaffeetassen auf ein Silbertablett und reichte es Jan.

»Wie heißen Sie, junge Frau?«, fragte Jan. Er kam wieder

besser in Form – wahrscheinlich lag es an der Kamera und daran, dass ihm dieses Mädchen gefiel.

»Samira«, sagte die Frau. »Meine Mutter stammt aus Tunesien. Brauchen Sie Zucker?«

Jan schüttelte den Kopf. »Wir haben eine andere kleine Bitte.« Mit einer schnellen Bewegung zog er seinen Ausweis hervor. »Eine Auskunft – ganz unbürokratisch. Sie haben da oben eine Kamera. Wir möchten gern sehen, wer heute Morgen um elf Uhr dreiundvierzig hier an einem der Computer gesessen hat.«

Samiras Gesicht hatte sich verfinstert. Eine zarte Falte zog sich über ihre Stirn. »Heute gegen elf ... da war ich auch schon da, aber ich weiß nicht, ob ich Ihnen Auskunft geben darf. Außerdem kenne ich mich mit dieser Kamera nicht aus.«

»Gegen eine kleine Auskunft wird niemand etwas einzuwenden haben«, sagte Birte freundlich. »Aber vielleicht wissen Sie auch so, wer heute Morgen hier an den Computern E-Mails geschrieben hat.«

Ihre zarte Falte glättete sich wieder. Nachdenklich leckte sie sich über die Lippen. »Es war nicht viel los. Mahmut, der Besitzer, hat selbst irgendwas im Internet gesucht, aber der ist um kurz nach zehn gegangen. Dann war da ein älterer Mann, ein Deutscher, der seiner Tochter zu Weihnachten eine E-Mail schreiben wollte, und dann dieser Junge aus dem Handyladen, ich glaube, er heißt Arif, er wollte mich einmal einladen, aber so einer ist nichts für mich – zu sehr Macho. Und außerdem war er ...« Ihr Blick glitt zur Tür, als hoffte sie, dass da jemand käme, der sie aus dieser peinlichen Befragung befreite, aber da kam niemand.

»Ja«, sagte Birte, als Samira nicht weitersprach. »Arif hat mal eine Dummheit begangen. Er stand vor Gericht – wegen eines tödlichen Autounfalls.«

19

»Was soll der Scheiß! Ich wollte Ihnen helfen, verdammt. Ja, ich dachte, das wäre eine gute Idee.« Arif starrte sie hasserfüllt an. Er war sechsundzwanzig Jahre alt, hatte aber noch die weichen Gesichtszüge eines Kindes, wenn man von einem schmalen Kinnbart absah. »Verdammt, ich wollte euch Bullen wirklich helfen.«

Arif lebte in einem heruntergekommenen Hochhaus in Porz, in einem Apartment in der achten Etage. Sinn für Möbel schien er nicht zu haben. In dem recht großen Wohnraum gab es lediglich ein gelbes Stoffsofa, einen Plastikstuhl, auf dem eine Spielekonsole lag, einen Flachbildschirm, der eine halbe Wand einnahm, sowie ein mit allerlei Nippes vollgestelltes Holzregal.

Als Schiller ihm seinen Ausweis hingehalten hatte, hatte er sehen können, wie der Junge kurz überlegt hatte, an ihnen vorbeizustürmen und abzuhauen, aber dann hatte er diesen Gedanken verworfen und sie widerwillig in die Wohnung eingelassen.

»Hilfe«, sagte Birte freundlich, »können wir ja immer gebrauchen, aber warum haben Sie das alles heimlich gemacht?«

Bei dem Wort »heimlich« musste Schiller unwillkürlich lächeln. Wenn man von einem Internet-Café, in dem man sogar mit Namen bekannt war, Fotos abschickte, konnte von »heimlich« eigentlich nicht die Rede sein, eher von »dumm«.

Arifs Blick glitt hinter ihn zu einem Nebenzimmer. Schiller stand auf und öffnete eine weiß lackierte Holztür. Er sah in ein Schlafzimmer – eine biedere Schrankwand aus hellem Holz und ein breites Doppelbett, auf dem ein Mädchen mit langen schwarzen Haaren saß und auf ein Smartphone starrte. Sie hob nicht einmal den Kopf, obwohl sie ihn gehört haben musste. Er schloss die Tür wieder.

»Ihre Freundin?«, fragte Schiller.

Arif machte eine wegwerfende Bewegung. »Geht Sie ja wohl nichts an, oder?« Er grinste – was irgendwie überlegen wirken sollte, ihm jedoch komplett misslang.

»Hör zu, Arif«, sagte Schiller. Er setzte sich neben den Jungen auf das Sofa. »Wir haben zwei Mordfälle aufzuklären und nicht viel Zeit. Wer hat diese Fotos gemacht und warum?«

Arif versuchte, ein Stück von ihm abzurücken. Er schluckte, dann sah er auf seine Hände, die braun gebrannt und ziemlich muskulös waren. Wahrscheinlich ging er regelmäßig ins Fitnessstudio. Er trug ein langärmliges T-Shirt, unter dem sich seine Muskeln spannten. Er lehnte sich zurück, atmete tief ein und aus.

»Ehrlich«, sagte er. »Ich wollte helfen, aber nicht so, dass ich jemanden verrate ... Ich meine ...«

»Hast du die Fotos gemacht?«, fragte Schiller. »Hast du Brinkmann verfolgt?«

Arif schloss für einen Moment die Augen. »Sie wissen ja, was passiert ist ... mit dem Unfall und so ... Ist blöd gelaufen damals ... Der Sohn von diesem Brinkmann ...« Er seufzte, griff dann in seine Hosentasche und zog eine Schachtel Zigaretten hervor, in der auch ein Feuerzeug steckte. Sein Blick wanderte beinahe hilfesuchend zu Birte, während er sich eine Zigarette ansteckte. »Mir tut das alles heute noch leid, aber was soll ich machen ... ist eben passiert. Damals ... kurz nach dem Unfall hat Brinkmann mir aufgelauert. Ich hatte richtig Schiss vor ihm, wenn ich ehrlich bin.« Er inhalierte, atmete aus und sah dem Qualm seiner Zigarette nach.

Plötzlich öffnete sich die Tür. Das schwarzhaarige Mädchen stand in einem langen gelben T-Shirt auf der Schwelle. »Dauert das noch lange?«, fragte sie und zog einen Schmollmund. Sie war höchstens siebzehn oder achtzehn Jahre alt und eine echte Schönheit. Auf ihrem T-Shirt stand: »Wenn ich du wäre, wäre ich lieber tot«.

»Komme gleich«, sagte Arif überraschend freundlich, dann machte er eine wedelnde Handbewegung, und das Mädchen zog sich zurück.

»Ja, Schiss«, fuhr er fort, »aber dann hörte er damit auf ... Er hat es kapiert, habe ich gedacht. Der Prozess kam, ich kriegte meine Strafe, alles ging so, irgendwie ...«

Er inhalierte wieder, dann klingelte sein Smartphone in seiner Hosentasche, eine schrille orientalische Melodie. Mit einem hastigen Griff brachte er das Telefon zum Verstummen.

»Und dann?«, fragte Schiller ungeduldig.

»Ich habe Brinkmann jahrelang nicht gesehen, aber vor ein

paar Wochen stand er mittags plötzlich vor meinem Laden. Ich habe ihn sofort wiedererkannt. Er stand da und wartete, dass ich rauskam. ›Was wollen Sie?‹, habe ich gefragt. ›Mein Junge ist tot, und du lebst‹, hat er gesagt.« Arif nahm eine Untertasse, die zu seinen Füßen stand, und streifte die Asche darauf ab. »Scheiße!, habe ich gedacht. Was soll das? Ich habe gar nicht weiter mit ihm geredet, aber am nächsten Tag war er wieder da, glotzte in meinen Laden, stand eine halbe Stunde da so rum …« Er zögerte. »Dann bin ich raus und habe ihm gesagt, dass er abhauen soll. Er hat nur gegrinst, dann hat er eine Pistole aus seiner Manteltasche geholt und hat auf mich gezielt. Er erschießt mich, habe ich gedacht, aber er hat nur gelacht und ist gegangen.« Arif atmete tief ein. Seine dunkelbraunen Augen funkelten. Für einen Moment schien er den Schrecken noch einmal zu erleben. »War aber wahrscheinlich keine echte Pistole.«

»Was hat das mit den Fotos zu tun?«, fragte Birte, nun ebenfalls ungeduldig.

»Ich habe gedacht, dass ich Brinkmann im Auge behalten sollte – ich wollte wissen, was er so tut, ob er mir vielleicht irgendwo auflauert, ohne dass ich es mitkriege, deshalb habe ich zwei Kumpels gebeten, ihm mal ein bisschen hinterherzulaufen. Die haben die Fotos gemacht, und ich dachte wirklich, es würde Sie interessieren, mit wem Brinkmann sich so trifft.« Er seufzte und drückte die Zigarette aus. »Ich weiß, dass ich damals Scheiße gebaut habe, aber ich bin nicht mehr so. Wissen Sie, was ich für ein Auto fahre? Einen Twingo – so einer bin ich!«

»Ein Twingo ist doch kein übles Auto«, sagte Schiller. Er holte sein Notizbuch hervor und reichte es Arif mit einem Kugelschreiber. »Schreib uns die Namen deiner Kumpels und ihre Telefonnummern auf. Dann gehen wir wieder.«

Arif nickte eifrig, während er tatsächlich zwei Namen notierte und dann in seinem Smartphone nach den Telefonnummern suchte.

»Gibt es eigentlich eine Belohnung?«, fragte er anschließend mit einem befreiten Grinsen. »Falls meine Fotos zu dem Mörder führen?«

Es war kurz nach einundzwanzig Uhr, als sie Arifs Wohnung verließen. Birte wollte nach Hause – das war deutlich zu merken. Lächelnd schrieb sie eine lange SMS. Dann sagte sie: »Morgen Vormittag sollten wir uns diesen Georg Mahler vornehmen. Das war das einzig interessante Foto, das Arif uns geschickt hat – die Aufnahmen mit Mahler.«

Schiller nickte, obwohl er anderer Ansicht war. Er hätte auch zu gern gewusst, wen die ersten Fotos mit Brinkmann zeigten. Wenn man von der Statur ausging, musste es sich um eine Frau oder einen recht kleinen Mann handeln.

»Wollen wir irgendwo noch etwas trinken?«, fragte er, von seiner eigenen Frage überrascht. Ja, musste er sich eingestehen, er hatte Angst vor einer Begegnung mit Carla. Es war immer noch Weihnachten – und sie hatten nicht einen Moment allein miteinander verbracht.

Birte schaute ihn an. »Bedauere«, sagte sie. »In meiner Wohnung wartet jemand auf mich. Ich habe ihn den ganzen Tag hingehalten, doch nun will ich ihn unbedingt sehen.«

Am Präsidium strich sie ihm über den Arm, als müsse sie ihn irgendwie besänftigen, und sprang aus dem Wagen. Er blickte ihr nach. Sie hatte ihr Smartphone hervorgeholt und sprach in den Apparat hinein. Fast kam er sich verraten vor. Sie war verliebt – und er …?

Almut Schwäbe hatte ihm eine SMS geschrieben und mitgeteilt, dass sie nicht in den Westerwald gefahren war, dann hatte sie ihn sogar angerufen, doch er hatte das Telefonat nicht angenommen.

Sollte er zumindest ihre Kurznachricht beantworten? Er beobachtete, wie Birte mit ihrem Alfa vom Parkplatz fuhr, dann gab auch er Gas. Er würde mit Carla ein Glas Wein trinken, danach würde er ihr sein Geschenk überreichen. Die Stimmung würde sich wieder aufhellen, ganz bestimmt.

Schon von der Straße sah er, dass in der Wohnung kein Licht brannte. Als er aufschloss, schlugen ihm nur Stille und Dunkelheit entgegen. Carla war nicht da. Die Küche war aufgeräumt, kein benutztes Geschirr, nichts wies darauf hin, dass jemand am Tag in der Wohnung gewesen war. Er fand auch keine Nachricht für sich.

Aus dem Kühlschrank nahm er eine angebrochene Flasche Weißwein und trank noch im Stehen ein Glas. Wo war Carla? Wollte sie ihm zeigen, dass sie auf ihn nicht angewiesen war? Wollte sie ihn mit Nichtachtung strafen?

Er schenkte sich ein zweites Glas ein, dann zog er sein Smartphone hervor.

Almut Schwäbe meldete sich nach dem ersten Klingelzeichen.

»Ich bin es«, sagte er leise.

»Der Herr Polizist!« Sie lachte auf. »Na, die Pflicht für heute erledigt?«

»Wollen wir noch etwas trinken?«, fragte er. »Weihnachten ist in zwei Stunden vorbei.«

»Ich habe Kamillentee, Rooibos, Fair-Trade-Kaffee, guten alten Bordeaux, alkoholfreies Bier und Gin.«

»Ich nehme den Gin – eiskalt und mit Zitrone.«

Sie lachte, zögerte einen Moment. »Rautenstrauchstraße 69a, zweiter Stock«, sagte sie. »Direkt am Kanal. Herrenbesuch nach zweiundzwanzig Uhr ausdrücklich erwünscht.«

Sie küsste ihn schon in der Tür. Sie roch wieder nach Zitrone, und einen Gin hatte sie offenbar auch schon probiert. Nach einem kurzen überraschten Zögern erwiderte er ihren Kuss, dann bemerkte er, dass sie barfuß war und nur einen samtweichen gelben Bademantel trug. Ihr Griff ging zu seiner Jacke, während sie ihn in die Wohnung zog. Musik lief, sanfte Klavierklänge. Er sah aus den Augenwinkeln ein graues Sofa, dann vor einer Fensterfront einen Tisch mit vier Stühlen. Jalousien waren heruntergelassen. Auf dem Tisch brannten vier Kerzen auf einem Adventskranz. Das Einzige, das in der Wohnung an Weihnachten gemahnte.

Geschickt hatte sie seine Jacke geöffnet. Sie küsste ihn noch einmal, dann fuhr ihre Zunge über seine Lippen.

»Schön, dass du kommen konntest«, flüsterte sie. Sie trug keine Brille, ihre Augen funkelten grünlich auf.

Erneut ein langer, intensiver Kuss.

Mittlerweile hatte sie ihn durch eine weitere Tür gezogen. Wieder matter Kerzenschein. Ihr Schlafzimmer – es roch frisch, nach Parfüm, als hätte sie das breite Doppelbett, das den halben Raum einnahm, parfümiert. Für einen winzigen Moment sah er sich selbst in einer Spiegelwand – einen blonden lockigen Haarschopf, ein unrasiertes müdes Gesicht. Dann schloss er die Augen. Er fühlte ihre kleinen zarten Brüste unter seinen Händen. Ihre Finger öffneten sein Hemd, dann lagen sie auf dem Bett, küssend und um Atem ringend. Sie öffnete seine Hose, und er stöhnte auf.

Was tat er hier? In einem Gedankenblitz tauchte Carla auf, wie sie nach Hause kam, die Wohnungstür öffnete und nach ihm lauschte. Er hatte sie noch nie betrogen. Nein, ein Mal hatte er mit Sylvie, seiner Tangolehrerin geschlafen, aber es war ein Fiasko gewesen.

Dann spürte er eine sanfte Hand, die zwischen seine Beine wanderte. Er stöhnte wieder auf. Sie fuhr mit den Lippen über sein Gesicht.

»Ich will dich!«, flüsterte sie. »Vom ersten Augenblick an!«

Er nickte und küsste sie als Antwort.

Als er abrupt erwachte, war es zwei Uhr dreiundvierzig. Jedenfalls zeigte der Radiowecker neben dem Bett diese Uhrzeit an. Er brauchte keine Sekunde, um sich zu orientieren. Neben ihm, eine Hand auf seinem Bauch, lag Almut Schwäbe und atmete rhythmisch ein und aus. Die Kerze auf dem Nachttisch brannte noch. Er konnte ihr schlafendes Gesicht im Halbschatten sehen. Sie sah entspannt aus und ja, auch ein wenig glücklich.

Doch er … Was hatte er getan?

Als er sein Smartphone zur Hand nahm, sah er, dass Carla ihm eine SMS geschickt hatte – schon gegen neun Uhr am Abend, aber offenbar hatte ihn die Nachricht später erreicht, oder er hatte sie schlichtweg übersehen.

»He du, wo bist du? Fahre zu Marianne Bärwald – sie hat mich angerufen und braucht Hilfe.«

Er spürte einen Stich, der ihm geradewegs ins Herz zu fahren schien. Deshalb war sie nicht in der Wohnung gewesen, nicht um ihn zu bestrafen, sondern weil sie sich um ein Kind kümmerte, das seine Mutter verloren hatte.

Almut Schwäbe neben ihm regte sich, doch sie war nicht aufgewacht. Sie drehte sich ein wenig ab, ihre Hand wanderte von seinem Bauch zurück. Er nahm das als Zeichen, nun gehen zu können.

Leise erhob er sich, sammelte seine Kleider zusammen, löschte die Kerze und schlich ins Wohnzimmer. Auch hier flackerten die Kerzen auf dem Adventskranz noch, eine war besorgniserregend weit heruntergebrannt. Nachdem er sich angezogen hatte, drückte er die Kerzen aus und ging zur Tür. Einen Moment verharrte er. Hatte Almut etwas mitbekommen? Nein, kein Laut war aus ihrem Schlafzimmer zu hören. Leise knarrend öffnete sich die Tür.

Was war das gewesen?, dachte er, als er auf der Straße stand. Niemand war zu sehen. Zwei Nachbarhäuser erstrahlten in voller Weihnachtsbeleuchtung. Ein leichter Nieselregen hatte eingesetzt.

Sah so ein One-Night-Stand aus?

20

Sie frühstückten bis um Mitternacht – Max hatte alles eingedeckt: Toast, frisch gepressten Orangensaft, Joghurt, drei verschiedene Sorten Käse, Rührei und zwei Gläser Prosecco. Dann zogen sie sich aus und legten sich nebeneinander. Birte war so müde, dass sie kaum die Augen aufhalten konnte. Max streichelte sie und küsste ihre Brust.

Sie erzählte ihm von Arif, ohne dessen Namen zu erwähnen, und davon, dass die tote Julia Bärwald offenbar in Brinkmanns Wohnung etwas gefunden hatte, das der Mörder mitgenommen hatte – einen Brief vermutlich. Als sie von den Fotos sprach und Mahlers Namen erwähnte, hielt Max plötzlich inne. Sie öffnete ihre Augen.

»Kennst du Mahler?«, fragte sie.

»Ich habe ihn einmal getroffen – vor einigen Jahren. Ich habe seinen Roman geliebt. ›Das ewige Feuer‹. Ich glaube, ohne dieses Buch wäre ich selbst nie zum Schreiben gekommen.«

Birte richtete sich auf.

Max küsste sie auf den Hals, seine linke Hand glitt zu ihrem Mund.

»Ich liebe dich«, sagte er. »Ich bin nur ein Fahrradkurier und liebe eine Polizistin, die immer im Dienst ist.«

»Jetzt«, flüsterte sie, »bin ich nicht im Dienst.«

Max lächelte. »Doch«, sagte er, »auch jetzt bist du im Dienst. Was ist dieser Mahler für ein Mensch?, hast du gerade gedacht. Du wirst ihn morgen aufsuchen und dazu befragen, in welcher Verbindung er zu dem Ermordeten stand.«

»Ja«, erwiderte sie und sank in die Kissen zurück. »Du hast recht. Verrate mir, wann du ihn getroffen hast. Und erzähle mir von diesem Buch.«

Max legte seinen Kopf an ihre Schulter. »Eine Freundin von mir hat Jura studiert, und einmal bin ich zu einer Vorlesung mitgegangen. Ich wollte den Autor vom ›Ewigen Feuer‹ sehen – Mahler war damals ganz neu an der Uni, er ist mit drei Assistentinnen aufmarschiert, und er war so ganz anders, als ich ihn mir vorgestellt hatte. Er sieht gut aus, adrett, graue Schläfen, aber er wirkte so pedantisch, so ungeheuer effizient, kein bisschen so wie die Hauptfigur in seinem Roman.«

Birte musste wieder die Augen schließen, sie war eigentlich zu müde, um zuzuhören. Die letzten Tage hatten ihr zugesetzt – statt besinnliche Weihnachtstage zu erleben war sie beinahe rund um die Uhr im Einsatz gewesen.

»Worum geht es in dem Buch?«, fragte sie.

»Es geht um eine Studentenliebe in den achtziger Jahren in Köln. Die Hauptfigur heißt Stefan, er kommt aus der Provinz nach Köln und versucht, das Leben zu genießen. Clubs, Musik, Drogen. Da trifft er Linda, ein schönes dunkelhaariges Mädchen, das ihre Spiele mit ihm treibt. Er ist so verliebt, dass er nichts mehr essen kann, dass er nur noch an sie denkt. Er schwelgt in Gedichten, malt Häuserwände an, klebt Zettel an Türen. Dann ist Linda plötzlich verschwunden, und er findet heraus, dass sie gar nicht Linda hieß, sondern Azra. Sie ist Türkin, was sie ihm verschwiegen hat. Ihre Familie hat sie zurück nach Istanbul geschickt. Stefan reist ihr nach, doch sie ist tot – gestorben bei einem Busunfall.«

»Ich habe noch nie von diesem Buch gehört.« Birte wollte Max anschauen, aber sie spürte, wie die Müdigkeit sie immer heftiger erfasste und davontrieb. Sie griff nach seiner Hand und drückte sich gegen ihn.

»Das Buch war ein Millionenseller – fast so etwas wie der deutsche ›Fänger im Roggen‹. Ich habe es geliebt, und einzelne Szenen habe ich immer noch vor Augen. Am Ende steht Stefan vor Azras Grab und weiß nicht, ob sie sich umgebracht hat, ob sie sich nicht vor den Bus geworfen hat, um einer Zwangsheirat zu entgehen.«

»Und?«, fragte Birte. »Hat es diese Azra wirklich gegeben?«

Sie spürte noch, wie Max sich über sie beugte, wie er ihr einen Kuss auf die Augen hauchte, doch seine Antwort bekam sie nicht mehr mit.

Jan war rasiert und offenbar ausgeschlafen, was sie einigermaßen beruhigte, als er sie gegen halb neun abholte. Ohne dass sie nachfragen musste, erzählte er ihr, dass Carla sich in der Nacht um Marianne Bärwald und die kleine Paula gekümmert hatte. Seine Worte klangen, als wäre mit Carla alles wieder im Lot, oder vielleicht wirkte er auch nur einigermaßen erleichtert, weil die Weihnachtstage nun zu Ende waren.

Das Wahlkampfbüro, das Mahler eingerichtet hatte, lag in einem Ladenlokal an der Neusser Straße. Schon von Weitem war es zu erkennen. Rote Luftballons und ein überlebensgroßes Konterfei von Georg Mahler waren auf das Schaufenster aufgeklebt. Sein Lächeln wirkte unecht, und seine Geste – er streckte eine Hand mit ausgestrecktem Daumen vor – hätte selbst bei einem amerikanischen Präsidenten unpassend und übertrieben ausgesehen.

Jan musste sich bei einem Bäcker erst noch einen Kaffee besorgen, bevor sie sich dem Laden nähern konnten. Eine altmodische Klingel ertönte, als sie die Tür öffneten. Zwei junge Frauen in beigefarbenen Kostümen und mit blonden hochgesteckten Haaren – beide Marke: freundliche Stewardessen – saßen an zwei Rechnern, fast gleichzeitig blickten sie auf.

»Hallo und herzlich willkommen!«, rief eine der beiden Frauen. »Was können wir für Sie tun? Möchten Sie einen Flyer oder Buntstifte oder …«

»Wir würden gern den Kandidaten sprechen – Herrn Georg Mahler«, sagte Jan förmlich, und ohne dass er seinen Ausweis gezückt hatte, begriff die Blonde, dass sie keinen interessierten Wähler vor sich hatte. Sie legte ihr Gesicht in Falten.

»Herr Mahler ist noch nicht zu sprechen«, sagte sie ebenso förmlich. »Er bereitet einige Auftritte vor, die er heute absolvieren muss.«

»Ich bin sicher, dass er ein paar Minuten für uns erübrigen kann.« Nun zog Jan doch seinen Ausweis hervor.

»Wir brauchen lediglich einige Auskünfte«, sagte Birte. »Wird nicht lange dauern.«

Eine der beiden Frauen war hinter ihrem Rechner aufgesprungen. An einem Besprechungstisch mit sechs Stühlen vorbei eilte sie in einen hinteren Raum. Durch die Tür, die sie öffnete, konnte man Mahler sehen – er saß in einem weißen Hemd ohne Krawatte auf der Kante eines braunen Schreibtisches, trank einen Kaffee und hielt in der linken Hand eine Zeitung. Müde blickte er auf, nachdem die Frau ihm etwas ins Ohr geflüstert hatte.

»Sollen reinkommen«, hörte Birte dann, und Jan setzte sich bereits in Bewegung.

Die Blonde eilte geschäftsmäßig nickend an ihnen vorbei.

Georg Mahler hatte hinter seinem Schreibtisch Platz genommen. Er hatte nun sogar in Windeseile eine Krawatte angelegt.

»Polizei?«, sagte er. »Sie kommen wegen Kaspar, nicht wahr? Eine echte Tragödie.« Er deutete auf zwei Stühle vor seinem Schreibtisch. »Wir sind in der heißen Phase meines Wahlkampfs – nicht mal Weihnachten hatte ich Pause. Sonst wäre ich selbstverständlich zu Ihnen gekommen, hätte mich erkundigt … nach dem Stand der Dinge.«

Die Fotos, die Birte von Mahler gesehen hatte, schmeichelten ihm. In Wahrheit wirkte er älter, verlebter – ja, die Haare waren modisch geschnitten, die grauen Schläfen standen ihm, doch seine Augen waren wie erloschen und verrieten keinerlei Interesse an seiner Umgebung, und die Falten in seinem Gesicht deuteten auf Schlafmangel oder eine permanente tiefe Müdigkeit hin.

»Wie standen Sie zu Brinkmann?«, fragte Jan. »Wann haben Sie sich zuletzt gesprochen oder gesehen?«

Mahler lehnte sich zurück, er richtete die Augen zur Decke, als falle es ihm schwer, sich zu erinnern. »Gesprochen? Keine Ahnung. Das muss geraume Zeit her sein. Kaspar und ich, wir kennen uns eine Ewigkeit, wir waren zusammen auf der Kreuzgasse, dann an der Uni. Ich habe auch erst Germanistik studiert wie er, dann später Jura, und wir sind zusammen um die Häuser gezogen, wie man wohl so sagt.«

Eine der beiden Blonden kam herein und legte ihm einen Computerausdruck hin. Mahler warf einen Blick darauf, dann sah er die Frau an.

»Wir liegen vorn, nicht wahr? Fünfundfünfzig Prozent für uns?«

Die Blonde nickte. »Um zehn ist der erste Termin. Martin wird Sie fahren. Er kommt gleich. Vorher bringt Ihre Frau Ihnen noch das neue Jackett.«

Mahler nickte zufrieden. »Ich bin auf der Zielgeraden«, sagte er stolz und blickte erst Jan, dann Birte an. »Wenn alles klappt, hat Köln bald einen neuen Oberbürgermeister.« Die Falten um seine Augen kräuselten sich, als er lächelte.

»Wie schön!«, sagte Jan ohne jede Begeisterung.

Die Blonde zog sich wieder zurück.

»Mit Kaspar habe ich wirklich einen alten Freund verloren«, erklärte Mahler. Nun klang er deutlich freundlicher und leutseliger. Die Umfragewerte hatten seine Stimmung offenbar gehoben. »Ich hätte Katja anrufen müssen ...« Er rieb sich nachdenklich das Kinn. »Wissen Sie, wann die Beerdigung stattfindet? Sollte ich da ein paar Worte sprechen – ein Freund über einen Freund?«

Jan holte sein Notizbuch hervor. »Haben Sie eine Ahnung, wer Kaspar Brinkmann getötet haben könnte? Hatte er Feinde – gefährliche Gegner?«

Mahler kniff die Augen zusammen. »Feinde? Großer Gott! Jemanden, der ihn so sehr hasste, dass er ihn umbringen würde? Nein, davon weiß ich nichts. Ich kenne diese Blogs – die haben nicht allen Leuten gefallen, aber wegen so ein paar dummer Sprüche bringt man doch niemanden um.«

»Wie eng war Ihre Beziehung zu Brinkmann in den letzten Jahren?«, fragte Birte.

»Nun.« Mahler strich sich übers Kinn, als müsse er ernsthaft nachdenken. »Nicht mehr so eng, muss ich gestehen. Wir haben uns ein wenig aus den Augen verloren. Ich war an der Uni, er schrieb seine Drehbücher, und dann bin ich in die Politik gegangen. Also, wir waren alte Freunde, das schon, aber gesehen haben wir uns so gut wie nicht mehr.«

»Wann genau zum letzten Mal?«, fragte Jan lauernd.

Mahler hob die Hände. »Das weiß ich nicht mehr so genau – vor ein paar Monaten vielleicht.«

»Es muss im letzten Mai gewesen sein«, sagte eine Frauenstimme von der Tür aus.

Eine zartgliedrige rothaarige Frau stand da, über dem Arm ein schwarz schimmerndes Jackett an einem Bügel. Meret Mahler, die Ehefrau, war eingetroffen.

»Wir haben Kaspar bei einem Empfang gesehen – im Mai in der Flora. Da war irgendeine Filmpremiere. Wir haben aber kaum mit ihm gesprochen. Er hatte diese Schauspielerin bei sich und war – wie so oft – ziemlich schlecht gelaunt.«

Meret Mahler ging auf sie zu, sie bewegte sich schnell und forsch auf weißen hochhackigen Pumps.

»Georg«, sagte sie, »der erste Termin ist um zehn Uhr beim Stadtanzeiger, dann geht es weiter zur Bahnhofsmission, anschließend in eine Kirchengemeinde in Buchforst …«

Mahler winkte ab, dann stand er auf und zog sein altes Jackett aus.

»Einen Moment«, sagte Jan. »Wir sind hier noch nicht fertig. Wir haben noch ein paar Fragen.«

Meret Mahler hielt einen Moment inne, während sie ihrem Mann das Jackett reichte. »Leider ist der ganze Tag durchgetaktet«, sagte sie betont freundlich, aber ihr Unterton verriet, dass sie keinen Widerspruch duldete. »Heute Nachmittag gegen sechzehn Uhr haben wir einen Slot von dreißig Minuten, aber …«

Jan wandte sich Mahler zu. Gleichzeitig fuhr seine rechte Hand in die Tasche seiner Jacke. »Eines müssen Sie uns noch erklären, wenn Sie Brinkmann lange nicht gesehen haben.« Er faltete die Kopie eines der Fotos, die Arifs Kumpel gemacht hatten, auseinander und legte sie auf den Schreibtisch. »Wann ist diese Aufnahme entstanden, und welche interessanten Dinge haben Sie da besprochen?«

Mahler starrte das Foto an. »Wo haben Sie das her?«, fragte er irritiert.

Meret Mahler war neben ihn getreten. Sie betrachtete die Aufnahme mit regloser Miene. »Ich würde sagen, das war letztes Jahr um diese Zeit, nicht wahr? Habt ihr da nicht über ein Klassentreffen gesprochen?«

Jan warf Birte einen Blick zu. Das war eine spontane, aber allzu schlechte Lüge, und auch wenn sie nicht wussten, wann genau die Aufnahme entstanden war, konnte es allerhöchstens ein paar Wochen her sein.

»Ich weiß es nicht genau«, erklärte Mahler vage. »Ich müsste dazu meinen Terminplan checken.« Er streifte sich das neue Jackett über und nickte ihnen zu. »Leider muss ich nun zu meinem Wagen, der Fahrer wartet – die letzten Tage vor der Wahl sind die wichtigsten, Sie verstehen.«

21

Schiller hatte Birte noch nie so ausgeglichen erlebt. Sie hatte in den letzten Jahren eine Menge mitgemacht, den Tod ihres Freundes, eine Fehlgeburt, das Stalking eines Kollegen, des Polizeisprechers von Köln, doch nun wirkte sie wie erlöst. Du strahlst von innen, hätte er ihr am liebsten gesagt, als er sie abholte. Den Becher Kaffee, den er ihr reichte, nahm sie mit einem Lächeln entgegen.

»Gibt es doch ein Christkind?«, hatte er stattdessen gefragt. »Hast du etwas Schönes geschenkt bekommen?«

»Einen Fahrradkurier, der mich liebt«, hatte sie erwidert. »Und der Bücher liest.«

Dann hatte sie den Roman erwähnt, den Mahler in seiner Jugend geschrieben hatte.

Wie ein Schriftsteller hatte Mahler allerdings nicht gewirkt, ganz und gar nicht.

Schiller ärgerte sich, dass sie sich mit einer schlechten Lüge hatten abspeisen lassen.

Aus ihrem Dienstpassat heraus beobachteten sie, wie Mahler und seine Frau zu einem weißen Ford Mondeo eilten, an dem ebenfalls sein Bild prangte. Der Kandidat, lächelnd und mit ausgestrecktem Daumen, eine billige Macher-Pose.

»Sie haben uns angelogen«, sagte Schiller. »Aber warum?«

Birte schaute dem Mondeo nach. In scharfem Tempo bog er auf die Neusser Straße ein. »Sie wollten uns loswerden. Vielleicht war es nur das.«

Als eine SMS bei ihm einging, hoffte er, dass es eine Nachricht von Carla war. Doch insgeheim wusste er, wer ihm schrieb.

»War schön gestern«, las er. »Wo bist du?«

Almut Schwäbe hielt sich nicht mit allzu viel Romantik auf.

»Um dreizehn Uhr haben wir eine Teamsitzung mit Fitschen«, sagte Birte. »Ich habe die beiden Polizeianwärter zu Julia Bärwald in die Wohnung geschickt. Sie sollen sich ein wenig umsehen und dann mit Marianne Bärwald zur Identifizierung in die Rechtsmedizin fahren. Und wir sollten uns den dritten Mann auf dem Jugendbild vornehmen – Henner Precht.«

Schiller nickte. Hatte er sich getäuscht, oder hatte sie das Wort »Rechtsmedizin« besonders betont? Nein, sie konnte doch nicht wissen, wo er die letzte Nacht verbracht hatte.

Wolken hatten sich am Himmel zusammengezogen. Es sah alles nach einem grauen trostlosen Regen aus. Der Höninger Weg lag im Süden Kölns, allerdings in einer öden, verlassenen Gegend. Die Adresse, die Birte ihm genannt hatte, befand sich zwischen zwei Bahnlinien. Konnte hier jemand wohnen – umfangen von Gleisen?

Sie gingen einen schmalen Fußweg hinauf und gelangten an eine Pforte mit einem messingfarbenen Klingelschild. »Henner Precht«, stand da. »Gartenbau«.

Birte klingelte. »Am Tag nach Weihnachten hat ein Gärtner wahrscheinlich nicht allzu viel zu tun.«

Es dauerte ein paar Momente, bis jemand an die Pforte kam. Ein groß gewachsener, dünner Mann mit Halbglatze. Er trug einen dicken roten Pullover, eine graue Arbeitshose und hatte eine Zigarette im Mund. Eindeutig der Mann von dem Foto. Rein äußerlich hatte Henner Precht sich von den vier Studenten am wenigsten verändert. Misstrauisch blickte er sie an.

»Kriminalpolizei Köln«, sagte Birte. »Wir haben ein paar Fragen.«

Henner Precht zögerte einen Moment, dann öffnete er die Pforte. »Ich habe erst heute Morgen von Kaspars Tod erfahren. Ich war bei meiner Mutter … Sie lebt in einem Altersheim in Koblenz …« Er drehte sich um, ging einen Weg mit Steinplatten hinauf und bat sie auf eine Art Terrasse vor einem weißen unansehnlichen Flachbau mit einem roten Wellblechdach. Drei Plastikstühle und ein Tisch befanden sich da, aber auch eine Schubkarre, Kisten mit Pflanzen, Plastiksäcke, Werkzeug. Kein Platz, an dem ein Gärtner abends entspannte und auf seinen eigenen prächtigen Garten blickte.

Mit einer schnellen Geste räumte Precht einen vollen Aschenbecher beiseite.

»Ich habe mit Kaspar schon lange nichts mehr zu tun«, sagte er. Er hatte eine Fistelstimme. Von der Fensterbank zu seinem

Haus nahm er eine Wollmütze und setzte sie auf, als wäre ihm plötzlich kalt geworden.

»Sie waren Jugendfreunde, nicht wahr?«, sagte Birte. »Wir suchen immer noch nach einem Motiv. Warum hatte jemand einen Grund, Kaspar Brinkmann in seiner Hütte im Worringer Bruch zu erschießen?«

Henner Precht verzog das Gesicht. »Damit kommen Sie zu mir? Wir waren Freunde – vor vielen Jahren, aber danach …« Er hob die Hände. »Ich bin der Einzige von damals, der es nicht geschafft hat. Kaspar hat viel Geld mit Drehbüchern verdient. Georg will Oberbürgermeister werden und wird ziemlich sicher in zwei Wochen gewählt werden – und Colin, nun ja …« Er brach ab.

»Was ist mit Colin?«, fragte Birte.

»Colin ist jung gestorben – der gut aussehende Rebell, um den heute noch alle trauern.«

»Sie haben sich entschieden, Gärtner zu werden«, sagte Schiller. Er schaute sich um. Von der Terrasse aus übersah man eine kleine Rasenfläche, dann kamen ein paar Beete, nicht breiter als drei Meter, dann ein rostiger Maschendrahtzaun, danach die Bahnlinie.

»Ich habe drei Studien angefangen – Germanistik, Philosophie und Physik. Ich bin sogar Doktor der Physik, aber ich habe keine Stelle bekommen – nicht in Köln jedenfalls.«

Birte atmete überrascht ein und warf Schiller einen Blick zu. Sie hatten sich nicht informiert, waren geradewegs zu Precht gefahren – ein Fehler, der ihnen nicht hätte unterlaufen dürfen.

»Und«, fuhr Precht fort, »ich habe ein paar Dinge falsch gemacht. Haben Sie bestimmt in meiner Akte gefunden. Drogenvergehen … ich war mal so waghalsig, Hanf anzubauen, war zwar nur für den Eigenbedarf, hat mir der Richter aber damals nicht geglaubt. Damit war mein Doktortitel nichts mehr wert. So einen nehmen sie bei Bayer oder in der Raumfahrt nicht.« Henner Precht lachte auf. Er nahm die Mütze ab und strich sich über die Halbglatze. »Jetzt bin ich der Baumdoktor. Mit Bäumen kenne ich mich aus. Wenn irgendwo neu gepflanzte Bäume eingehen, kriegen die Architekten Panik und holen mich.«

»Welchen Kontakt hatten Sie genau mit Brinkmann in den letzten Jahren?«, fragte Schiller. Er hatte sein Notizbuch hervorgezogen.

»Eigentlich keinen mehr«, entgegnete Precht. »Manchmal hat er mich angerufen. Einmal wollte er was über Georg wissen – ob das mit der Kandidatur stimme, aber sonst … kein Kontakt.«

»Und was ist damals mit Colin Faber passiert?«, fragte Birte. »Wie ist er zu Tode gekommen?«

»Colin war unser *Brain* – er war schon in der Schule das Genie, er hatte eine Band und spielte Gitarre, er las Heidegger, Roland Barthes, Camus, solche Sachen. Und er hat sie sogar verstanden. Die Mädchen sind ihm nachgelaufen, aber er hat sich nie richtig festgelegt. Brinkmann und er – sie waren beide brillant, jeder auf seine Weise. Und dann … Bumm!« Precht schlug mit der rechten Faust in seine flache linke Hand. »Es war in einer Wohnung am Ring, um kurz vor Mitternacht. Er ist raus auf den Balkon. So ein Metallding, das man in die Hauswand dübelt. Etliche Bierkisten standen da, war wohl alles zu schwer. Jedenfalls ist Colin abgestürzt. Vierte Etage. Da hatte er keine Chance.«

Ein Zug rauschte heran, donnerte wenig später in etwa zehn Metern Entfernung an ihnen vorbei. Für fast eine Minute mussten sie schweigen, weil man sein eigenes Wort nicht verstanden hätte.

Schiller blickte auf sein Smartphone. Keine Nachricht von Carla, nichts von Almut Schwäbe. Nur Nele hatte geschrieben: »Habe Neuigkeiten. Handydaten von Brinkmann sind eingetroffen.«

Als der Zug endlich vorbei war, sagte Precht: »Es war ein Drama damals. Colin war der einzige Sohn. Die Eltern waren beide Professoren an der Musikhochschule, gebildete Leute, seine Mutter hat es nicht überlebt. Sie ist drei Jahre später an Krebs gestorben – mit vierundfünfzig.« Er seufzte, und bei den letzten Worten hatte seine Stimme gezittert.

»Und Julia Bärwald, die zweite Tote – haben Sie sie gekannt?«

Precht schüttelte den Kopf. »Ich weiß, dass Kaspar mit ihr ein Kind hatte. Das Kind habe ich einmal gesehen, als es noch ein Baby war, aber nein … die Frau nicht.«

Birte blickte ostentativ auf ihre Armbanduhr. Wir müssen gehen. Die Teamsitzung, sollte diese Geste bedeuten.

Schiller erhob sich, und Precht tat es ihm gleich – mit einem abermaligen langen Seufzen, als hätte das Gespräch ihn angestrengt.

»Wohnen Sie hier allein?«, fragte Schiller, während sie bereits auf die Pforte am Ende des Gartens zusteuerten. »Wäre doch für Kinder ein Paradies hier – der Garten und dass sie toben können.«

»Ich hatte einmal einen Hund«, sagte Precht tonlos, »aber er ist auf die Gleise gelaufen und wurde überfahren.«

»Wir haben es ihr gesagt«, erklärte Carla am Telefon. »Ich habe Marianne geholfen. Paula weiß nun, dass ihre Mutter nicht wiederkommen wird. Zum Glück glaubt die Kleine an Engel. Ihre Mutter ist nun ein Engel und singt Lieder, haben wir ihr erzählt.«

»Und?«, fragte Schiller. »Wie hat das Mädchen reagiert?« Nach einer halben Stunde hatte er Fitschens Sitzung verlassen und ein wichtiges Telefonat vorgeschützt. Sie hatten nichts, keinen Verdächtigen, keine Spur, sondern nur Handydaten, die bewiesen, dass Mahler in den letzten vier Wochen sechsmal mit Brinkmann telefoniert hatte, einmal fast einundzwanzig Minuten lang. Zuletzt vor einer Woche. Das Foto, das Mahler mit Brinkmann zeigte, war vor zehn Tagen aufgenommen worden, wie Nele von Arifs Kumpeln herausgefunden hatte.

»Paula ist in ihr Kinderzimmer gelaufen und hat alle ihre Puppen ausgezogen und gebadet«, sagte Carla. »Dann hat sie vor sich hin gesummt – Engelslieder für ihre Mutter.«

Für einen Moment schwiegen sie. Von der Idee, die kleine Paula Bilder malen zu lassen, hatte Schiller nicht mehr zu sprechen gewagt.

Carla, ich habe dich betrogen, dachte er, ich habe gestern Nacht mit einer anderen Frau geschlafen.

»Wann kommst du heute Abend?«, fragte Carla. Ihre Stimme klang müde und wenig interessiert.

»In zwei Stunden bin ich da«, sagte er. »Spätestens.«

Als er in die Sitzung zurückkehrte, hatte Fitschen eine Presseerklärung vorbereitet. Immerhin hatten sie die Herkunft der

Schusswaffen geklärt. Beide Makarows stammten aus dem VEB Jagdwaffenwerk Ernst Thälmann in Suhl und waren Ende der siebziger Jahre hergestellt worden. Vermutlich hatte die Rote Armee sie eingesetzt, dann waren sie auf dem Schwarzmarkt gelandet. Für ein Verbrechen waren sie bisher nicht verwendet worden.

Am Ende der Sitzung meldete sich Laura Lengsdorf, die Polizeianwärterin, noch zu Wort. Ihr Kollege Berner und sie hätten in der Wohnung von Julia Bärwald nichts von Bedeutung entdeckt, aber die Mutter der Toten habe ihnen noch etwas mitgeteilt, das vielleicht wichtig sein könne. »Dieser Makler, Raimund Probst, ist vor etwa zwei Wochen bei Julia Bärwald gewesen. Er ist laut geworden, hat gedroht, er werde Brinkmann fertigmachen, wenn ihn niemand zur Vernunft bringe. Als ihre Mutter nach Einzelheiten fragte, ist Julia Bärwald aber ausgewichen und hat gemeint, Probst sei ein Spinner und Wichtigtuer.«

»Probst«, sagte Fitschen und lächelte Laura Lengsdorf freundlich an – ein Lob als Lächeln getarnt, »hätte nichts dagegen, wenn wir uns den richtig vornehmen.«

Manchmal kam ihm sein Leben wie ein halb fertiges Gemälde vor. Nein, viel schlimmer, das Bild hatte nur ein paar Konturen, einige Striche, die vielleicht einen Sinn ergaben, vielleicht auch nicht. Er hatte keine Kinder, keine richtige Beziehung mehr und auch keinen Plan für die nächsten Jahre.

Immer häufiger dachte er an seinen Vater, den stattlichen Motorradpolizisten mit dem Bürstenhaarschnitt, der sich jeden Morgen mit Kölnisch Wasser eingerieben hatte. Als er vierzehn war, waren seine Eltern bei einem Wohnungsbrand umgekommen, dessen Ursache niemals aufgeklärt worden war. Ein Ofen war defekt gewesen, doch möglicherweise hatte es seine Mutter darauf angelegt gehabt. Er hätte gern dem Kinderheim die Schuld gegeben, aber er wusste: Das war nicht der Grund, warum etwas in seinem Leben fehlte.

Warum hatte er sich nun auf Almut Schwäbe eingelassen? Es gab in Köln einen Spruch: Der kann sich selbst nicht leiden! Das war das absolut schlimmste Urteil. Wie war es bei ihm? Birte gefiel sich zurzeit – ihr Fahrradkurier tat ihr gut. Er musste diesen Max unbedingt bald kennenlernen und unter die Lupe nehmen.

Fitschen und Birte stellten die Pläne für die nächsten Tage auf. Sie mussten Mahler noch einmal befragen, dann Brinkmanns Frau und das weitere Umfeld der beiden Ermordeten erkunden. Sie mussten zudem herausfinden, wie es Brasch ging, der auch mehrmals mit Brinkmann telefoniert hatte. Nele würde alle Nummern auf dessen Verbindungsnachweis durchgehen, und sie mussten herausfinden, wo Brinkmanns Laptop abgeblieben war.

Als Schiller zu seiner Wohnung fuhr, fiel ihm zum ersten Mal auf, dass Mahlers Bild wirklich an fast jeder Straßenecke hing. Wenn es stimmte, dass Brinkmanns Blog der Ausgangspunkt für den Rücktritt der Oberbürgermeisterin gewesen war, dann hatte ausgerechnet ein alter Freund dem Kandidaten Mahler die Chance für dieses Amt eröffnet. Konnte da ein Motiv liegen? Wollte sich jemand an Brinkmann rächen, weil er die Oberbürgermeisterin aus dem Feld geräumt hatte? Daran hatten sie noch keine Sekunde gedacht. Die Oberbürgermeisterin, hatte es in der Zeitung geheißen, müsse sich mit ihrem Mann erholen und verbringe ihre Weihnachtstage fern der Heimat auf Mauritius.

Im Küchenfenster brannte Licht, als er in die Sülzburgstraße einbog. Carla wartete auf ihn. Sie hatte ihn auch einmal betrogen – mit einem Kollegen, doch angeblich nur, um ihn aus seiner Lethargie zu wecken, wie sie behauptet hatte.

Als er ausstieg, ging eine SMS ein.

»Sehen wir uns noch mal?«, schrieb Almut Schwäbe. Er antwortete nicht.

Carla küsste ihn auf die Wange, als er eintrat. Sie trug wieder ein Kleid, schwarz diesmal, viel zu elegant eigentlich. Der Tisch war gedeckt, sogar Servietten, auf die bunte Weihnachtsbäume gedruckt waren, lagen da. Sie hatte Nudeln gekocht – mit einer grünen Soße. Dazu gab es Salat und Rotwein. Ein Festtagsdinner.

Sie ist meine Frau, dachte Schiller, trotz allem.

»Es tut mir leid, dass unser Weihnachten ins Wasser gefallen ist«, sagte er. »Ich habe dir nicht einmal mein Geschenk gegeben.«

»Später«, sagte sie, während sie aßen.

Sie erkundigte sich nach Brasch, nach den Fortschritten in ihrem Fall. Ihre langen schwarzen Haare schimmerten. Plötzlich jedoch änderte sich ihr Gesichtsausdruck. Alle Weichheit verschwand. Forschend blickte sie ihn an.

»Du bist gesehen worden«, erklärte sie wie beiläufig. Sie machte eine Kunstpause, nippte an ihrem Wein. »Vorgestern, nachts um halb vier am Ring, Ecke Rudolfplatz, und angeblich warst du nicht allein.«

22

Max empfing sie an der Tür. Er küsste sie, dann bemerkte sie, dass er leuchtend gelbe Sportkleidung trug. Er lachte und blickte an sich herab.

»Ja, ich habe gedacht, wir laufen ein wenig. Ich muss mich bewegen, und du solltest den Stress abschütteln.«

»Aber …« Ihr Blick glitt von seinem Gesicht zu seiner Brust, hielt dann abrupt inne. Aber was ist mit deiner Prothese?, wollte sie sagen.

»Laufen ist für Leute wie mich heutzutage kein Problem mehr«, kam er ihr zuvor. »Es gibt spezielle Prothesen. Ich könnte sogar wieder bei einem Triathlon antreten, wenn ich wollte.«

Wenig später liefen sie durch den abendlichen Beethovenpark. Nur drei Hundebesitzer kamen ihnen entgegen, obwohl es erst kurz nach zwanzig Uhr war.

Max war viel besser in Form als sie. Er lief locker und federnd, während sie schon nach einem Kilometer zu prusten begann. Sie sprachen kein Wort, konzentrierten sich lediglich auf ihre Bewegungen und ihre Atmung. Auf dem Weg zum Decksteiner Weiher tauchten sie so tief in die Schatten der mächtigen Bäume ein, dass sie kaum noch etwas erkennen konnten. Finsternis hüllte sie ein, durchbrochen nur von den Scheinwerfern der Autos, die den Militärring entlangrasten. Einmal, während der Weiher im matten Licht einiger Laternen vor ihnen lag, griff Max nach ihrer Hand und drückte sie. Beinahe wären ihr die Tränen gekommen – so viel Zutrauen, so viel Zärtlichkeit lag in dieser einfachen Geste.

Als sie nach einer guten Stunde wieder zurückkehrten, gingen sie gemeinsam unter die Dusche. Dann liebten sie sich in absoluter Dunkelheit. Max summte ihren Namen, als er ganz langsam in sie eindrang.

»Diese Nacht ist ein Lied«, flüsterte er.

Gegen zwei Uhr wachte sie auf, ohne zu wissen, warum. Max hatte sich auf die Seite gedreht und atmete regelmäßig. Sie beugte sich über ihn und küsste ihn auf die Stirn.

Vielleicht, dachte sie, war sie vor Glück aufgewacht – vor so viel Glück, dass ein besonderer Mensch neben ihr lag.

Unvermittelt musste sie an Henner Precht denken – wie er von dem Hund gesprochen hatte, den er einmal besessen hatte und der auf die Gleise gelaufen war. Als wäre dieser Hund der einzige Gefährte gewesen, den er jemals besessen hatte.

In der Küche fand sie ein aufgeklapptes Taschenbuch auf dem Tisch. Der Umschlag zeigte ein schwarzhaariges Mädchen vor dem Kölner Dom – ein hässliches, altmodisches Cover. Dann sah sie den Titel: »Das ewige Feuer«.

Max hatte eine alte Ausgabe von Mahlers Roman mitgebracht.

Wie holt man die Sonne vom Himmel? Warum lodert plötzlich das Herzensfeuer? He, Leute, wenn euch diese Fragen dumm vorkommen und auf den Zeiger gehen, dann müßt ihr jetzt gar nicht mehr weiterlesen. Dann ist dieses Buch nichts für euch. Werft es weg, stopft es in irgendeinen Reißwolf oder tauscht es um und holt euch den neuen Konsalik oder Simmel. Mein Buch handelt von der Liebe, dem ewigen Feuer. Aber wer zu alt dafür ist – mir egal.

Ich heiße Stefan, ein gewöhnlicher deutscher Name – er ist nichts Besonderes, er tut aber auch nicht weh. Ich komme aus der norddeutschen Provinz und bin schon froh, daß ich nicht Burkhard oder Friedhelm heiße. Ja, tatsächlich, es gab Jungen in meiner Schule, die mit solchen Namen überleben mußten. Ich glaube, nach Köln bin ich gegangen, weil mir die Romane von Böll gefallen haben – diese merkwürdigen kleinbürgerlich-anarchischen Typen, die sich irgendwie durchs Leben schlängeln. »Im Tal der donnernden Hufe« ist eine super Geschichte von Böll, nur so nebenbei.

Meine Freundin wollte eigentlich auch nach Köln mitkommen: Susanne, braune Haare, eine etwas zu große Nase, aber ganz hübsche Augen und eine gute Figur. Sie will Sozialarbeiterin werden – Kindern helfen und so. Mich bewundert sie, weil ich nicht nur Hesse gelesen habe, sondern auch andere Sachen – Sartre, Kafka und Nietzsche. Na egal … Als sie ihr Zimmer in Bonn bezogen hat, haben wir noch einmal miteinander geschlafen, bevor wir uns getrennt haben. War irgendwie besser so.

Ich war deswegen ein wenig traurig, bevor diese Geschichte beginnt, also nicht richtig traurig, weil es ja meine Entscheidung war, aber so leicht deprimiert. Immerhin waren wir drei Jahre zusammen gewesen.
Ich habe ein Sechserpack Bier dabei und will zum Rhein: mich ein wenig betrinken und die leeren Flaschen in den Fluß werfen. Flaschenpost, in die ich meine Gedanken lege – so in etwa.
Ich sitze in der Straßenbahn, Zülpicher Straße runter, und da, vor Oma Kleinmann, einer echt gruseligen Kneipe, sehe ich sie: die absolut unglaublichste, schönste Frau im Universum. Ein Moment nur, der aber einen Riß macht – als wäre meine alte Welt ein Stück Papier, das nun mittendurch reißt. Lange schwarze Haare, die sich im Wind bewegen, blaue Jeans, weiße Turnschuhe und ein Lachen, das Sterne vom Himmel holt. Ich weiß sofort, daß sie die Frau ist, der ich verfalle, mit der ich zehn Kinder kriegen will, mit der ich im Floß über den Atlantik paddle, wenn es sein muß, oder für die ich einen Löwen mit den Händen erwürgen würde.
He, wer jetzt glaubt, daß ich übertreibe, der irrt sich. Nein, ich untertreibe, und zwar ganz gewaltig, damit hier keiner, der das Buch in der Hand hält, durchdreht und eifersüchtig wird, weil er so was noch nicht selbst erlebt hat.
Warum finde ich in der verdammten Bahn die Notbremse nicht? Warum fährt sie einfach weiter? He, schreie ich dem Fahrer zu, halt an – da steht die Frau meines Lebens!
Aber natürlich hält der Fahrer nicht an. Die Bahn brettert weiter bis zum Ring hinunter.
Mein Herz klopft mir unter das Schädeldach, ich habe Schweißausbrüche gekriegt, und meine Zunge klebt mir am Gaumen fest. Ich erfinde schon Namen für das wunderbarste Geschöpf, das jemals auf dieser Erde gewandelt ist: Esther oder Julia oder Annerose. Nein, Annerose geht gar nicht.
Als die Türen sich endlich öffnen, springe ich hinaus. Der Himmel ist blau wie noch nie. Ich reiße beinahe ein altes Mütterchen um und laufe zurück. Ich bin schneller als Carl Lewis, ja, bestimmt, ein paar Zehntel schneller. Der Himmel wird immer blauer, mit einer richtigen Sonne mittendrin.
Erst als ich kurz vor Oma Kleinmann bin, frage ich mich, was

ich ihr nun gleich sagen soll: Hallo, heirate mich bitte, schönste Frau des Universums! Oder nein, küß mich einfach! Das reicht für den Anfang.
Doch was sehe ich da vor Oma Kleinmann?
Nichts, da ist nichts. Ein schwarzes Loch hat sich da aufgetan, wo sie eben noch gestanden hat.
Sie ist weg. VERSCHWUNDEN.
Ja, werdet ihr sagen, dann beeile dich ein bißchen und bewege dich halt in die schmutzige Kneipe rein, da wird sie an der Theke stehen.
Da steht sie aber nicht.
Sie ist weg, weg, weg, weg.
Der Himmel ist immer noch blau.
Und meine Suche durch ganz Köln beginnt.

Eine Hand legte sich auf ihre Schulter. »Was tust du hier mitten in der Nacht?«, fragte Max schläfrig.

Birte hielt ihm das Buch hin. »Ich habe eben die ersten Seiten von Mahlers Roman gelesen«, sagte sie. »Ist ja beinahe ein Jugendbuch.«

Max nahm ihr das Buch ab und küsste sie. »Ja«, sagte er. »Ein Buch für große Jungens. Deshalb war es auch damals so erfolgreich. Jeder Junge ist mal so – und ich bin es immer noch.« Er küsste sie wieder.

»Gut so«, flüsterte sie und ließ sich von ihm zurück ins Schlafzimmer führen.

Mit Max war auch das Einschlafen leicht. Er streichelte sie, und sie trieb dahin, als läge sie in einem Boot, das sanft auf einem Fluss dahinglitt. Geborgenheit, dachte sie, genauso fühlt es sich an.

Irgendwann riss sie ein unangenehmes Surren aus dem Schlaf. Max lag leise schnarchend neben ihr, eine Hand auf ihrer Schulter.

Ihr Smartphone neben dem Bett surrte. Jan, fiel ihr ein – wartete er schon unten im Auto auf sie?

Es war noch stockdunkel. Sieben Uhr dreiundzwanzig zeigte ihr Smartphone – und eine unterdrückte Nummer.

Bönnen kam sofort zur Sprache, nachdem sie leise ihren Namen gesagt hatte.

»Stimmt es, dass Sie gestern bei Mahler im Wahlkampfbüro gewesen sind?«, fragte er.

Mühsam richtete sie sich auf und stieg vorsichtig aus dem Bett, um Max nicht zu wecken.

»Wo haben Sie meine Nummer her? Und wie kommen Sie überhaupt dazu ...«

»Hören Sie.« Bönnen ließ sich durch ihre Entrüstung nicht einschüchtern. »Ich habe meine Informanten. Hat Mahler etwas mit Brinkmanns Tod zu tun?«

»Ich kann Ihnen dazu nichts sagen. Wir werden heute gegen Mittag eine Pressemitteilung über den Stand der Ermittlungen herausgeben.«

Bönnen zögerte einen Moment. Offenbar rauchte er eine Zigarette. »Mich interessiert Ihre Pressemitteilung nicht. Geben Sie mir ein paar Informationen, und ich gebe Ihnen meine. Hier ist eine, ganz kostenlos: Münter ist gestern Abend aus Mallorca nach Köln zurückgekehrt. Wenn einer weiß, was Brinkmann zuletzt so getrieben hat, dann er.«

»Wer ist Münter?« Sie war in der Küche angekommen und stellte die Kaffeemaschine an.

Bönnen lachte spöttisch. »Nur der Name war umsonst. Warum genau waren Sie bei Mahler?«

»Wir verdächtigen Mahler in keiner Weise«, erklärte Birte vage. »Aber es wäre möglich, dass er in den letzten Tagen noch Kontakt mit Brinkmann gehabt hatte.«

»Ja«, sagte Bönnen, »die beiden haben bestimmt manchmal telefoniert. Anfangs wollte Mahler seinen alten Kumpel als Redenschreiber einstellen.« Er zog wieder an seiner Zigarette. »Peter Münter ist Brinkmanns Agent, also der Mann, der seine Drehbücher für ziemlich viel Geld an die Sender verkauft hat. Das war meine letzte Gratis-Information.«

Dann legte er auf.

23

Blog Nummer 12
Meister Eckart spricht: Warum muss es Trauer geben?

Liebe Leute, kennt ihr das auch? Dass ein Verlust euch die Füße wegreißt? Dass ihr nicht mehr wisst, wie ihr ohne einen bestimmten Menschen weiterleben sollt? Es nimmt euch den Atem, jeder Gedanke an den Verlorenen schmerzt, und die Zeit heilt keineswegs alle Sünden. Die Zeit heilt eigentlich gar nichts, sie zerläuft, verweht, und der Verlust bleibt … Mein Sohn Sven … an einer Ampel am Ring steht er, und dann rast ein Auto heran, ein Verrückter, der ein illegales Rennen fährt, und ermordet ihn. Was tut man dagegen? Sven, du bist zweiundzwanzig Jahre alt geworden. Ich vermisse dich an jedem Tag, in jeder Stunde – dein Lachen, deine Hand auf meiner Schulter, deine Schuhe, die du achtlos abgestreift hast und die im Weg stehen, die laute Musik aus deinem Zimmer, unsere Streitereien, die Zunge, die du mir ausstreckst, unsere Besuche beim Training vom FC, deine Verschämtheit, als du deine erste Freundin mitbrachtest, die ausgerechnet Sabine hieß, ein Name, den wir beide nicht mochten.
Was ich nicht vermisse, ist dein Totengesicht. Jemand hat mir das Herz herausgerissen, er hat es mitgenommen und achtlos weggeworfen. Warum muss es Trauer geben? Damit man weiß, was Freude ist? Warum gibt es den Schmerz? Den Kummer, die Verzweiflung? Damit man weiß, dass auch das Gegenteil existiert?
Sven, ich werde dagegen anschreiben, gegen den Verlust und den Kummer, aber immer wissen, dass es letztlich sinnlos sein wird.

Carla hatte ihn ins Bügelzimmer verbannt, auf das harte Cordsofa, auf dem Therese und Broder gelegentlich übernachteten. Nein, »verbannt« war das falsche Wort. Sie hatte ihn nachdrücklich gebeten, die Nacht woanders zu verbringen: im Hotel, im Bügelzimmer oder sonst wo. Ein ehemaliger Kollege, der nun nachts Taxi fuhr, hatte ihn am Rudolfplatz gesehen und offenbar nichts Besseres zu tun gehabt, als Carla anzurufen.

Schiller hatte sie nicht direkt angelogen. Ja, er habe mit einer jungen, unerfahrenen Rechtsmedizinerin, die neu in der Stadt sei, noch eine Cocktailbar in der Friesenstraße aufgesucht, sie seien beide zu müde zum Schlafen gewesen. Alles kollegial und ganz harmlos. Den Namen Almut Schwäbe auszusprechen hatte er sorgsam vermieden. Er konnte an Carlas Miene ablesen, dass sie ihm nicht glaubte, aber es hatte keine Schärfe in ihrer Stimme gelegen, eher eine stählerne Gleichgültigkeit. Ja, als hätte sie sich in ihrem Inneren bereits längst von ihm abgewandt.

Trotzdem fühlte er sich von ihr vor die Tür gesetzt, und der Schlaf hatte nicht kommen wollen. Er hatte sich ein paar Notizen über den Fall gemacht und war dann Brinkmanns Blogs durchgegangen. Über Mahler, den Kandidaten, hatte er nichts mehr gefunden, aber noch zwei Einträge über den toten Sohn und dann einen über den Kommilitonen, der so früh verstorben war.

Blog Nummer 35
Meister Eckart spricht: Wer der Sonne zu nahe kommt!

Liebe Leute, habt ihr euch das auch schon gefragt? Ob es wirkliche Helden gibt? Geniale Geister, vielleicht zu brillant für diese Welt? Ich kannte einmal so einen brillanten Geist. Er war der Ikarus von Köln. Wenn er sich aufschwang, war er bald kaum mehr zu sehen. Er konnte schreiben, singen, Gitarre spielen – und vor allem philosophieren. Er hatte schon Nietzsche und Schopenhauer gelesen, als wir noch von Hesses Steppenwolf ganz gefangen waren. Doch wie der echte Ikarus flog er zu hoch, achtete nicht auf die einfachen Dinge – er stürzte im wahrsten Sinne des Wortes ab. Auf der Party seiner umschwärmten Freundin M. ging er auf den Balkon hinaus und fiel mit dem wackligen Metallding, das falsch montiert worden war, in die Tiefe. Vorher hatte er getrunken, gestritten, geküsst, geraucht und Gedichte zitiert. Manchmal höre ich seinen Schrei im Traum noch, ein Schrei wie der Beginn eines lauten, rauen Liedes, als wäre ihm schon im Sturz klar geworden, dass nun etwas anderes beginnen würde. Und mitunter ist es, als würde er mich an sein Grab auf den kleinen Dorffriedhof im Bergischen

Land rufen, auf dem er begraben liegt. Ich fahre dann zu ihm, klettere nachts über die Mauer, spreche und schweige mit ihm und denke an all seine heimlichen und unheimlichen Höhenflüge. Er sagt mir eines: Ich soll ihn und das, was er tat und dachte, nicht vergessen – und ich vergesse auch nicht.

Gegen halb vier, als er endlich in einen leichten Schlaf gefallen war, schrieb Almut Schwäbe ihm eine Kurznachricht – lediglich drei Fragezeichen. Dann zehn Minuten später die Frage: »War es nicht schön?«

Schiller spürte Wut in sich aufsteigen. Es war wie ein Eingriff in seine Intimsphäre, dass sie ihm schrieb, während er sich in seiner Wohnung aufhielt. Nein, das war natürlich Unsinn. Hatte er ihr eine Versprechung gemacht – dass sie sich wiedersehen würden? Auf jeden Fall schien sie auch nicht schlafen zu können. Er antwortete ihr nicht.

Um halb acht, bevor er irgendeinen Laut von Carla hörte, hatte er sich angezogen und war unten auf der Straße. Er brauchte ein Frühstück, den üblichen starken Kaffee, doch Birtes Anruf kam ihm zuvor.

»Ich habe einen Tipp bekommen«, sagte sie. »Brinkmann hatte einen Agenten, jemanden, der seine Drehbücher verkauft hat und der eine Menge von ihm weiß. Ich hole dich in einer halben Stunde ab.«

Diesmal hatten sie sich vorbereitet und im Internet die Daten gecheckt. Peter Münter war siebenundvierzig Jahre alt, er hatte bei einem privaten Fernsehsender, dann kurz bei einem Theaterverlag gearbeitet, bevor er sich selbstständig gemacht hatte. Nun nannte er sich »Literarischer Agent für Bücher und Drehbücher«. Wenn man seiner aufwendigen Homepage Glauben schenken konnte, war Kaspar Brinkmann wohl sein bestes Pferd im Stall gewesen – über achtzig Filme und zahlreiche Fernsehpreise waren verzeichnet. Weitere dreißig Namen von Autoren waren aufgeführt – und mit fast jedem hatte Münter, ein dunkelhaariger Mann mit Vollbart, sich fotografieren lassen.

Sie mussten bis halb zehn warten, ehe Münter in seinem Büro

auftauchte. Es lag an der Rheinuferstraße, in Höhe der Bastei, im Erdgeschoss eines schmucklosen Mehrfamilienhauses.

Münter war ganz in Schwarz gekleidet, er trug eine Sonnenbrille, die er erst abnahm, nachdem er sie in ein karges Besprechungszimmer geführt hatte. Keine Bücher, keine Fotos zierten die Wände – lediglich vier goldene Schallplatten hingen da.

Münter bot ihnen Mineralwasser an. »Tut mir leid«, sagte er. »Meine Sekretärin ist in den Weihnachtsferien. Normalerweise passiert um diese Zeit in meinem Geschäft nichts. Alle Redakteure und Lektoren machen Urlaub – und ich wäre auch bis zum 20. auf Mallorca geblieben, wenn nicht diese Katastrophe eingetreten wäre. Haben Sie schon eine Spur?«

»Wir sondieren Brinkmanns Umfeld«, erwiderte Birte. »Und da sind Sie eine wichtige Figur.«

Münter lehnte sich zurück. Wenn er sprach, konnte man seinen Mund nicht sehen. Es war, als würden die Worte buchstäblich aus seinem dichten Bart herausfallen.

»Ich war nie Brinkmanns Freund«, sagte er. »Wir haben uns bis zum Schluss gesiezt. Es war eine Geschäftsverbindung – zu unser beider Vorteil. Von seinem Privatleben weiß ich nicht viel.«

Da haben wir aber andere Dinge gehört, wollte Schiller entgegnen, stattdessen fragte er: »Brinkmann war doch auch wegen Ihrer Dienste ein wohlhabender Mann. Warum hat er in dieser Hütte in Worringen gehaust?«

Münter lächelte – zumindest geriet für einen Moment sein Bart in Bewegung. »Brinkmann musste immer Dinge ausprobieren – und vielleicht war er seit dem Tod seines Sohnes auch ein wenig auf der Flucht. Einmal hat er sechs Wochen in dem teuersten Hotel in Dubai verbracht, dann war er in einem Schweigekloster in der Eifel und hat da zwei Drehbücher in Rekordzeit geschrieben. Er wollte Dinge am eigenen Leib erleben, und nun war, ich glaube, seit etwa sechs Monaten, die Hütte in Worringen dran. Ich habe es ihm ausreden wollen, aber das ging natürlich nicht. Er wollte das einfache Leben mitten in der Stadt ausprobieren, Ballast abwerfen. Ja, so hat er sich ausgedrückt.«

»Was hat Brinkmann in der Hütte gemacht?«, fragte Birte. »Hat er an etwas gearbeitet?«

Münter zögerte einen Moment. Er griff nach der Wasserflasche und schenkte sich nach. »Brinkmann hat immer an etwas gearbeitet. Er wollte einen großen Roman schreiben, das hat ihn schier aufgefressen, aber es ist wohl nichts zustande gekommen. Mir hat er jedenfalls nichts gezeigt. Brinkmann war ein typischer Drehbuchautor, Dialoge waren seine Stärke, da kam er immer auf den Punkt.«

»Also hat er an einem Film gearbeitet?« Schiller hörte, dass wieder eine SMS eingegangen war, und auch ohne dass er nachschaute, wusste er, dass Almut Schwäbe nicht lockerließ.

»Nein«, sagte Münter, »kein Film. Ein Dreiteiler, dreimal neunzig Minuten – ein richtig großes Ding, spannend, sozialkritisch, mit ein paar Super-Rollen für drei, vier bekannte Schauspieler. Ich habe das Projekt eine Woche vor Weihnachten an einen potenten Sender verkauft. Von dem Honorar hätte Brinkmann sich eine kleine Finca auf Mallorca leisten können. Habe ich ihm zu geraten, aber nun …«

Er verstummte. Zum ersten Mal zeichnete sich so etwas wie Trauer auf Münters Miene ab.

»Worum geht es in diesem Dreiteiler?«, wollte Birte wissen.

Münter schien einen Augenblick nachdenken zu müssen.

»Sie glauben doch nicht, dass Brinkmanns Drehbuch etwas mit seinem Tod zu tun haben könnte? Nein, ausgeschlossen. Das Buch heißt ›Der Fettwanst‹ – ist natürlich noch ein Arbeitstitel – und handelt von dem Aufstieg und Fall eines Immobilienmaklers.«

»Ich glaube nicht, dass wir uns so bald wiedersehen sollten«, sagte Schiller. Er hatte sich im Präsidium auf die Männertoilette verdrückt, um eine Minute ungestört telefonieren zu können.

»Ja«, sagte Almut Schwäbe, »sollten wir wohl nicht – oder wenn, dann nur beruflich. Und doch …« Ihre letzten zwei Worte hingen in der Luft, beinahe hätte Schiller gesagt: Nein, machen wir uns einen Spaß daraus, sehen wir uns, wann immer wir Lust haben, einfach so.

»Ich wusste ja, dass du gebunden bist und …« Sie lachte leise auf. »Ich bin keine Schönheit, mausgraue Haare, mein Hintern ist zu dick, und doch ... Als wir uns geküsst haben, da hat es etwas in mir angerührt. Verzeih!«

Schiller wollte noch etwas entgegnen, aber sie hatte die Verbindung bereits unterbrochen. Er hatte unrecht gehabt: Sie war keine Stalkerin, niemand, der kein Nein akzeptierte. Er hatte etwas in ihr angerührt ... Almut Schwäbe hatte sich in ihn verliebt. Ja, so war es wohl.

Als er ins Büro zurückkehrte, blickte Birte vom Computer auf.

»Magenprobleme?«, fragte sie.

Er nickte. Dann sah er sich die Verbindungsnachweise von Brinkmanns Handy an, die auf seinem Schreibtisch lagen. Nele hatte sie nun zugeordnet – allerdings waren drei Anrufe von einem öffentlichen Telefon gekommen – zwei vom Hauptbahnhof, eines vom Neumarkt. Am häufigsten in den letzten zwei Monaten hatte Brinkmann mit Julia Bärwald gesprochen, mit seiner Noch-Ehefrau lediglich zweimal. Auch in Arifs Handyladen hatte er dreimal angerufen, allerdings währten die Gespräche nur Sekunden, vermutlich hatte er feststellen wollen, ob der Junge da war. Brasch war sechsmal verzeichnet, Münter fünfmal, Mahler sechsmal. Auch einen Escortservice hatte Brinkmann einmal bemüht. Hatte er sich eine Dame in seine Bretterbude nach Worringen bestellt? Wohl kaum.

»Wir müssen Mahler vorladen, um mit ihm über die Telefonate zu sprechen«, erklärte Schiller. »Weißt du, wo er wohnt?«

»In Lindenthal, Friedrich-Schmidt-Straße«, erwiderte Birte, »aber es wird gar nicht nötig sein, ihn vorzuladen. Er ist im Haus, hält oben bei Neuendorf einen Wahlkampftermin ab. Die Presse ist auch dabei. Der Kandidaten informiert sich über die Arbeit der Polizei, bla, bla ... Also, wenn wir uns beliebt machen wollen, gehen wir ein paar Etagen höher und schnappen ihn uns.«

Es bereitete Birte offenbar ein besonderes Vergnügen, Mahler im Präsidium abzupassen. So kannte Schiller seine Kollegin nicht – so spontan, so freudig zupackend und unkonventionell. Dieser Fahrradkurier hatte neue Seiten bei ihr zum Vorschein gebracht.

Sie erwischten Mahler und dessen Frau am Fahrstuhl. Neuendorf, der Polizeipräsident, hatte sie eben verabschiedet und winkte ihm noch höflich zu. Von Presse oder einem Fotografen war nichts zu sehen. Es würde vermutlich mildernde Umstände geben, dass sie Mahler nicht unmittelbar vor Kölns oberstem Polizisten mit seinen Lügen konfrontiert hatten.

Mahler trug einen grauen Anzug und ein blaues Hemd, am Revers das Stadtwappen von Köln, seine Frau trug ein beigefarbenes Kostüm und schwarze Strümpfe. Sie sah elegant aus und deutlicher jünger als ihr Mann.

Obschon Mahler sie bemerkt haben musste, wandte er den Kopf nicht zu ihnen, sondern blickte wartend auf die Fahrstuhltür. Seine Frau hatte seine Hand ergriffen.

»Herr Mahler«, sagte Birte beinahe fröhlich, »was für ein schöner Zufall, dass wir Sie hier treffen. Dann müssen wir Sie nicht in Ihrem Wahlkampfbüro heimsuchen.«

Schiller musste unwillkürlich lächeln. Birte hatte tatsächlich »heimsuchen« gesagt.

Mahler drehte nun doch den Kopf. »Was wollen Sie noch von mir?«, fragte er unfreundlich. »Wir waren bei Ihrem Präsidenten, haben uns über die Arbeit der Kölner Polizei ausgetauscht und …«

»Stellen Sie Ihre Frage!«, unterbrach Meret Mahler ihren Mann. Sie hatte Birte ins Visier genommen. Ihre dunklen Augen funkelten wütend.

»Es gibt ein paar Unstimmigkeiten«, erklärte Birte wie beiläufig. »Wir haben nun die Verbindungsnachweise von Brinkmanns Handy. Demnach haben Sie sehr wohl telefoniert. Genau sechs Mal in den letzten Wochen. Und die Fotografie, die wir Ihnen gezeigt haben, ist vor zehn Tagen aufgenommen worden.«

Die Tür des Fahrstuhls öffnete sich vor Mahler. Man konnte ihm ansehen, dass er nun gern hineingetreten wäre. »Vielleicht«, sagte er, »habe ich ein paar Dinge durcheinandergebracht. Seit ich kandidiere, habe ich unendlich viele Termine …«

»Sie irren sich«, sagte Meret mit stählerner Stimme, »ich habe mit Kaspar gesprochen. Ja …« Sie registrierte Birtes skeptische Miene. »Manchmal nutze ich das Smartphone meines Mannes. Ich wollte Kaspar überreden, ins Team meines Mannes einzusteigen. Er ist prominent in der Stadt, er hätte uns von Nutzen sein können. Leider ist es mir nicht gelungen. Kaspar war auf dem Trip, in seiner Holzhütte zu sitzen und seinen Weltekel in seinen Blogs auszuleben. Dann habe ich einen letzten Versuch unternommen und ein Treffen mit Kaspar und Georg arrangiert. Da ist wohl dieses heimliche Foto zustande gekommen. Wer hat es eigentlich gemacht? Verraten Sie, wer uns da aufgelauert hat?«

»Niemand hat Ihnen aufgelauert«, erklärte Schiller. Meret war eine kalte Schönheit, erkannte er, eine Frau, die einen allein durch ihre Stimme frieren lassen konnte. Ihm fiel der Blog ein, den Brinkmann über Colin und dessen Tod geschrieben hatte. Von der umschwärmten M. war da die Rede gewesen. Konnte Meret doch etwa so alt wie ihr Mann sein? »Seit wann kennen Sie eigentlich Brinkmann?«, fragte Schiller sie und versuchte, genau so kalt zu klingen.

Meret Mahler strich sich über ihr beigefarbenes Kostüm. Die Fahrstuhltür hat sich wieder geschlossen.

»Seit dem Studium«, sagte sie. »Ich habe auch Germanistik studiert. Und nun entschuldigen Sie uns bitte. Ich denke, wir haben alle Fragen beantwortet.« Sie beugte sich vor, drückte auf einen Knopf, woraufhin sich die Tür des Fahrstuhls wieder öffnete.

»Ja, recht herzlichen Dank«, sagte Birte. »Nur eine Frage noch, Herr Mahler. Ich habe in Ihrem Buch gelesen – ›Das ewige Feuer‹. Wie hieß noch mal die Geschichte von Böll, die man unbedingt lesen sollte?«

Mahler sah sie verwirrt an. »Hören Sie«, sagte er. »Das Buch … das war quasi eine Jugendsünde. Ich kann den Roman heute selbst gar nicht mehr lesen, ohne rot zu werden …«

Meret Mahler zog ihren Mann förmlich in den Aufzug. Bevor die Tür sich schloss, lächelte sie Birte an und sagte spöttisch: »Meine Liebe, schön, dass Sie in Ihrer Freizeit noch zum Lesen kommen. Die Geschichte von Böll heißt: ›Im Tal der donnernden Hufe‹.«

24

Max schrieb ihr eine SMS, die sie zunächst erschreckte. »Seit du da bist, ruft die Dunkelheit nicht mehr nach mir.«

Was war das? Eine Liebeserklärung? Bisher hatte sie nur den freudigen, immer gut gelaunten Max kennengelernt, aber natürlich musste es auch einen anderen geben, den Zweifler und Verwundeten.

Eine weitere SMS folgte sofort. »Heiraten will ich dich immer noch!«

Genau siebenundzwanzig Minuten dauerte es, bis Polizeipräsident Neuendorf sie auf dem Smartphone anrief – sie und nicht Jan, wie Birte überrascht registrierte. Vermutlich hatte Mahler angemerkt, dass sie ihm die meisten Fragen gestellt hatte.

»Frau Hauptkommissarin Jessen«, erklärte Neuendorf förmlich. »Es liegt eine mündliche Beschwerde vor. Der kommende Oberbürgermeister der Stadt besucht mich, und Sie haben nichts Besseres zu tun, als ihn auf dem Gang zu verhören?«

»Verzeihen Sie, Herr Neuendorf«, erwiderte Birte, und es gelang ihr, genauso förmlich zu klingen, »wir haben die Gelegenheit ergriffen, zwei, drei einfache Fragen zu stellen. Es handelte sich nicht um ein Verhör, sondern um eine kleine Plauderei, sozusagen. Georg Mahler hat den ermordeten Brinkmann gut gekannt und stand mit ihm noch vor ein paar Tagen in Kontakt, was er zuvor geleugnet hat.«

»Wir sollten trotzdem Rücksicht nehmen«, erklärte Neuendorf, nun deutlich jovialer. »Sobald Mahler im Amt ist, ist er mein wichtigster Ansprechpartner in dieser Stadt. Vergessen Sie das bitte nicht! Falls Sie ihn noch einmal kontaktieren müssen, möchte ich davon erfahren. Eine kurze Gesprächsnotiz reicht aus. Einen schönen Tag noch.«

Der Polizeipräsident legte auf. Eigentlich war er für seinen Charme und seine Loyalität gegenüber den Mitarbeitern im Haus bekannt, aber wenn ein Mann wie Mahler sich beschwerte, lagen die Dinge offenbar anders.

»Mahler muss der Arsch auf Grundeis gehen«, meinte Jan, »wenn ihn diese paar Fragen aus dem Gleichgewicht bringen.«

Nele trat mit einem Lächeln in die Tür. Auch sie hatte das Telefonat des Polizeipräsidenten mitbekommen.

»Wir haben nun von der Bank eine Vermögensaufstellung von Brinkmann erhalten. Er hatte gut zweihunderttausend Euro auf zwei Konten, dazu ein stattliches Aktiendepot. Dabei hat er seiner Frau jeden Monat zweitausend Euro und Julia Bärwald sogar dreitausend Euro überweisen lassen. Außerdem war seine Wohnung an der Venloer Straße abbezahlt. Jedenfalls gibt es keine Abbuchungen, die auf eine Hypothek hindeuten.«

»Ein reicher Drehbuchautor mit einem Geheimnis«, sagte Jan. »Und mit einem mörderischen Feind.«

Plötzlich schob sich Schultke in die Tür. Er ließ sich selten in ihrer Etage sehen.

Jan hob die Augenbrauen. »Ein hoher Besuch gibt sich die Ehre«, sagte er mit sanftem Spott.

Der Kriminaltechniker lächelte ebenfalls spöttisch. »Ihr verhört den kommenden Oberbürgermeister auf dem Flur«, sagte er mit einem Lächeln. »Gratulation! Da wird Neuendorf vor Freude Luftsprünge gemacht haben.«

»Was willst du?«, fragte Jan unfreundlich. »Uns gute Ratschläge erteilen? Wenn wir mal ein richtig schweres Verhör durchführen müssen, dann warten wir und holen dich – versprochen.«

»Hat Jan heute nicht genug Kaffee getrunken?«, fragte Schultke an Birte gewandt. »Oder ist er immer noch schlecht gelaunt, weil Weihnachten dieses Jahr für uns alle ausgefallen ist? Keine Bescherung, kein Singen unterm Tannenbaum.« Er erwartete keine Antwort, sondern fuhr fort: »Ihr habt uns eine echte Aufgabe gestellt. Hat uns so richtig herausgefordert. Dieser Fetzen Papier mit diesem einen Wort ›Liebesfalle‹ … Normalerweise dauert so eine Analyse Wochen, aber mir zuliebe hat das Labor Überstunden gemacht. Also, zwei wesentliche Dinge wissen wir bereits. Das Wort ist mit einer Schreibmaschine geschrieben worden, wahrscheinlich mit einer elektrischen IBM mit Kugelkopf. Baujahr irgendwann in den siebziger Jahren. Und das andere …«, er hob die Hand, weil Jan Anstalten machte, etwas zu erwidern, »… das noch Wichtigere: das Papier. Wir sind nicht durch mit den Untersuchungen, aber anhand des pH-Wertes lässt sich das Alter schon jetzt einigermaßen bestimmen. Also, dieser Fetzen stammt vom Ende der siebziger, Anfang der achtziger Jahre. Kriegt ihr alles noch schriftlich von mir.« Er lächelte wieder, tippte sich an die Stirn und verzog sich.

»Ein Stück Papier, das über dreißig Jahre alt ist«, sagte Jan. »Also vielleicht doch ein Brief oder eine Art Tagebuch.«

»Wann hat Brinkmann angefangen, professionell zu schreiben?«, fragte Birte.

»Auf Wikipedia gibt es eine Liste seiner Filme und Texte«, sagte Nele. Sie griff zu ihrem Smartphone. »Studium in Köln, Arbeit beim WDR, erster Kurzfilm 1984 – ›Wunderland‹, so hieß sein erstes Skript, mit dem er gleich einen Preis gewann. An einer Fernsehserie hat er schon 1985 mitgeschrieben«, las sie vor.

»Er hat auch zwei Romane verfasst«, sagte Jan. »Zwei Kriminalromane, die aber längst verramscht sind. Habe ich auf seiner Homepage gelesen.«

»Oder vielleicht hat er auch sein Tagebuch abgeschrieben«, meinte Birte. »Jedenfalls wird sich das Wort ›Liebesfalle‹ nicht auf Probst bezogen haben.«

»Aber was könnte Brinkmann Anfang der achtziger Jahre aufgeschrieben haben, dass heute jemand dafür einen Mord begeht?«, fragte Jan. Er war an das Whiteboard getreten und schrieb »Papier/80er Jahre«. Den Namen »Georg Mahler« hatte er – genau wie »Probst« – bereits unterstrichen. Hinter den Namen »Precht« hatte er ein Fragezeichen gesetzt. Die Namen »Kaup« und »Sibel Vargas« hatte er unterdessen mit drei Fragezeichen versehen. Der Schauspieler hatte eine große Traueranzeige in den Stadtanzeiger setzen lassen, die Nele ans Board geklebt hatte – mit der Überschrift: »Wir vermissen dich!«

Als sein Smartphone klingelte, blickte Jan mit skeptischer Miene auf das Display.

»Die Uniklinik«, sagte er. »Ich habe mich vorhin nach Brasch erkundigt, aber niemand wollte mir etwas sagen. Nun rufen sie tatsächlich zurück.« Er hob ab, meldete sich und lauschte mit ernstem Gesichtsausdruck. »Gut«, sagte er dann. »Ich bin in einer Stunde da.« Er steckte sein Smartphone ein und seufzte.

»Brasch … er ist in der Aufwachphase. Wir können vielleicht mit ihm sprechen.«

»Ich brauche ein Zimmer«, sagte Jan. »Eine Unterkunft, für ein paar Tage.«

Es war ungewöhnlich, dass er ihr das Steuer überlassen hatte. Wie fast jeder Mann hielt er sich für den besseren Autofahrer.

Birte schaute ihn an. »Es gibt Ärger mit Carla?«, fragte sie.

»Möglicherweise habe ich Mist gebaut«, erwiderte er. Dann tippte er wieder auf seinem Smartphone herum. »Diesmal ist es ernst, richtig ernst.«

Für einen Moment war sie versucht zu sagen, er könne ein paar Tage bei ihr wohnen, doch dann dachte sie an Max. Nun gab es Dinge, die sie mit ihm absprechen musste. Ja, so weit war es gekommen. Sie hatte ihn in ihr Leben gelassen – er spielte nun eine Hauptrolle.

»Ich glaube nicht, dass Brasch etwas dagegen hätte, wenn du eine Weile in sein Haus einziehen würdest. Vielleicht solltest du ihn fragen.«

Verblüfft sah Jan sie an. Er wirkte erschöpft und überarbeitet. »Ja«, sagte er matt. »Vielleicht sollte ich das tun.«

In der Uniklinik empfing sie ein junger Assistenzarzt. »Professor Dr. Mehring lässt sich entschuldigen. Er musste dringend zu einer OP. Ich werde Sie zu dem Patienten bringen.«

Sie betraten die Intensivstation, wo sie sich weiße Kittel anziehen mussten.

»Dem Patienten geht es verhältnismäßig gut angesichts der Schwere seiner Kopfverletzung«, sagte der Assistenzarzt. »Der Hirndruck ist fast normal, genauso der Blutdruck, und die Schwellung im Gehirn ist ebenfalls zurückgegangen, sodass wir seit gestern Abend die Aufwachphase einleiten konnten. Wundern Sie sich nicht, wenn der Patient stark schwitzt. Selbst in einem solch kurzen künstlichen Koma wird die Körpertemperatur erheblich herabgesenkt. Da gerät der gesamte Temperaturhaushalt durcheinander.«

»Haben Sie schon mit Brasch gesprochen?«, fragte Jan. »Ist er bei Bewusstsein?«

»Nein«, sagte der Arzt, »ich selbst habe den Patienten noch nicht gesehen, aber haben Sie nicht gesagt, es sei dringend? Geht es hier nicht um einen Mordfall? Sonst hätten wir Sie nicht angerufen. Eigentlich bedarf der Patient noch der Ruhe und …«

»Ja, es ist sehr dringend«, unterbrach Jan den Arzt, der ihm augenscheinlich allmählich auf die Nerven ging.

Sie waren bei Brasch angekommen. Durch eine Glasscheibe konnten sie ihn sehen. Er hatte einen dicken Kopfverband, doch selbst auf die Entfernung von vier, fünf Metern konnte man erkennen, dass er die Augen geöffnet hatte.

»Sie haben fünf Minuten«, sagte der Arzt. »Mehr können wir beim besten Willen nicht verantworten.« Dann nickte er ihnen zu und entfernte sich grußlos.

Jan öffnete die Glastür. Zögernd näherten sie sich dem einzigen Bett, das es in diesem Raum gab. Es roch noch stärker nach Desinfektionsmitteln als auf der Station. An der Wand hing ein Bild – Sonnenblumen, gemalt von van Gogh. Es wirkte vollkommen deplatziert.

Brasch regte sich nicht. Er war unrasiert, schwarze Bartstoppeln bedeckten seine bleichen Wangen. In seinem rechten Arm steckte eine Kanüle. Eine Maschine im Hintergrund kontrollierte seinen Puls und seine Herzfrequenz. Während Birte zurückblieb, trat Jan an das Bett heran.

»Matthias«, sagte er leise, »hörst du mich? Ich bin es – Jan, ich bin mit Birte gekommen. Wir …« Er brach ab, offenbar unsicher, ob seine Worte verstanden wurden.

Brasch rührte sich nicht, doch nein, er hatte geblinzelt. Dann schluckte er vernehmlich. Ein Zucken lief durch seinen Arm.

»Scheiße«, krächzte er. Sein Adamsapfel hüpfte auf und ab. »Eine Kugel … in den Kopf.«

Jan beugte sich vor. Er war erschreckt und erleichtert zugleich, dass Brasch tatsächlich antworten konnte, wenn auch mühsam und kaum zu verstehen.

»Ja«, sagte er. »Eine Kugel in den Kopf. Hast du eine Ahnung, wer auf dich geschossen hat?«

Brasch bewegte erneut den Arm. Ein Zucken oder der Versuch, ihn anzuheben. Seine Augen begannen sich zu regen, als bemühe er sich, Jan in den Blick zu nehmen, doch noch immer hatte er seinen Kopf keinen Millimeter bewegt.

»Ich weiß nicht«, sagte er. Dann, lauter, beinahe energisch: »Wo ist Leonie? Kommt sie noch?«

»Leonie?« Jan verharrte einen Moment. »Wieso Leonie?«

Brasch leckte sich über die Lippen. Seine rechte Hand schloss sich für einen Moment zur Faust. »Sie soll kommen«, flüsterte er. »Ich brauche sie.«

Dann schloss er die Augen. Nur noch sein Atem war zu hören, dazu die Maschine im Hintergrund, die beharrlich alles aufzeichnete.

Jan wich ein wenig zurück und drehte sich zu Birte um. »Schläft er?«, fragte er unsicher.

Birte zuckte mit den Schultern. »Wer ist Leonie?«, fragte sie.

»Leonie war Braschs Partnerin. Sie sind schon seit über fünf Jahren getrennt.«

Sie blieben noch ein paar Minuten, doch Brasch öffnete die Augen nicht mehr. Einmal noch bewegte er den Mund, als wolle er ihnen etwas sagen, aber lediglich ein Flüstern drang heraus, das verwaschen und ebenfalls wie »Kommt Leonie?« klang.

25

Wie funktionierte das Gehirn? Hatte das schon jemals jemand herausbekommen? Brasch war aus dem Koma erwacht und fragte nach der Frau, von der er seit fünf Jahren getrennt war – und zwar in einem Tonfall, als wären sie immer noch zusammen. Zu dem Schützen hatte er ihnen nichts sagen können, aber das hatte Schiller nicht so entsetzt wie die Frage nach Leonie.

Es war achtzehn Uhr, als sie ins Präsidium zurückkehrten. Nele und die beiden Polizeianwärter waren bereits gegangen. Auch Birte wollte nach Hause, zu ihrem Fahrradkurier – das spürte er, ohne dass sie es groß zur Sprache brachte. Sollte er tatsächlich in Braschs Haus übernachten? Er hatte ihn nicht um Erlaubnis gefragt.

Als sein Smartphone klingelte, hoffte er eine Sekunde lang, Carla melde sich, um ihm ein Friedensangebot zu unterbreiten, doch es war Therese, die ihn anrief.

»Warum musstest du nur ausgerechnet an Weihnachten fremdgehen?«, fragte sie ihn mit ihrer krächzenden Altmädchenstimme. Es entsprach nicht ihrer Art, um den heißen Brei herumzureden.

Einen Atemzug lang war er perplex über ihre direkte Anschuldigung. »Ich bin nicht fremdgegangen«, erklärte er. »Ich weiß auch gar nicht, wie ihr darauf kommt.«

Therese seufzte – ein Seufzen, als wäre sie eine Lehrerin, die sich über einen besonders begriffsstutzigen Schüler ärgerte.

»Jan«, sagte sie, »ich kenne dich seit deiner Geburt. Ich weiß immer, wann du lügst – selbst wenn du besonders gut lügen willst, was aber nun nicht der Fall ist. Du hast es offenbar noch nicht kapiert. Es geht gar nicht um die Nacht, als du dich um halb vier am Ring herumgetrieben hast. Es geht um die andere Nacht. Carla war bei dem kleinen Mädchen und hat dreimal in eurer Wohnung angerufen. Du warst nicht da.«

Du warst nicht da …

»Ich bin auf dem Sofa eingeschlafen«, log er, doch Therese ging auf diese lahme Entschuldigung gar nicht ein.

»Rede mit Carla«, sagte sie. »Traue dich, ihr die Wahrheit zu sagen, wenn dir noch etwas an eurer Beziehung liegt. Andernfalls …« Sie sprach nicht mehr weiter.

Er wusste auch so, was dieses »Andernfalls« zu bedeuten hatte.

»Ich weiß«, sagte sie dann, »dass die Zeit im Kinderheim schwer für dich war, und deine Eltern waren ja auch nicht gerade ein Traumpaar. Aber irgendwann muss man sich entscheiden. Carla will eine Familie, ein Kind, und sie will einen Mann, der nicht nur mit seinem Beruf verheiratet ist.« Sie seufzte wieder.

»Ja«, sagte er. »Ich weiß.«

»Das glaube ich nicht – dass du es wirklich weißt.« Therese legte auf, bevor er etwas erwidern konnte. So streng war sie mit ihm noch nie gewesen.

Es war ernst, sehr ernst – er hatte es Birte selbst gesagt.

Als er Carla anrief, sprang lediglich ihre Mailbox an. Er überlegte, ein paar Worte zu sagen, eine Entschuldigung, doch dann unterbrach er die Verbindung. Sie hatte ihn auch schon betrogen, fiel ihm ein, und nun tat sie so, als wäre einzig er der Schuldige, schwärzte ihn sogar bei Therese an. Wut flammte in ihm auf.

Den Schlüssel von Braschs Haus fühlte er in seiner Hosentasche.

Beim zweiten Versuch, als erneut nur die Mailbox ansprang, hätte er sein Smartphone am liebsten gegen die Wand geworfen. Weshalb stellte Carla ihn vor Therese bloß, ging aber nicht ans Telefon, wenn er sie anrief? Und welche Tragödie war eigentlich genau passiert?

Wolfgang Faber wohnte in Hoffnungsthal in einem alten Fachwerkhaus in der Nähe der Dorfkirche. Eine hübsche, biedere Gegend. Schiller hatte sich nicht angemeldet. Auf gut Glück war er losgefahren – auch, wenn er ehrlich war, weil er immer noch nicht wusste, wo er die Nacht verbringen sollte. Vor der Kirche stand ein großer Weihnachtsbaum, der mit elektrischen Kerzen geschmückt war. In fast jedem Fenster im Dorf brannte ein Licht. Nur bei Faber war alles dunkel. Schiller klingelte dreimal und war schon im Begriff, sich abzuwenden, als in dem Flur hinter der Tür, der durch eine Art Guckloch zu sehen war, eine Lampe angeschaltet wurde.

Ein stattlicher Mann mit schulterlangen weißen Haaren öffnete und musterte ihn fragend. Wolfgang Faber musste inzwischen gut achtzig Jahre alt sein, aber er wirkte wie Mitte sechzig.

Schiller hielt seinen Dienstausweis ins Licht und stellte sich vor.

»Warum kommen Sie?«, fragte Wolfgang Faber unwirsch. »Weil dieser Brinkmann umgebracht wurde?«

Schiller nickte. »Ich habe ein paar Fragen«, sagte er. »Auch zu Ihrem Sohn – zu der Freundschaft der beiden damals.«

Faber winkte ihn herein und ging dann voraus. Er führte Schiller in eine typische Landhausküche – sehr eng, mit zwei winzigen Sprossenfenstern, einem Tisch mit drei Stühlen, einem alten Herd, einem Kühlschrank und einer Spüle. Über der Spüle brannte eine matte Lampe. Hier hatte die Moderne noch nicht Einzug gehalten.

Faber zog einen Stuhl heran und setzte sich. Auf dem Tisch stand ein halb volles Glas Rotwein, daneben lagen eine Zeitung und Notenblätter. Mit einer schnellen Bewegung raffte der alte Mann die Papiere zusammen und legte sie auf die Fensterbank.

»Sie haben also von Brinkmanns Tod gehört?«, fragte Schiller, nachdem er sich ebenfalls gesetzt hatte.

»Um diese Frau tut es mir leid – diese Schauspielerin. Ich mochte sie«, sagte Faber.

Nun erst entdeckte Schiller zwei gerahmte Fotos an der Wand neben einem Fenster. Eine Frau mit einem gelben Stirnband, sie hatte eine Menge Sommersprossen, rotblonde Haare und lächelte heiter in die Kamera. Daneben das Foto von einem etwa sechzehnjährigen Jungen mit Oberlippenbart – er hatte skeptisch die Augen zusammengekniffen, als wäre es ihm unangenehm, fotografiert zu werden.

»Ganz recht«, sagte Faber, der Schillers Blick durch die Küche bemerkt hatte, »das war meine Familie – meine Frau Edelgard und unser Sohn Colin. Das war einmal.« Er hob die Hände und ließ sie kraftlos wieder sinken. »Weihnachten ist immer eine besonders schwere Zeit für mich. Ich hätte aus Deutschland weggehen sollen – ich hatte Angebote, Lehraufträge in Australien, Ungarn, sogar in Wien … Aber dann hätte ich die Gräber im Stich gelassen.«

Plötzlich waren Schritte zu hören, ein müdes, zögerndes Schlurfen, ein Augenblick später streckte ein Hund seinen Kopf in die Tür, ein brauner Cocker mit grauer Schnauze.

»Na, Mozart«, sagte Faber lächelnd, »guckst du nach, wer zu Besuch gekommen ist? Mozart ist vierzehn«, sprach er an Schiller gewandt weiter. »Wenn der richtige Mozart so alt geworden wäre, hätte er vielleicht hundert wunderschöne Sinfonien mehr komponiert.«

Der Hund kam herein und zwängte sich unter den Küchentisch.

»Brinkmann und Ihr Sohn Colin waren damals gute Freunde, nicht wahr?« Schiller spürte, wie ihn der Hund mit der Schnauze anstupste, um gekrault zu werden.

»Sie kannten sich seit der Grundschule. Wir haben anfangs noch in Ehrenfeld gewohnt, Piusstraße. Brinkmanns hatten ein eigenes Haus in der Wüllnerstraße. Später sind die beiden zusammen auf die Kreuzgasse gegangen. Brinkmann ist Colin hinterhergelaufen, das war immer mein Eindruck. Unser Sohn war begabt, sehr begabt ...« Sein Blick glitt zu dem Foto an der Wand. »Er hätte alles werden können, Philosoph, Dichter, Professor ... Nein, er wäre Musiker geworden, ganz sicher. Er hatte schon eine Band, spielte hervorragend Gitarre und Klavier. Am liebsten hätte ich ihn zu mir an die Musikhochschule geholt, aber das wollte er natürlich nicht. Insofern war so ein Allerweltsstudium wie Germanistik auch ein Protest gegen mich, gegen seine Eltern ...« Fabers Blick kehrte zu Schiller zurück. »Es ist tragisch, wenn man nur einen Sohn hat und der viele Jahre vor einem stirbt.«

»Diese Nacht, als Ihr Sohn starb ...«, begann Schiller, nachdem Faber in ein nachdenkliches Schweigen verfallen war. »Wo genau hat diese Party stattgefunden und wer war alles dabei?«

»Ich muss wirklich darüber reden, ja? Über etwas, das vor dreiunddreißig Jahren passiert ist und mein Leben ruiniert hat? Hilft Ihnen das, den Mörder von Brinkmann und dieser Schauspielerin zu finden?«

»Ja«, entgegnete Schiller. »Ich glaube, es hilft uns.« Er überlegte kurz, ob er von dem Manuskript sprechen sollte, von dem Papier, das ebenfalls über dreißig Jahre alt war.

»Es war eine Geburtstagsparty in einer Wohnung am Hansaring. Colins Freundin feierte ihren einundzwanzigsten Geburtstag. Colin wollte erst gar nicht hingehen, er hatte Streit mit ihr gehabt, dann ist er doch gefahren. Er hatte ein Lied für sie komponiert, das er ihr vorspielen wollte.« Faber verstummte. Der Hund unter dem Tisch jaulte kurz auf, vielleicht weil er eingeschlafen war und träumte.

»Gegen vier Uhr in der Nacht wurden wir aus dem Bett geklingelt. Die Polizei stand da. Colin war schon drei Stunden tot, und meine Frau hatte es gespürt. Ihr war auf einmal schlecht geworden, und gegen ein Uhr hatte sie sich übergeben müssen.«

»Aber es war eindeutig ein Unfall?«, fragte Schiller.

Faber nickte. »Eindeutig. Der Architekt und die Firma, die die Balkons angebracht hatten, sind wegen fahrlässiger Tötung vor Gericht gestellt worden. Beide haben Geldstrafen bekommen. Bei uns hat sich niemand entschuldigt – niemand.«

Schiller dachte kurz nach. Was hatte er geglaubt? Dass Colin Faber vielleicht ermordet worden war? Dass jemand absichtlich den Balkon zum Absturz gebracht haben könnte?

Er hatte sein Telefon auf lautlos gestellt. Ein Vibrieren verriet ihm, dass eine SMS eingegangen war. Vorsichtig nahm er das Smartphone heraus. Keine Nachricht von Carla. Nele hatte versucht, ihn anzurufen.

»Es fällt mir immer noch schwer, darüber zu sprechen«, sagte Wolfgang Faber. »So ist das eben. Ich habe versucht, ein Musikstück über meinen Sohn zu schreiben, ein Stück, das seinen Charakter umfasst, seine Kreativität, seine Sprunghaftigkeit, seinen Enthusiasmus, seine Liebe zur Kunst – es ist mir bis heute nicht gelungen.«

»Wie hieß Colins Freundin von damals?«, fragte Schiller.

Faber schaute ihn an. Er zog die Augenbrauen zusammen. »Ich dachte, das hat Sie hierhergebracht«, erwiderte er. »Es war Meret Mahler, die Frau des Kandidaten. Sie war mit Colin zusammen, irgendwie. Die beiden hatten ständig Streit. Streit und Versöhnung, wieder Streit, wieder Versöhnung. Ich glaube, Meret hat damals eine Menge ausprobiert, aber sie konnte es sich erlauben. Sie war das schönste Mädchen an der Uni.«

Meret Mahler – Schiller hatte diesen Verdacht bereits gehabt. Er legte seine Visitenkarte auf den Tisch. »Falls Ihnen noch etwas einfällt, das uns weiterhelfen könnte, rufen Sie bitte an.« Er erhob sich. »Hat Ihr Sohn eigentlich auch geschrieben?«

Faber stand ebenfalls auf. »Geschrieben. Ja, Gedichte, Liedtexte. Alles, was ich nach seinem Tod in seinem Zimmer gefunden habe, habe ich aufbewahrt. Liegt alles im Keller, archiviert. Ich wollte die Texte in meine Kompositionen einbauen, aber …« Er hob wieder müde die Hände.

Eine Welle des Mitgefühls ergriff Schiller. Ein Musikprofessor, der aus Trauer dreißig Jahre lang nicht komponieren konnte.

Sein Smartphone vibrierte erneut. Carla, nun war er sicher, dass sie sich meldete.

Draußen im Wagen sah er, dass Nele abermals versucht hatte, ihn zu erreichen.

Sie klang atemlos, als er sie am Apparat hatte. »Ich habe mir Brinkmanns Blog angesehen«, sagte sie. »Und weißt du was? Es ist ein neuer Eintrag hinzugekommen. Den hat es gestern noch nicht gegeben.«

»Wie kann das sein?« Schiller beobachtete von seinem Auto aus, dass Faber aus dem Haus trat, den Hund an einer Leine neben sich. Der Cocker hinkte und konnte kaum noch einen Fuß vor den anderen setzen.

»Entweder hat Brinkmann den Eintrag so terminiert, dass er erst heute online gehen konnte, oder er hat ihn gar nicht geschrieben«, antwortete Nele. »Ich werde das morgen checken, aber schau dir den Eintrag an. Er klingt beinahe so, als hätte Brinkmann gewusst, dass etwas Schlimmes passieren würde.«

Blog Nummer 160
Meister Eckart spricht: Löschen wir diese Stadt aus!

Liebe Leute, haben wir uns nicht alle geirrt? Haben wir nicht gedacht, wir leben in einer Stadt, in der alle Menschen das Herz auf dem rechten Fleck haben? Colonia – die Stadt mit Hätz. Drink doch ene met … und der ganze Quatsch. Löschen wir das alles aus! Den ganzen Unsinn, die Verklärung und all die

Lügen ... Ich gehe in den Tunnel hinab, den Tunnel, den ein jeder besitzt, tief irgendwo, jenseits unseres Alltags, unserer kleinen Geheimnisse ... dorthin, wo all die toten Freunde sind, die Frau mit dem ersten Kuss. Er ist noch da, der Kuss, er wartet darauf, dass noch etwas passiert. Auch der tote Freund ist da, der Geniale, der Überflieger. Verzeih mir all meine Lügen, toter Freund, all die falschen Worte, all das ungelebte Leben. Ja, davon gibt es in diesem Tunnel reichlich, hier sind sie archiviert, die Stoffe, aus denen mein Leben hätte bestehen können. Ich hätte sie nehmen müssen, um ein anderes, besseres Leben daraus zu weben. Die Frau mit dem ersten Kuss, der tote Freund ... ich habe euch beide verraten, aber hier seid ihr nun, traurige Geister, lebendiger als ich selbst. Was habe ich nicht alles erdacht und geschrieben? Oben im Licht habe ich ein paar Dinge angehäuft, Dinge und Geld, aber all das ist nichts wert. Ich bin ein Verräter, ich habe euch verraten, ich hätte etwas anderes aus diesem Leben machen müssen.
Und dann in dem dunklen Tunnel, in dem ich trotzdem sehen kann, kommt noch jemand dazu – Sven, mein geliebter Sohn. Habe ich dich auch verraten? Ich weine in diesem Tunnel, er führt ganz tief in das Dunkel hinein, wenn man immer weitergeht. Ich weine und weine und höre gar nicht mehr auf ...

Brinkmanns letzter Blog – was sollte das sein? Eine Art Vermächtnis, ein Eingeständnis, dass er sein Leben verfehlt hatte? Der Text war verwirrend. Wieso sollte man diese Stadt auslöschen? Und von was für einem Tunnel war da die Rede?

Diese düsteren Zeilen drückten noch mehr auf Schillers Stimmung. Carla hatte sich nicht gemeldet. Er fuhr an ihrer gemeinsamen Wohnung vorbei. Kein Licht brannte. Er gab Gas. War Almut Schwäbe nun zu Hause? Würde sie vielleicht sogar auf ihn warten? Herrenbesuch ausdrücklich erwünscht?

Vom Ehrenfeldgürtel bog er auf die Autobahn ab, Richtung Worringen, dorthin, wo Braschs leeres Haus stand.

26

Max empfing sie schon an ihrer Wohnungstür in seiner Kurierkluft, gelbe, dünne Outdoorkleidung. Er hatte den ganzen Tag Touren gefahren.

»Ich will«, sagte er, »dass du mich ausziehst, und dann duschen wir, waschen diesen Tag ab, den Stress, die Hektik, all das ...«

Birte ließ sich darauf ein. Immer wieder musste sie daran denken, dass sie noch nie so einen Menschen wie Max kennengelernt hatte. Sogar sein Stumpf war ihr mittlerweile vertraut, er schreckte sie nicht mehr, genauso wenig wie die Narben an seinem Rücken, die auch von dem Unfall stammten.

Sie liebten sich unter der heißen Dusche. Ja, es gelang ihr tatsächlich für Momente, an nichts zu denken. Da waren nur seine Hände, sein Mund, seine Augen.

Ich liebe ihn, dachte sie, und gleich hob sich etwas in ihr.

Wir sind zwei Luftballons, aneinandergebunden, schweben in den Nachthimmel einem fetten gelben Mond entgegen.

Oh, was für kitschige Gedanken hatte sie.

Später im Bett aßen sie Ravioli aus der Dose und tranken Rotwein aus der Flasche.

Sie fühlte sich wie zwanzig. Nicht einmal in der Anfangszeit mit Martin war sie so ausgelassen gewesen.

Als sie von Jan zu sprechen begann, von seinem Liebeskummer, wurde Max mürrisch.

»Wir hatten eine Abmachung«, sagte er. »Heute reden wir über so etwas nicht. Was ist eigentlich mit Silvester? Musst du da auch Verbrecher jagen?«

Ihr Kopf lag auf seiner nackten Brust. Sie konnte sein Herz schlagen hören, ein steter, langsamer Rhythmus. Er war immer noch Sportler, auch wenn er kein Triathlet mehr war.

»Silvester koche ich für uns«, sagte sie, »und vielleicht haben wir den Fall da schon gelöst.« Plötzlich kam ihr ein Gedanke. »Diesen Roman – ›Das ewige Feuer‹ – gibt es den auch als E-Book?«

Max nahm einen Schluck Rotwein und schaute sie an. »Willst du das Buch lesen? Glaubst du, es hilft euch weiter?«

Sie berichtete von ihrer Begegnung mit Mahler, ihrer Frage nach der Böll-Geschichte und von dem Papier, das die tote Julia Bärwald in der Hand gehalten hatte.

Nun war Max doch interessiert. Er nahm sein Smartphone in die Hand. »Ja«, sagte er, »tatsächlich. Den Roman kann man als E-Book kaufen, kostet drei Euro neunundneunzig.«

»Hast du nicht so ein Lesegerät?«, fragte sie. »Einen Reader, auf den ich das Buch herunterladen kann? Ich habe diese Dinger immer verabscheut.«

Er schnaubte. »In meiner Wohnung. Kann ich dir morgen mitbringen, wenn es so wichtig ist.«

»Nein«, sagte sie. »Jetzt. Ich will das Buch jetzt haben – ist auch eine gute Gelegenheit, mir einmal deine Wohnung anzusehen. Verstehe ohnehin nicht, warum du mich noch nie eingeladen hast.«

Max wohnte tatsächlich am Ubierring unterm Dach – zwei Zimmer, eine Kochnische. In der winzigen Diele hing ein Foto von ihm: er auf einem Treppchen mit einem echten Lorbeerkranz um den Hals. Er war ein paar Jahre jünger und trug die Haare raspelkurz.

»Da habe ich in Wilhelmshaven den NordseeMan gewonnen«, sagte Max in einem Tonfall, als wäre es ihm peinlich.

In der Kochecke stand schmutziges Geschirr in der Spüle. Eine Einkaufstasche hatte Max auch nicht ausgepackt. Überall Magazine, Zeitungen und ein Stapel Bücher auf dem Boden.

»Im Schlafzimmer ist der Reader«, sagte er und ging voraus.

Der Wohnraum bestand aus Kiefernholzmöbeln – alles IKEA. Das einzig Auffällige waren ein großer Flachbildschirm und ein uralter dunkelbrauner Schreibtisch, auf dem verstreut Papiere lagen, handschriftliche Notizen. Der Roman, fiel Birte ein, schon länger hatte er nicht mehr von seiner Arbeit an dem Roman gesprochen.

»Der Schreibtisch ist von meinem Großvater«, sagte Max. Er hielt den Reader bereits in der Hand. »Er war auch Pfarrer – in Linsengericht im Hessischen. Der Ort heißt wirklich so.«

»Warum hast du mich bis jetzt nicht deine Wohnung sehen

lassen?«, fragte Birte. »Ich dachte, ich würde in eine komplett zugemüllte Bude kommen.« Ihr Blick glitt zu einem Schwarz-Weiß-Foto an der Wand: ein Ehepaar und vier Kinder, vermutlich Max' Eltern, ja, einer der Jungen war ihm wie aus dem Gesicht geschnitten.

»Diese Wohnung ist ein Aufenthaltsort, nicht mehr«, erklärte er tonlos. »Alle meine Möbel habe ich Kate überlassen, als wir aus unserem Haus ausgezogen sind.«

Kate? Diesen Namen hörte Birte zum ersten Mal, aber viel mehr als von dem Unfall und seiner chaotischen Familie hatte sie auch noch nicht von ihm erfahren.

»Ja«, fuhr er fort und wandte sich bereits wieder zum Gehen. »Ein paar Dinge weißt du noch nicht. Kate war meine Trainerin, sie war sechs Jahre älter als ich. Wir waren zusammen, ein verschworenes Paar – bis zum Unfall. Mit dem Unfall ist sie nicht klargekommen.«

Zum ersten Mal, seit sie ihn kannte, hatte sich ein düsteres Schweigen über Max gelegt. Bitterkeit ging von seiner Miene aus, Bitterkeit und das Gefühl, etwas unwiederbringlich verloren zu haben.

»Am besten gehen wir wieder«, sagte er.

Birte nickte. Vielleicht konnte Max nur in ihrer Wohnung verliebt sein, dachte sie.

Im Auto besserte sich seine Laune ein wenig. »Verzeih«, sagte er. »Ich werde dir eines Tages von Kate erzählen, aber noch ist es zu früh. Ich war wirklich ein guter Triathlet, ich war Profi, habe richtig viel Geld verdient. Wir haben vom Ironman auf Hawaii geträumt, von den Olympischen Spielen.«

»Wo ist Kate jetzt?«, fragte Birte, während sie den Alfa startete.

»Sie ist in die USA gegangen, nach Kalifornien, sie trainiert dort zwei amerikanische Athleten. Die Glücklichen! Sie ist eine der besten Trainerinnen der Welt.« Max verstummte und starrte aus dem Fenster, dann griff er nach ihrer Hand und drückte sie. »Mir geht es gut mit dir«, sagte er leise. »Soll ich dir den Roman runterladen?« Er hob das Lesegerät hoch.

Birte nickte. »Ich will den Roman gar nicht lesen. Ich möchte nur sehen, ob ein Wort in ihm vorkommt: ›Liebesfalle‹.«

Max schaute sie verblüfft an. »Das Wort, das auf dem Papier stand, das die tote Schauspielerin in der Hand gehalten hat? Warum glaubst du, es könnte in dem Roman von Mahler vorkommen?«

»Ich will es nur ausschließen«, erwiderte Birte. Sie bog auf die Berrenrather Straße ein. In fünf Minuten würden Max und sie wieder im Bett nebeneinanderliegen, dann würde sie alle Gedanken an eine ferne Kate verscheuchen, nahm sie sich vor.

Max lud den Text herunter, es dauerte lediglich ein paar Sekunden. »Es gibt eine Suchfunktion«, sagte er, ohne den Blick vom Bildschirm zu nehmen. »Oh ein Treffer.« Er stöhnte auf. »Du hast recht gehabt. Seite einundsechzig.« Er hob die Stimme, als er vorlas: »›Dein Lächeln ist wie eine Liebesfalle‹, sage ich. ›Echt?‹, meint Linda. Sie hat ein Kaugummi im Mund, lässt es über ihre Zunge gleiten und grinst. ›Eine echte Falle‹, erwidere ich. Ich grinse nicht. ›Ich bin dir in die Falle gegangen, aber das wolltest du doch auch, nicht wahr?‹«

»Ein Treffer!«, wiederholte Birte. »Das könnte bedeuten, Julia Bärwald hat das Manuskript von ›Das ewige Feuer‹ in der Hand gehalten, als sie ermordet wurde. Aber warum lag es versteckt in Brinkmanns Wohnung?«

27

Vorsichtig schloss Schiller die Haustür auf. Stille und ein muffiger Geruch wehten ihm entgegen. Wie ein Einbrecher kam er sich vor, dabei wusste er ja, dass hier seit Tagen niemand mehr gewesen war. Brasch lag im Krankenhaus und wartete vergeblich darauf, dass Leonie ihn besuchte, und dass Lavender noch einmal hier auftauchen würde, war höchst unwahrscheinlich.

Er schaltete das Licht nicht an, sondern ging direkt ins Arbeitszimmer. Nur diesen einen Raum würde er benutzen, hatte er sich vorgenommen, als würde er sonst zu tief in die Intimsphäre eines anderen Menschen eindringen. Auf dem Sofa in der Ecke lagen ein Kissen und eine Decke. Mehr würde er nicht brauchen, um ein paar Stunden Schlaf zu finden. Der altmodische Anrufbeantworter blinkte, aber er hörte ihn nicht ab. Die Schreibtischlampe verströmte ein weiches, mattes Licht. Für einen Moment sah er sich selbst in der silbernen Lampenfassung: ein blasses, verwischtes Gesicht.

Ich bin ein Gespenst, dachte er, so wie ich in dieses Haus schleiche, bewegen sich Gespenster.

Aus dem Auto hatte er Carla noch eine SMS geschrieben. Bisher hatte sie keine einzige Nachricht beantwortet. Ihr Verhalten machte ihn wütend. War sie nicht diejenige, die stets das offene Gespräch einforderte? Sie – die geschulte Therapeutin? Wie oft war es ihm vorgekommen, als würde sie ihre einstudierten Fragetechniken auch an ihm ausprobieren.

In Gedanken steigerte er sich in seine Wut hinein, doch als sein Smartphone summte, war er für einen Moment voller Hoffnung.

Die angezeigte Nummer kannte er nicht.

»Hier ist Marianne Bärwald«, sagte eine ältliche Stimme. »Ihre Nummer … stand auch auf Ihrer Visitenkarte. Ich hoffe, ich störe Sie nicht. Sie sind Polizist, Sie können nicht immer im Dienst sein, aber …«

»Ich habe Zeit«, sagte er sanft.

»Keine Angst«, fuhr Marianne Bärwald fort, »ich frage Sie nicht, ob Sie schon jemand in Verdacht haben. Ich werde nicht damit fertig, dass Julia …« Sie seufzte. »Im Nebenzimmer liegt meine Enkelin und schläft. Wenn Paula nicht wäre, wäre ich längst zusammengebrochen. In drei Tagen ist die Beerdigung.«

Schiller hörte, wie Marianne Bärwald tief einatmete. Ist Carla bei Ihnen?, hätte er beinahe gefragt, ließ es dann jedoch. Vermutlich wusste Paulas Großmutter gar nicht, in welcher Beziehung er zu der Kindertherapeutin stand, die man ihr geschickt hatte.

»Julia hat immer gehofft, dass Brinkmann sich endlich scheiden lässt und sie heiratet. Können Sie sich das vorstellen? Eine so schöne Frau wie meine Julia! Alle Männer, mit denen sie zu tun hatte, haben sie umschwärmt, und sie sucht sich einen Mann wie Brinkmann aus – viel älter, unfreundlich, mürrisch, ein Misanthrop, wie er im Buche steht. Ich habe sie angefleht, es sein zu lassen mit diesem Mann, aber sie hat nicht auf mich gehört, und nun sind beide tot.«

Schiller klickte die Schreibtischlampe aus und sah aus dem Fenster. Irgendwo da in der Dunkelheit war der Deich, dann kamen weite Wiesen und schließlich der Fluss. Im kargen Licht eines Viertelmondes, der auch nur dann und wann zwischen den Wolken hervorlugte, waren jedoch allenfalls die Schemen einiger Bäume zu sehen.

Er ließ Marianne Bärwald reden. Warum hatte sie ihn angerufen? Um über das Unfassbare zu sprechen?

»Es gibt Menschen, die bringen kein Glück«, sprach sie weiter. »Brinkmann war so ein Mensch. Auf den ersten Blick war er erfolgreich, aber hinter der Fassade …« Sie zögerte, dann schluckte sie vernehmlich. Wahrscheinlich hatte sie bereits etwas getrunken, Wein vermutlich. Sie klang jedoch nicht alkoholisiert.

»Ich weiß, wie schwer es für Sie sein muss«, sagte er, als Marianne Bärwald nicht weitersprach. »Wir tun alles, um den Mörder Ihrer Tochter zu finden.«

»Mir ist eben eingefallen, was Julia mir kurz vor Weihnachten gesagt hat. ›Kaspar könnte einige Leute in dieser Stadt fertigmachen‹, hat sie gesagt. ›Er ist wie Dynamit, wenn er wütend ist.‹ Dann hat sie mir erzählt, dass er mit ihr eine Zeitung herausgeben wollte – im Internet, online, mit all den Sachen, die nicht in der gedruckten Zeitung stehen.«

Brinkmann ist wie Dynamit? Was sollte das bedeuten?

»Davon hat Ihre Tochter nichts gesagt. Hatte sie einen konkreten Verdacht, wen Brinkmann hätte fertigmachen können?«

»Sie stand unter Schock. Wäre sie sonst auch allein in Brinkmanns Wohnung gelaufen – genau ihrem Mörder in die Arme?« Marianne Bärwald begann zu schluchzen.

Auf dem Feldweg, der am Deich entlangführte, blitzten Scheinwerfer auf. Einen Augenblick lang meinte Schiller, jemand würde auf das Haus zusteuern, doch dann bogen die Scheinwerfer ab. Offenbar gab es noch andere vereinzelte Häuser in dieser Gegend.

Wie hatte Brasch die Einsamkeit hier ausgehalten?, fragte er sich.

»Dürfen wir uns morgen noch einmal im Haus Ihrer Tochter umschauen? Die beiden Kollegen waren schon da, aber vielleicht haben sie ja etwas übersehen«, sagte Schiller.

»Kommen Sie, wann immer Sie wollen, Herr Schiller«, sagte Marianne Bärwald. »Und noch etwas: Sie haben eine wunderbare Frau. Ohne Carla hätte ich nicht gewusst, wie ich mit meiner Enkelin hätte reden sollen. Paula glaubt nun, ihre Mutter sei ein Engel und singe den ganzen Tag.«

Mit einem kurzen Gruß verabschiedete Marianne Bärwald sich.

Sie haben eine wunderbare Frau … Also hatte Carla doch über ihn gesprochen. Er überflog noch einmal die letzten Nachrichten, die er ihr geschickt hatte. Alle waren eine Einladung gewesen, sich bei ihm zu melden. Doch Fehlanzeige.

Er lehnte sich zurück, schlug die Decke über seine Beine. Er hatte sich nicht einmal ausgezogen, sondern lag da wie jemand, der auf einen Alarm wartete, darauf, dass ihn jemand gleich wieder herausklingelte.

Fast sieben Jahre hatte die Beziehung mit Carla gewährt. Nun waren sie in der Sprachlosigkeit versunken, hielten sich voreinander hinter hohen Mauern versteckt.

Er konnte nicht einschlafen. Die Stille des Hauses glühte in seinen Ohren. Unruhig wälzte er sich auf dem engen Sofa herum. Es war keine gute Idee gewesen, hierherzukommen.

Schlechtes Karma, hätte Carla gesagt. Du verkriechst dich bei einem Mann, der seit Jahren in seiner Einsamkeit haust – überleg dir mal, warum.

Um kurz nach Mitternacht griff er zu seinem Smartphone.

Almut Schwäbe meldete sich sofort. »Ich wusste, dass du anrufst«, sagte sie leichthin. »Ich habe ein Gespür für so etwas. Rechtsmediziner kennen sich nicht nur mit Toten aus.«

»Wirklich?«, erwiderte er. »Ich habe es bis eben doch selbst nicht gewusst.«

»Intuition«, erklärte sie. »Wo bist du?«

»In einem Hotel«, log er. »Ich habe mich von Carla getrennt.« Er blickte auf den altmodischen Radiowecker auf dem Schreibtisch. Es war null Uhr dreizehn. »Seit genau dreizehn Minuten sind wir kein Paar mehr.«

Birte weckte ihn um halb acht. Sie klang ausgeruht, so als hätte sie einen achtstündigen Schönheitsschlaf hinter sich.

»Es gibt einen Treffer«, sagte sie. »In dem Roman von Mahler taucht einmal das Wort ›Liebesfalle‹ auf. Könnte also sein, dass Julia Bärwald das Manuskript des Romans in der Hand gehalten hat.«

»Aber wieso war das Manuskript in Brinkmanns Wohnung versteckt? Und warum begeht jemand einen Mord, um an ein Manuskript zu kommen?«

Schiller reckte sich. Draußen war es immer noch stockdunkel. Sein Rücken tat ihm weh. Für ein paar Stunden Nachtschlaf war Braschs Sofa gänzlich ungeeignet.

»Das müssen wir herausfinden. Wir sollten mit Brinkmanns Frau sprechen …«

»… und mit Meret Mahler«, fiel Schiller ihr ins Wort. »Die Party, bei der dieser Junge mit dem Balkon abgestürzt ist, fand in ihrer Wohnung statt.«

Birte erwiderte nicht sofort etwas. Schiller meinte im Hintergrund ein Flüstern und Rascheln zu hören. Ihr Fahrradkurier … Vielleicht lagen die beiden noch im Bett.

»Ich habe auch das zweite Buch gecheckt, das Mahler veröffentlicht hat. Ein Band mit Kurzgeschichten ›Das gute

Leben‹, aber das Buch war ein Flop. Danach hat Mahler nichts mehr veröffentlicht, von ein paar juristischen Aufsätzen abgesehen. Das Wort ›Liebesfalle‹ kommt in dem zweiten Buch nicht vor.«

»Wusste gar nicht, dass du so eine passionierte Leserin bist«, sagte Schiller spöttisch. »In einer Stunde bin ich im Präsidium.« Er unterbrach die Verbindung.

Auf dem Weg zur Gästetoilette, die neben der Eingangstür lag, sah er, dass in der Nacht, ohne dass er es bemerkt hatte, zwei Kurznachrichten eingegangen waren.

»Ich möchte keine SMS mehr bekommen«, hatte Carla geschrieben. »Warum hast du mich nicht wenigstens angerufen?«

Die andere Nachricht lautete: »Heute Abend um acht Uhr bei Luziano in der Marzellenstraße? Liebe Grüße ins Hotel. A.«

Schiller antwortete auf keine der beiden Nachrichten. Birte würde bemerken, dass er in seinen Kleidern geschlafen hatte, aber was sollte sie schon sagen? Sie wusste längst, dass er neben der Spur war, dass die Dinge mit Carla völlig aus dem Lot geraten waren. Nicht einmal Therese würde nun noch schlichten können.

Er wusch sich das Gesicht und spülte den Mund aus. Den obligatorischen Kaffee würde er an der nächsten Tankstelle bekommen. Carla wollte, dass er sich entschuldigte, dass er zu Kreuze kroch, weil er eine Nacht nicht zu Hause gewesen war, aber das würde er nicht tun.

Henner Precht fiel ihm ein, als er im Auto saß. Er war auch auf der Party gewesen und hätte ihnen vermutlich mehr sagen können, als er getan hatte.

Er rief Nele an und erwischte sie auf ihrem Rennrad, während sie zum Präsidium fuhr. Auch sie ließ der Fall nicht los. Bert Cremer war der Einzige in ihrem Team, der Urlaub machte – er weilte irgendwo in der Südsee, mit wem genau, wussten sie allerdings nicht.

»Die beiden Polizeianwärter sollen sich noch einmal das Haus von Julia Bärwald vornehmen«, sagte Schiller. »Außerdem müssen wir jemanden überprüfen.«

»Wen genau?«, fragte Nele. Sie wohnte in Ehrenfeld, hatte

also einen ordentlichen Weg zum Präsidium, doch sie war kein bisschen außer Atem. Wind umtoste sie, sodass ihre Stimme kaum zu verstehen war.

»Henner Precht – er war einer der vier Männer auf dem Jugendfoto.«

»He, Jan, ich weiß, wer Henner Precht ist. Im Übrigen habe ich ihn schon überprüft. Liegt alles auf deinem Schreibtisch.« Sie lachte. Im Hintergrund war nun ein lautes Hupen zu hören.

»Was hast du denn herausgefunden?«, fragte Schiller. Er steuerte den Wagen auf die Neusser Landstraße.

»Precht hatte mehrmals Ärger wegen Drogenbesitzes, zuletzt vor drei Jahren. Außerdem lagen zwei Anzeigen wegen Tierquälerei vor. Aber er hat jeweils tausend Euro an ein Tierheim gespendet, und damit war die Sache vom Tisch.« Ein noch lauteres Rauschen erklang. Eine Straßenbahn hatte Nele passiert, vermutlich fuhr sie soeben über die Deutzer Brücke.

»Was genau hat Precht gemacht? Hat er Katzen gequält?«

»Nein, er hat seinen Hund mehrere Tage unbeaufsichtigt gelassen, weil er sich selbst in eine Klinik eingewiesen hatte. Er leidet an Depressionen, aber, Jan, das habe ich dir alles aufgeschrieben. Die Datei liegt seit gestern Mittag in deinem Ordner. Den Ausdruck findest du in einer roten Mappe.« Ein ungewohnter Tadel hatte sich in Neles Stimme geschlichen.

»Sorry«, sagte Schiller. »Habe ich übersehen.«

Zum Glück war bereits die Tankstelle links der Straße auszumachen. Der erste Kaffee des Tages würde die Reste dieser furchtbaren Nacht vertreiben.

28

Kurz vor seinem Tod, ein paar Stunden, bevor er nicht mehr sprechen konnte und nur noch dalag, ein Mensch aus Haut und Knochen, dem jeder Atemzug Qualen bereitete, hatte Martin sie gebeten, glücklich zu werden, auch ohne ihn. Du musst weiterleben, finde jemanden, der dich glücklich macht. Bisher hatte sie seine letzten Sätze aus ihrem Gedächtnis verbannt. Vielleicht war es auch so, dass sie ohne ihn gar nicht hatte glücklich werden wollen.

Doch nun war es anders, nun war Max an ihrer Seite, der lächelnde Fahrradkurier, der so viel mehr war: ein Schriftsteller, ein Koch, ein Sportler, ein Liebender, ja, vor allem einer, der Liebe schenkte. Von dieser ominösen Kate hatte er nicht mehr gesprochen, diese dunkle Wolke war weitergezogen, aber es war klar, dass sie zurückkehren würde, doch Birte hatte keine Angst davor.

Max war trotz der Weihnachtsferien für mehrere Touren angefordert worden. Gemeinsam frühstückten sie an einem Büdchen am Hermeskeiler Platz. Als Birte um neun im Präsidium eintraf, saßen Jan und Nele schon an ihren Computern. Jan trug dieselbe Jeans und denselben schwarzen Rollkragenpullover wie am Vortag. Wahrscheinlich hatte er tatsächlich bei Brasch im Haus übernachtet. Als wolle er etwaigen Fragen zuvorkommen, sprang er auf und brachte ihr einen Kaffee.

»Wir müssen zu Katja Brinkmann – ich bin sicher, dass sie uns etwas zu der Party sagen kann und vielleicht auch zu dem Manuskript.«

Birte sah ihn an. Fahr nach Hause, wollte sie ihn bitten, rasiere dich, wasch dir die Haare. Wenn ein Journalist dich in diesem Zustand sieht, wird er glauben, die Kölner Polizei geht allmählich vor die Hunde.

»Einverstanden«, erwiderte sie stattdessen, »aber hat Fitschen nicht um zehn eine Teamsitzung anberaumt, zu der auch der Staatsanwalt kommen wollte?«

Jan zuckte mit den Achseln. »Da können Nele und unsere beiden Anwärter uns vertreten. Wir gehen am Nachmittag zu Fitschen, erklären die Sache ...«

Er sprach nicht weiter. Wegen solcher Eigenmächtigkeiten hatte Jan sich bei dem Kriminaldirektor mit der Zeit immer unbeliebter gemacht.

Zehn Minuten später, als Jan soeben nach seiner Jacke greifen wollte, stand Fitschen bereits in der Tür. Er war meistens freundlich gestimmt, zumindest höflich-kollegial, doch nun wirkte seine Miene düster. Er warf Jan eine Ausgabe des Express auf den Schreibtisch.

»Kann mir das jemand erklären?«, fragte er in einem ungewöhnlichen scharfen Tonfall.

Birte las die Schlagzeile. »Doppelmord: Georg Mahler von Polizei verhört!«, stand da. Darunter in kleineren Lettern: »Was weiß der Kandidat?«

Sie wusste, ohne groß nachdenken zu müssen, von wem diese Schlagzeile stammte, aber hatte Bönnen ihr nicht erklärt, er schreibe für den Stadtanzeiger?

»So arbeitet die Boulevardpresse«, erklärte Jan ungerührt. »Von uns hier hat keiner mit einem Journalisten gesprochen. Da lege ich für jeden die Hand ins Feuer.«

»Ich hoffe, dass Sie sich dann nicht Ihre kräftigen Hände verbrennen, Herr Schiller«, erwiderte Fitschen voller Sarkasmus. »Und das ist leider noch nicht alles.«

Er nahm die Zeitung und blätterte sie mit einer heftigen Bewegung auf.

Auf Seite zwei war ein lächelnder Münter zu sehen, der stolz ein dickes Manuskript in die Kamera hielt, wie einen Fisch, den er gefangen hatte. Die Überschrift dazu: »Das Vermächtnis eines Toten: Ein Drehbuch über einen Immobilienmakler«.

War das ein korrekter Ausdruck?, ging es Birte durch den Kopf. Vermächtnis eines Toten? Konnte denn ein Lebender ein Vermächtnis hinterlassen?

»Wissen wir etwas davon?«, fragte Fitschen. »Geht es bei diesem Makler in dem Drehbuch um Raimund Probst?«

Jan nickte. »Wir haben mit diesem Münter gestern gesprochen. Er war Brinkmanns Agent und hat dieses Skript erwähnt. Deshalb wollten wir Sie eigentlich auch bitten, unsere Teamsitzung zu verlegen. Wir hatten vor, die Ehefrau des Ermordeten zu befragen, was sie von diesem Drehbuch weiß. Die beiden standen ja noch in gutem Kontakt.«

Fitschen warf Birte einen düsteren Blick zu. Es war ihm anzusehen, dass er Jan nicht unbedingt glaubte.

»Ich brauche bis vierzehn Uhr etwas zu diesem Drehbuch. Damit ich eine Presseerklärung herausgeben kann«, sagte er in einem Befehlston, der abermals sein Gegenüber nicht beeindruckte.

Jan nickte, dann griff er nach seiner Jacke. »Sollte kein Problem sein«, sagte er und strebte zur Tür.

»Erzähl mir von deinem Fahrradkurier«, sagte Jan, während sie vom Parkplatz des Präsidiums fuhren. Er hatte ihr schon wieder das Steuer überlassen. »Wie ist es, verliebt zu sein?«

Sie schaute ihn überrascht an, sah sein Profil – er war noch hagerer geworden, einige Bartstoppeln an seinem Kinn schimmerten grau.

»Weißt du das nicht?«

Er erwiderte nichts, sondern blickte auf sein Smartphone. »Ich habe Carla betrogen«, sagte er dann, »und es tut mir im Grunde nicht leid. Ich dachte, es wäre so, aber ich habe mich getäuscht.«

Mit wem?, wollte sie fragen. Mit wem hast du geschlafen? Doch ein zweiter Blick auf sein verschlossenes Gesicht ließ sie innehalten.

»Max«, sagte sie stattdessen, »er gibt mir ein bestimmtes Gefühl, ein gewisses Vertrauen. Außerdem …« Sie zögerte. »Er ist sehr … zärtlich. Vielleicht liegt das an den vielen Verwundungen, die er davongetragen hat.«

»Zärtlich?«, wiederholte Jan fragend, als wäre ihm dieses Wort unbekannt, als müsse er es über seine Zunge gleiten lassen und abschmecken.

Nele rief an. Da Birte ihr Smartphone vorschriftsmäßig eingesteckt und auf Lautsprecher gestellt hatte, hallte ihre Stimme durch den Wagen.

»Noch einer von diesen Schauspielern tut sich wichtig«, sagte sie. »Oder nein, es ist dieser Regisseur – Ronald Greif. Er hat einem Fernsehsender ein Interview gegeben und behauptet, Julia Bärwald sei bedroht worden, zunächst von Brinkmann, dann von einem Unbekannten.« Sie seufzte. »Das ergibt alles keinen Sinn, aber diese Leute nutzen die beiden Morde, um sich wieder ins Rampenlicht zu bringen.«

»Soll Fitschen mit ihm reden«, meinte Jan mit lauter Stimme. »Er ist doch unser Experte fürs Menschliche.«

»Außerdem hat die Rechtsmedizinerin angerufen«, sagte Nele. »Sie hat nach dir gefragt, Jan. Sie wollte wissen, was mit diesem Papier ist, das sie in der Hand der Toten gefunden hat.«

Birte bemerkte aus den Augenwinkeln, wie Jan für einen Moment blinzelte, dann erklärte er: »Eine interessierte Kollegin – eine echte Seltenheit! Und was hast du ihr gesagt?«

Dass Nele lächelte, war an einem kurzen, abgehackten Atemzug wahrzunehmen, den sie sich gestattete, bevor sie antwortete: »Ich habe gesagt, du bist der Chef. Du würdest dich bei ihr melden.«

»Werde ich machen«, sagte Jan, dann unterbrach er eigenmächtig die Verbindung.

Wieso ruft diese Rechtsmedizinerin dich an?, wollte Birte fragen, doch Jan kam ihr zuvor.

»Sie war es«, sagte er. »Bei ihr habe ich übernachtet – Dr. Almut Schwäbe. Sie hat Bettwäsche von Picasso. Na, jedenfalls mit einem Frauengesicht, das aussah, als hätte Picasso es gemalt haben können.«

»Ich hoffe, du weißt, was du tust.«

Birte verließ die Autobahn. Jan antwortete nichts darauf, und fünf Minuten später bogen sie auf den Reiterhof ein, der aus einem Wohnhaus, einem gepflasterten Innenhof und zwei niedrigen Ställen bestand. Das Wohnhaus war ein Klinkerbau mit braunen Dachziegeln, die beiden Ställe waren aus schwarzweißem Fachwerk. Eine Tür zu einem der Ställe stand offen, und da entdeckten sie Katja Brinkmann in einer Box bei einem braunen Pferd, das zur Begrüßung den mächtigen Kopf herumwarf und sie anschnaubte. Katja Brinkmann hatte sich über ein Bein des Pferdes gebeugt, sie war offenbar im Begriff gewesen, einen Huf zu begutachten, und blickte nun in ihre Richtung auf.

Ihr Gesicht zeigte Überraschung, dann ließ sie wie alarmiert das Bein des Pferdes los und kam auf sie zu.

»Gibt es etwas Neues?«, fragte sie beinahe panisch. »Eine Festnahme?«

»Nein, leider noch nicht«, sagte Birte. Sie sah sich um. Eine Box reihte sich an die nächste. Sie zählte mindestens vier weitere Pferde. Der Geruch von Stroh umwehte sie. »Aber wir haben ein paar Fragen. Fragen zu einem alten Manuskript und zu einer Party, auf der jemand vor vielen Jahren zu Tode gekommen ist.«

Katja Brinkmann strich sich über ihr rötliches Haar, das sie zurückgebunden hatte. Ihre dunklen Augen musterten erst Birte, dann Jan.

»Sie sprechen von der Party, auf der Colin Faber verunglückt ist? Das ist über dreißig Jahre her! Was soll das mit dem Mord an Kaspar zu tun haben?«

»Waren Sie dabei?«, fragte Jan. »Haben Sie etwas von den Streitigkeiten mitbekommen?«

»Nein«, sagte Katja Brinkmann. »Ich war nicht eingeladen. Ich habe Kaspar zwar schon gekannt, aber wir sind erst später zusammengekommen. Er hat mir von dieser Party erzählt. Meret Conrad – so hieß sie damals noch – hat ihren einundzwanzigsten Geburtstag gefeiert. Es war ein großes Besäufnis. Streit gab es wohl auch – mit Colin, ihrem Freund, und auch mit Kaspar. Überhaupt, ich glaube, jeder war damals in Meret verliebt, mit einer Ausnahme: Kaspar. Die beiden haben sich eher gehasst. Ich habe das ein paarmal mitbekommen. Sie sind sich meistens aus dem Weg gegangen, aber wenn sie miteinander sprachen, sind sie garantiert nach fünf Minuten aneinandergeraten. Sie waren wie Hund und Katze.« Katja Brinkmann seufzte. »Ich verstehe jedoch ganz und gar nicht, was das mit den beiden Morden zu tun haben könnte.«

»Wir haben in der Hand von Julia Bärwald ein Stück Papier gefunden, das über dreißig Jahre alt ist – vermutlich aus dem Manuskript des Romans, den Georg Mahler geschrieben hat. ›Das ewige Feuer‹ – sagt Ihnen der Titel etwas?«

»Allerdings!« Hinter ihr schnaubte das Pferd wieder. Offenbar missfiel es ihm, nicht mehr beachtet zu werden. Katja Brinkmann wandte sich um. »Gleich, mein Brauner«, sagte sie, »gleich bin ich wieder bei dir. Kaspar hat das Buch gehasst. Blödsinnige Schülerprosa, hat er es genannt, doch ich glaube, er war ein wenig neidisch auf Georg – dass ausgerechnet der plötzlich mit einem Buch um die Ecke kam. Kaspar selbst hat zu der Zeit an seinem ersten Drehbuch gesessen. ›Wunderland‹ hieß es. Dafür hat er einen Preis bekommen. Danach standen ihm beim Fernsehen alle Türen offen.«

Das Pferd schnaubte erneut, noch fordernder. »Ich glaube, ich muss den Tierarzt kommen lassen. Märchenmond hat sich vertreten. Er ist mein bestes Pferd im Stall.« Sie lächelte über ihre Formulierung.

»Wie passt Henner Precht da ins Bild?«, fragte Jan. »Ihn haben Sie doch auch kennengelernt, nicht wahr?«

»Der arme Henner!« Katja Brinkmann drehte sich herum. Ein Wagen war auf den Hof gefahren. »Jeder wusste damals, dass er unsterblich in Meret verliebt war, aber sie hat ihn kaum beachtet. Nein, das heißt, sie hat ihn dann angesehen, wenn sie etwas von ihm gebraucht hat. Ich glaube, sie hat ihn ihre komplette Wohnung renovieren lassen. Er hat da zwei Wochen gestrichen und tapeziert.«

Ein Mann trat in die Tür. Der Postbote. Er hielt Katja Brinkmann einen Stapel Briefe hin.

»Heute keine Mahnungen!«, sagte er lächelnd, dann erst bemerkte er, dass sich auch Birte und Jan im Stall befanden. »Oh, Verzeihung!«, murmelte er plötzlich verlegen.

Katja Brinkmann riss ihm förmlich die Briefe aus der Hand. »Schon gut, Alfons«, sagte sie in einem unfreundlichen Tonfall. »Die Herrschaften sind von der Polizei. Mein Mann … du weißt ja …«

Der Postbote tippte sich an die Stirn und verschwand ohne ein weiteres Wort.

»Bevor Sie es auch so herausfinden«, sagte Katja Brinkmann und schaute Jan mit düsterer Miene an, »ich bin mit dem Hof ziemlich verschuldet. Die Bank hat schon mit Zwangsversteigerung gedroht, aber nun werde ich jeden Cent zurückzahlen können, weil ich ja alles erbe, was Kaspar hinterlassen hat.«

»Ein ganz neuer Gedanke«, sagte Birte, während sie vom Reiterhof fuhren, »dass auch Katja Brinkmann eine Verdächtige sein könnte. Wir müssen uns ihr Umfeld anschauen. Hat sie einen Freund? Mit wem verkehrt sie für gewöhnlich?«

Tatsächlich hatte sie für einen Moment den Gedanken, dass sie auf der völlig falschen Spur waren. Maßen sie dem Zettel in der Faust der toten Julia Bärwald nicht zu viel Bedeutung bei? Und wenn der Mörder ihn dort platziert hatte, um sie zu täuschen?

»Du meinst«, sagte Jan, »sie hat einen Killer angeheuert, der ihren Mann umgebracht hat, damit sie sein Erbe antreten kann, und dann hat er auch noch die schöne Schauspielerin getötet, als falsche Fährte gewissermaßen? Oder weil sie mit ihrer Tochter auch als Erbin in Frage kommt?«

»Könnte doch sein«, erwiderte Birte. Während sie die Worte aussprach, kamen sie ihr allerdings wenig plausibel vor. Konnte jemand so einen Plan haben – einen zweiten Mord begehen, nur um die Polizei in Irre zu führen?

»Katja Brinkmann trauert wirklich um ihren Mann. Sie zeigt es uns nur nicht.« Jan blickte auf sein Smartphone. Eine lange SMS war eingegangen, wie Birte mit einem Seitenblick erkennen konnte.

Jan tippte rasch eine Antwort. »Georg Mahler ist im Geißbockheim. Er spricht dort über Köln als Sportstadt«, sagte er, als wäre es darum in der empfangenen Kurznachricht gegangen.

»Ich werde Nele bitten, sich Katja Brinkmanns Vermögensverhältnisse einmal genauer anzusehen«, sagte Birte.

Auf seine SMS bekam Jan eine prompte Antwort, die er sich jedoch nur kurz anschaute.

»Eigentlich«, sagte er, den Blick auf die Straße vor sich gerichtet, »suche ich eine Frau wie dich – die attraktiv und klug ist und die weiß, was wir tun und warum. Carla hat das im Grunde nie verstanden.«

Was sollte sie darauf antworten? Sie bog auf die Autobahn Richtung Köln ein und tat, als müsse sie sich auf den Verkehr konzentrieren.

»Dein Fahrradkurier muss ein glücklicher Mensch sein.« Nun blickte Jan sie an, als erwartete er doch eine Antwort.

So kannte sie ihn nicht – so düster und voller Selbstzweifel.

»Jan«, sagte sie, »versinke nicht in solch einer bitteren Stimmung. Versöhne dich mit Carla, erkläre ihr ein paar Dinge … Sie ist eine intelligente, sensible Frau oder aber …«

»Die Rechtsmedizinerin … sie hat sich in mich verliebt, regelrecht verliebt«, unterbrach er sie, »und ich merke, wie gut mir das tut. Carla war immer die Therapeutin, die Dinge an mir reparieren wollte.«

Du tust ihr unrecht, wollte sie ihm antworten, doch nun ging ein Anruf bei ihr ein. Sie erkannte die Mobilnummer von Max.

»Hallo, meine Schöne«, rief er freudig.

Birte spürte, wie sie errötete. »Ich sitze im Auto«, sagte sie sehr sachlich. »Das Telefon steht auf Lautsprecher, und mein Kollege Jan Schiller ist mein Beifahrer …«

»Ach, hallo, Jan«, meinte Max, noch ein wenig fröhlicher. »Ich will euch nicht bei eurem Ausflug stören. Ich muss selbst gleich wieder in die Pedale treten. Mir ist nur etwas eingefallen – wegen des Romans … ›Das ewige Feuer‹. Es hat damals, als die Kurzgeschichten herauskamen, einen Journalisten gegeben, der beide Bücher besprochen hat. Er hat den Verdacht geäußert, dass Mahler den Roman gar nicht geschrieben haben könnte … Die Kurzgeschichten seien stümperhaft verfasst, die Wortwahl, die Motive. Außerdem müsse es für die Hauptfigur Azra ein Vorbild gegeben haben, wozu Mahler sich nie habe konkret äußern können.« Max verstummte. Im Hintergrund waren Straßengeräusche zu vernehmen. »Ich dachte, ich erzähle dir das. Könnte ja wichtig sein.«

Birte bemerkte, dass Jan sein Notizbuch hervorgeholt hatte und ein paar Stichworte aufschrieb.

»Vielen Dank, Max«, sagte er laut in Richtung des eingehängten Smartphones. »Ich hoffe, du weißt, dass du ein Glückspilz bist.«

»Ja«, erwiderte Max und lachte. »Das weiß ich sehr genau – und ich genieße es.« Dann erklang wieder sein Lachen, und nach einem kurzen Gruß legte er auf.

»Vielleicht geht es darum«, sagte Jan mit Blick auf Birte.

»Mahler hat das Buch gar nicht geschrieben, und Brinkmann hat ihn mit seinem Wissen erpresst.«

»Aber wer hat es dann geschrieben?«, fragte Birte. »Und begeht man wegen so einer Sache dreißig Jahre später einen Mord?« Sie hatte die Autobahn verlassen und steuerte den Passat über die Luxemburger Straße in Richtung Geißbockheim.

»Wir werden Mahler noch ein paar Fragen stellen. Hinterher kann er sich ja wieder bei Neuendorf beschweren.« Jan lächelte, doch sofort wurde er ernst. »Ich werde Carla verlassen«, sagte er. »Ich werde mir eine neue Bleibe suchen.« Birte erwiderte nichts darauf.

Der Parkplatz am Geißbockheim war überfüllt. Kurz entschlossen fuhr sie in die Lücke hinein, die mit dem Schild »Cheftrainer« gekennzeichnet war.

In dem Restaurant waren alle Plätze besetzt. Etwa zweihundert potenzielle Wähler, vorwiegend älteres Publikum, hatten sich eingefunden. An der dem Eingang entgegengesetzten Seite lehnte Mahler an einem Stehtisch und sprach in ein Mikrofon, neben ihm stand ein mittelalter Mann mit blonden Haaren und lächelte ihm unentwegt auffordernd zu.

»Wir müssen alles tun, um Köln zu stärken«, sagte Mahler und schlug sich mit der linken Hand ein wenig zu theatralisch auf die Brust. »Ich will, dass Köln wieder Nummer eins im Sport wird. Fußball, Basketball, Eishockey. Wir haben überall eine lange Tradition. Nehmen wir Fortuna – da bin ich selbst Mitglied. Damit Fortuna aufsteigen kann, müssen wir das Südstadion modernisieren. Auf meiner Agenda steht dieses Vorhaben ganz weit oben …«

Jan stieß sie sanft an der Schulter an. Birte wandte sich um. Auf der Terrasse, ein Stück abseits, schritt Meret Mahler auf und ab und rauchte. Jan verließ das Restaurant und strebte auf sie zu. Birte ging ihm nach.

»Verfolgen Sie uns?« Meret Mahler starrte sie missmutig an und warf ihre Zigarette achtlos hinter sich.

»Wir tun unsere Arbeit«, sagte Jan. Er hob die Hände, als müsse er zeigen, dass er unbewaffnet war. »Ein paar Dinge sind uns noch unklar. Zum Beispiel hat es vor vielen Jahren eine

Party bei Ihnen gegeben. Da ist jemand zu Tode gekommen, ein genialer junger Mann, wie man so hört.«

Meret Mahler antwortete nicht sofort, sondern steckte sich eine weitere Zigarette an. Aus dem Restaurant drang Applaus. Der Kandidat schien die Stimmung seines Wahlvolkes zu treffen.

»Was hat die Party mit dem Mord an Kaspar zu tun?«, fragte sie, nachdem sie einen tiefen Zug aus ihrer Zigarette genommen hatte. Sie war wie aus dem Ei gepellt, die dunkelroten Haare perfekt frisiert, schwarze Strümpfe, ein ebenfalls dunkelroter Rock, darüber eine elegante schwarze Lederjacke. Sie war noch immer eine schöne Frau, doch wirkte sie erschöpft, als hätte sie zuletzt wenig geschlafen oder als würde der Wahlkampf allmählich über ihre Kräfte gehen.

»Wir müssen uns ein Bild von Kaspar Brinkmann machen – dazu gehört auch seine Vergangenheit. Sie waren damals mit einem Jungen namens Colin Faber zusammen, nicht wahr?« Jan ließ sich von unfreundlichen Blicken nicht aus der Ruhe bringen. Augenscheinlich hatte er sich wieder gefangen.

»Ja«, sagte Meret Mahler. »Colin und ich waren damals ein Paar, aber wir hatten immer unsere Probleme. Er war sehr umschwärmt – er hatte andere Frauen, und ich …«

»Hieß eine der Frauen vielleicht Azra?«, fragte Jan.

»Azra?« Meret Mahler tat erstaunt. »Wie kommen Sie auf Azra?«

»Ich wette, Colin hatte auch eine türkische Freundin, die ihm ein bisschen was aus ihrem Leben erzählt hat.«

»Azra heißt die Hauptfigur aus dem Buch meines Mannes«, erwiderte Meret Mahler. »Was soll diese Frage?«

Wieder erklang Beifall aus dem Restaurant. Dann strömten die ersten Besucher heraus.

»Mir gefallen Ihre Unterstellungen nicht«, sagte Meret Mahler mit scharfer Stimme. »Ich glaube, es ist an der Zeit, dass wir einen Anwalt einschalten. Haben Sie etwas gegen die Politik meines Mannes? Hat Sie jemand bezahlt, dass Sie schmutzige Wäsche waschen sollen?«

Nun wich Jan doch einen Schritt zurück. Birte beobachtete, wie er voller Zorn die Augenbrauen zusammenzog.

»Liebe Frau Mahler«, sagte er dann mit übertrieben sanfter Stimme, »ich habe lediglich eine einfache Frage gestellt.«

»Ich muss gehen«, sagte Meret Mahler. »Der nächste Termin wartet.« Ihre Augen sprühten förmlich Feuer. Dann stürmte sie an ihnen vorbei ins Restaurant.

Jan lächelte. »Ich glaube, wir haben ins Schwarze getroffen«, sagte er. »Nun wird sie ihren Mann alarmieren.«

29

Mit einem Schlag, während er wieder im Präsidium saß und Fitschen eine nichtssagende E-Mail zu Münter und dem Drehbuch über den Immobilienmakler schrieb, fiel ihm ein, was er in der unruhigen Nacht auf Braschs Sofa geträumt hatte. Er war gestorben – in irgendeinem Krankenbett. Seine Lebensfunktionen hatten allmählich aufgehört, seine Atmung, seine Fähigkeit zu sehen. Er spürte, wie er immer schwächer wurde, wie etwas in ihm trudelte und schwankte, als wäre er eine Kerze, die ins Flackern geraten war und dann erlosch. Warum träumte man so etwas? Er war noch nicht tot, er konnte noch etwas in seinem Leben ändern.

Schiller schickte die E-Mail an Fitschen ab, dann überprüfte er sein Smartphone. Keine Nachricht von Carla, nichts von Almut Schwäbe, aber sie erwartete ja, dass sie ihn am Abend treffen würde. Auch Broder hatte keine SMS mehr geschrieben. Gegen Mittag hatte er eine lange Nachricht geschickt. Was los sei, ob es Ärger mit Carla gebe. Und überhaupt müssten sie ihren Heiligabend mit viel Wein und gutem Essen nachholen. Eine typische launige Broder-Botschaft. Schiller hatte nur kurz geantwortet, er werde sich bei Gelegenheit melden.

Er brauchte eine Bleibe für die Nacht. Sollte er sich in einem Hotel einquartieren oder wieder zu Brasch ins leere Haus gehen? Außerdem musste er sich Wäsche zum Wechseln besorgen, er konnte schlecht tagelang in derselben Kleidung herumlaufen.

Birte beobachtete ihn von ihrem Platz ihm gegenüber verstohlen. Sie hatte sich mit Katja Brinkmanns Bank in Verbindung gesetzt. Deren Schulden beliefen sich auf eine knappe halbe Million Euro.

»Dafür kann man schon mal darüber nachdenken, wie man seinen Ehemann ins Jenseits befördert«, sagte sie. Dann stöhnte sie auf. »Schau dir die Eilmeldung auf der Seite vom Express an. Lavender hat eine Presseerklärung herausgegeben. Probst und er haben Münter den Krieg erklärt. Sie verlangen die Herausgabe des Drehbuchs, das er so stolz in die Kamera gehalten hat.«

Schiller rief die Homepage des Express auf. Da war neben

einem Foto von Lavender die gesamte Erklärung zu lesen. Der Fall geriet allmählich außer Kontrolle. Jeder dieser Fernseh- und Medienleute begann, sein eigenes Süppchen zu kochen, und Fitschens Erklärung, dass sie keinen Anhaltspunkt dafür hatten, dass Brinkmanns letztes Skript mit dem Mord zu tun hatte, würde zu spät kommen.

Eine Welle von Müdigkeit schlug über ihm zusammen. Auch ihm waren die Dinge außer Kontrolle geraten. Warum nur unternahm Carla keinen Versuch, mit ihm zu sprechen? Kurz vor Weihnachten hatte er ihr von seinen Plänen mit Brasch erzählt – eine eigene Firma aufmachen, Sicherheitskonzepte anbieten. Sie hatte es sich lächelnd angehört, ohne ihm auch nur ein Wort zu glauben.

Es war kurz vor siebzehn Uhr, als er das Präsidium verließ, ohne sich bei Birte oder Nele abzumelden. Draußen war es schon stockdunkel, aber immer noch viel zu warm für die Jahreszeit. Er fuhr zum Südfriedhof. Der Eingang war bereits abgesperrt, sodass er an der Kendenicher Straße über die Mauer klettern musste. Wie lange war er nicht mehr am Grab seiner Eltern gewesen? Er wusste es nicht mehr, und es fiel ihm auch schwer, sich zu orientieren. Nach einer Viertelstunde hatte er sich total verlaufen. Er fand das Grab seiner Eltern nicht. Konnte es das geben? Er war der einzige Sohn, und er wusste den Weg nicht mehr. Nach weiteren zehn Minuten gab er die Suche auf. Carla hätte ihn ausgelacht, wenn sie davon erfahren hätte, aber das würde sie nun nicht mehr.

Als er vor der Uniklinik nach einem Parkplatz suchte, hatte er erneut das Gefühl, dass ihm jemand folgte. Die vage Empfindung, beobachtet zu werden, hatte er schon gehabt, als er das Präsidium verlassen hatte, aber vermutlich war es nur die Unruhe, die ihn erfasst hatte. Die Dinge mit Carla und Almut Schwäbe setzten ihm zu, wie er sich selbst eingestehen musste. Und wer sollte ihm hier auflauern? Carla etwa? Er war mit Absicht nicht an der Sülzburgstraße vorbeigefahren, um nachzusehen, ob eines der Fenster erleuchtet war.

Brasch lag noch immer auf der Intensivstation, doch wirkte er nun deutlich munterer. Er wandte den bandagierten Kopf, als

Schiller eintrat, und brachte sogar ein mattes Lächeln zustande. Noch immer wurden seine Körperfunktionen genau überwacht, die Instrumente neben dem Bett zeigten deutlich seine Puls- und seine Herzfrequenz an.

»Schon wieder hoher Besuch«, krächzte Brasch. »Wirst ja richtig anhänglich.« Er versuchte sich ein wenig aufzurichten und verzog gleich das Gesicht, weil ihm offenbar jede größere Bewegung Schmerzen bereitete.

Schiller berührte flüchtig seine rechte Hand, die auf der Bettdecke lag.

»Ich wollte sehen, wie es dir geht«, sagte er.

»Hab Schwein gehabt«, flüsterte Brasch. »Gibt es das? Ein Kopfschuss – und nichts ist total kaputtgegangen.«

Schiller zog sich einen Stuhl heran. Der Geruch der Station verursachte ihm Beklemmungen.

»In Kolumbien gibt es einen bekannten Fußballspieler, der in irgendwelche Drogengeschäfte verwickelt war. Man hat ihm in den Kopf geschossen, und nun spielt er mit einer Kugel, die irgendwo in seinem Gehirn steckt, in der ersten Liga Fußball.«

Brasch lächelte, dann wedelte er mit der Hand. »Ich will hier raus. Leonie ist bisher nicht gekommen. Hat ihr niemand gesagt, dass ich angeschossen wurde?«

Schiller spürte einen Stich, der ihm durch den Magen ging. Glaubte Brasch tatsächlich, dass er noch mit Leonie zusammen war? Hatte er in seiner Erinnerung die letzten Jahre ausgeblendet?

»Matthias«, begann er vorsichtig, »hat man dich schon befragt? Tests gemacht, an was du dich erinnern kannst und an was nicht?«

Brasch starrte ihn mit seinen dunklen Augen an. »Ich weiß, dass ich nicht mehr bei der Polizei bin. Ich weiß auch, dass Leonie …« Er schluckte vernehmlich und deutete dann mit einer fahrigen Handbewegung auf einen Becher auf dem Nachttisch.

Vorsichtig setzte Schiller ihm den Becher mit Wasser an die Lippen. Es dauerte fast zwei Minuten, bis Brasch ein paar Schlucke getrunken hatte. An seinen langsamen Bewegungen war zu erkennen, wie schwer verletzt er war. Als er in sein Kissen zurücksank, hatte er Schweiß auf der Stirn. Er schloss die Augen.

»Ich glaube, an manche Dinge will ich mich auch nicht mehr erinnern. Ich will … Leonie wiederhaben.«

Sie ist verheiratet, hätte Schiller beinahe erwidert, das wirst du doch wissen. Stattdessen sagte er: »Ich denke, Leonie wird dich besuchen. Sie war schon einmal hier, aber sie kommt als eine alte Freundin, nicht als …« Er verstummte. »Ich habe Carla verlassen«, fuhr er fort. »Heute Nacht habe ich in deinem Haus geschlafen. Ich hoffe, du hast nichts dagegen.«

Brasch schlug die Augen wieder auf. Er sog tief die Luft ein, als hätte er Angst, nicht genügend Sauerstoff zu bekommen.

»Nein, ist in Ordnung«, flüsterte er dann.

Ein paar Minuten sagten sie nichts. Eine Krankenschwester eilte vorbei und warf ihnen skeptische Blicke zu. Nur das Summen der Instrumente war zu hören.

»Ich werde gleich wieder gehen müssen«, brach Schiller ihr Schweigen. »Kannst du dich an etwas erinnern, was in der Hütte passiert ist? Warum warst du überhaupt da?«

Brasch verzog erneut das Gesicht. Es war ein Lächeln, bemerkte Schiller.

»Ich hatte gehofft, dass Brinkmann etwas Marihuana für mich hat. Damit ich den Heiligabend bei dir überstehe.« Plötzlich musste er husten. Es schüttelte ihn förmlich durch, und er stöhnte auf.

Eine Krankenschwester kam herein. »Auch wenn Sie von der Polizei sind … Sie können hier nicht endlos sitzen!«

Sie bugsierte Schiller förmlich hinaus. Er konnte nur noch kurz den Arm heben und sich mit einer Geste von Brasch verabschieden.

Er hatte eingekauft, ein Baguette, ein Stück Gouda und zwei Flaschen Rotwein, und noch vom Auto aus hatte er Almut Schwäbe eine SMS geschrieben, dass er leider nicht in die Pizzeria kommen könne. In ihrem Fall hätten sich bedeutsame Entwicklungen ergeben. Das war eine feige Erklärung, aber nach Telefonaten oder weiteren Kurznachrichten stand ihm nicht der Sinn. Sie schien es auch verstanden zu haben, denn sie hatte ein paar Sekunden später mit einem schlichten »Schade!« geantwortet.

Obwohl er nun die Erlaubnis hatte, sich in dem Haus aufzuhalten, ging er wieder nur in den kargen Raum, den Brasch als Büro genutzt hatte. Der Anrufbeantworter blinkte noch immer. Ohne ihn abzuhören, stellte er ihn aus. Dann öffnete er eine Flasche mit einem Taschenmesser und trank den ersten Schluck. Er hatte sich für zwei teure Flaschen Bordeaux entschieden, und obschon er kein Weinkenner war, wusste er das volle blumige Aroma zu schätzen.

Dann nahm er sein Smartphone hervor. Noch immer keine Nachricht von Carla. Fitschen hatte sich kurz bedankt und ihm die Erklärung geschickt, die er zusammen mit dem Pressesprecher verfasst hatte.

Er klinkte sich in die Rubrik »Notizen« ein. Die ersten Worte kamen langsam, er musste sich buchstäblich vortasten, und immer wieder verschrieb er sich.

Liebe Carla, die Nacht wölbt sich über mir. Ich sitze weit weg, in einem leeren Haus. Ich suche einen Mörder und habe doch keine Ahnung, wo ich mit der Suche beginnen soll. Wir haben nichts – außer zwei Toten und einem Fetzen Papier aus einem alten Manuskript. Aber das ist mein Leben. Das bin ich – ein Polizist. Wenn mein Vater, der, wie Du weißt, Motorradpolizist war, nicht so früh gestorben wäre, hätte ich vielleicht die Chance gehabt, etwas anderes zu sein, aber so musste ich ihm wohl nacheifern, musste mir beweisen, dass ich auch ein guter Polizist sein kann. Ich will nichts anderes sein, ich will mich nicht ändern – jedenfalls nicht so, wie Du es willst. Darum ist unsere Geschichte nun zu Ende. Und nicht, weil ich mit einer anderen Frau geschlafen habe. Ich bin traurig und bedauere vieles. Vor allem bedauere ich, dass ich nie mehr dein schönes schlafendes Gesicht sehen kann.

Konnte er solch einen Brief abschicken? Als schlichte E-Mail? Oder waren ihm die Zeilen viel zu gefühlig geraten?

Schiller überlegte noch, als er das Licht draußen sah. Eine Taschenlampe, die aufblitzte, dann ein unterdrückter Fluch, weil sich der Eindringling an irgendetwas gestoßen hatte, an der Eisenpforte zu Braschs Vorgarten vermutlich.

Also hatte er sich doch nicht getäuscht. Blitzschnell löschte er das Licht am Schreibtisch. Sofort hüllte Dunkelheit ihn ein. Er versuchte seitlich aus dem Fenster zu blicken, das zur Eingangstür hinauswies. War da ein Schatten? Näherte sich jemand?

Er konnte nichts erkennen. Zu hören war ebenfalls nichts mehr. Als er aus dem Zimmer schlich und die Haustür vorsichtig öffnete, meinte er wahrzunehmen, wie sich ein Motorengeräusch leise entfernte.

30

Es war kurz nach achtzehn Uhr. Jan war wortlos gegangen. Die Misere mit Carla machte ihm zu schaffen – so elend hatte Birte ihn noch nie gesehen. Aber wie sollte sie ihm helfen? Sie wusste es nicht. Er hatte sich offenbar ernsthaft entschieden, auszuziehen und seine Beziehung zu beenden.

Wie um ihre dunklen Gedanken zu vertreiben, ging zwei Minuten später eine lange SMS bei ihr ein. »Ich will der Wind in deinen Segeln sein«, schrieb Max. »Ich bin der Mond in deiner schwarzen Nacht. Ich bin die Hand, die dich nicht loslässt. Ich bin der Traum, der dich nach Hause führt.«

Für einen Moment war sie wie erstarrt. Was schrieb er da? Er war wirklich ein Dichter. Sie klinkte sich aus der Website über Katja Brinkmanns Reiterhof aus, schaltete den Computer ab und eilte zu ihrem Auto.

Nirgendwo anders wollte sie sein, als bei Max zu liegen, und selbst wenn sie ihren Fall bis dahin noch nicht gelöst hatten, schwor sie sich, den Silvesterabend und die Nacht ganz allein mit ihm zu verbringen.

Als sie zwanzig Minuten später die Tür zu ihrer Wohnung aufschloss, saß Max an ihrem Esstisch über seinen Laptop gebeugt und schrieb. Sie blieb in der Tür stehen und schaute ihn an. Er wirkte ganz versunken in seinen Text, die Augen auf den Bildschirm gebannt, in totaler Konzentration. Noch nie hatte sie ihn schreibend erlebt, und gelegentlich hatte sie sogar leise daran gezweifelt, dass dieses Buch überhaupt existierte, an dem er seit mehreren Jahren arbeitete.

Er bemerkte sie nicht, seine Hände verharrten über der Tastatur, er las seinen Text noch einmal, seine Augen glitten über die Worte, die er eben getippt hatte. Er atmete tief ein, dann schrieb er weiter, ganz hastig, als hätte er Angst, die Worte, die sich in ihm geformt hatten, könnten ihm entfliehen.

Drei, vier Minuten stand sie so da. Ein Gedanke formte sich in ihrem Kopf. Er gehörte hierhin – in ihre Wohnung, zu ihr, obwohl sie nichts als eine einfache Polizistin war, die bisher ein paar Dinge in ihrem Leben falsch gemacht hatte.

Dann, als hätte dieser Gedanke ihn aufgeschreckt, blickte er sie plötzlich an. Sein Gesicht veränderte sich. Die totale Konzentration verschwand. Er sprang auf.

»Oh, meine Schöne!« Er lief auf sie zu und umarmte sie. »Ich hätte gar nicht gedacht, dass du schon so früh kommst.« Er küsste sie auf den Mund, sanft und doch auch wie selbstverständlich, als wären sie längst ein vertrautes Paar.

»Deine SMS …«, sagte Birte beinahe atemlos. »Ich glaube, noch nie hat eine Polizistin solch eine Nachricht bekommen.«

»Es ist alles wahr«, sagte er.

Sie tranken Rotwein und liebten sich, doch kurz bevor sie ganz beruhigt einschlafen wollten, flüsterte Max ihr etwas zu, das sie zusammenzucken ließ, zum Glück so leicht, dass er es nicht bemerkte.

»Kate hat mich heute angerufen. Sie ist zurück in Deutschland. Sie hat mich gefragt, ob ich wieder bei ihr trainieren will.«

»Und was hast du gesagt?«

»Ich habe nein gesagt. Ich bin kein Triathlet mehr, nicht einmal einer, der für die Paralympics trainiert.«

»Wo wird Kate wohnen?«

»In unserem alten Haus in Junkersdorf. Sie hatte es nur vermietet. Ab Februar wird sie an der Sporthochschule unterrichten.«

Gegen fünf Uhr in der Frühe wachte sie auf, ohne zu wissen, was sie aufgeschreckt hatte. Max lag neben ihr, er hatte sich ein wenig weggedreht und atmete ruhig vor sich hin. Sein Gesicht war in dem wenigen Licht, das von draußen hereinfiel, nicht zu sehen. Einen Moment lauschte sie. Ihr Herz pochte in ihrer Brust. Ein Alptraum? Dann dachte sie an die zurückgekehrte Kate.

Dieser Gedanke behagte ihr nicht. Leise stand sie auf, ging in den Wohnraum und schaltete ihren Laptop an. Ihre Unruhe konnte auch einen anderen Grund haben. Hatten Jan und sie sich, weil sie durch zu viele private Dinge abgelenkt wurden, in ihrem Fall verrannt? Maßen sie dem Papierfetzen, den Julia Bärwald in der Hand gehalten hatte, nicht eine zu große Bedeutung zu? Auch wenn Mahler das Buch nicht geschrieben hatte, wie

Jan vermutete – konnte das eine solche Bedeutung haben, dass jemand dafür einen Mord beging? Außerdem hatten sie letztlich keinen Beweis dafür.

Sie klinkte sich wieder in die Homepage von Katja Brinkmann ein. Die Seite war aufwendig gestaltet. Sie bot nicht nur Reitkurse, sondern auch Reiterferien für Kinder und Jugendliche an. Man sah Katja Brinkmann, umringt von Pferden und Kindern. Glückliche Mädchen auf der Koppel, reitend oder Pferde streichelnd. Auch Fotos von einem Springturnier fanden sich dort und Bilder von der Eröffnung des Hofes. Katja Brinkmann hatte anscheinend ein großes Fest mit Büfett und Champagner gefeiert.

Eines von etwa vierzig Fotos der Eröffnungsparty sprang Birte ins Auge. Ein lächelnder, ausgelassener Georg Mahler war zu sehen, der mit Katja Brinkmann anstieß. Aus dem Blick, den er ihr zuwarf, konnte man mit einiger Phantasie eine Menge herauslesen: Freundschaft, Zuneigung, vielleicht sogar noch ein wenig mehr.

Kaspar Brinkmann und Meret Mahler waren auf keiner der Aufnahmen zu entdecken. Da gewiss mehr als fünfzig Personen abgebildet waren, konnte man davon ausgehen, dass sie nicht an der Feier teilgenommen hatten. Konnte das etwas zu bedeuten haben? Der Reiterhof war vor vier Jahren von Katja Brinkmann übernommen worden. Mahler war damals noch Juraprofessor gewesen und sie voller Hoffnung, nach dem Tod ihres Sohnes ein neues Leben zu beginnen.

Birte machte sich eine Notiz. Sie musste sich noch intensiver um Katja Brinkmann kümmern. Auch Mahler sollten sie noch einmal sprechen – wegen seines Buches, aber nun auch wegen seines Kontaktes zu Katja Brinkmann.

Plötzlich, ohne dass sie ihn gehört hatte, stand Max in der Tür. Er war nackt und rieb sich verschlafen das Gesicht.

»Meine Schöne«, sagte er, »was tust du hier mitten in der Nacht? Es war auf einmal kalt neben mir.« Er kam näher und beugte sich über sie. »Ich weiß ja, dass du immer eine Polizistin bist, sogar im Schlaf.« Er küsste ihr Haar und blickte dann auf den Bildschirm. »Was siehst du dir da an?«

Sie deutete auf das Foto von Katja Brinkmann und Georg Mahler. »Was denkst du, wenn du diese beiden betrachtest?«, fragte sie.

Er zögerte einen Moment. »Dass sie ein Liebespaar sind, ein heimliches Paar, das aber nicht ganz verbergen kann, was mit ihm los ist.«

Während Max wieder ins Bett ging, versuchte sie, noch andere Fotos von Mahler und Katja Brinkmann zu finden, aber es war das einzige Foto im Netz, auf dem beide gemeinsam zu sehen waren. Von Mahler existierten unzählige Aufnahmen, meistens mit seiner Frau, ein paar auch mit Studenten.

Gegen sieben Uhr rief sie Jan an und weckte ihn.

»Ich weiß, dass du bei Brasch im Haus bist«, sagte sie, obwohl es geraten war. »Zieh dich an und hol mich in einer Stunde ab. Wir müssen Katja Brinkmann noch einmal einen Besuch abstatten.«

Ganz gegen seine Gewohnheit stellte Jan keine Fragen, er widersprach auch nicht.

Um kurz vor acht rief er sie vom Auto aus an. Er parkte genau vor ihrer Haustür und trug noch immer dieselbe Kleidung, doch immerhin hatte er geduscht und sich die Haare gewaschen.

»Nachher fahre ich in die Wohnung«, sagte er, weil er ihren forschenden Blick registriert hatte, »oder ich kaufe mir etwas zum Anziehen.«

Sie zeigte ihm auf ihrem Smartphone das Foto von Katja Brinkmann und Georg Mahler.

»Das reicht dir aus, um eine Affäre zu vermuten?«, fragte er.

»Es reicht aus, um noch ein paar Fragen zu stellen.«

Ohne zu antworten, fuhr er los. Nach zwei Minuten stellte er das Radio an, ein untrügliches Zeichen, dass er nichts bereden wollte. Weil nach Weihnachten kaum Verkehr herrschte, waren sie eine knappe Dreiviertelstunde später in Lohmar.

Katja Brinkmann fanden sie erneut im Stall. Sie war im Begriff, ein Pferd auf die Koppel zu führen. Überrascht schaute sie zu ihnen herüber.

»Sie kommen ja immer früher. Gibt es Neuigkeiten?«

Es war offensichtlich, dass Jan Birte das Reden überlassen wollte.

»Ich möchte nur eine Auskunft haben«, sagte sie, während sie Katja Brinkmann ihr Smartphone mit dem Foto der Eröffnungsparty hinhielt. »Wie standen Sie zu Georg Mahler?«

Katja Brinkmann betrachtete das Foto. Ihre Miene veränderte sich, dann ging sie wortlos weiter, öffnete ein Gatter an der Koppel und ließ das Pferd hineinlaufen. Sie schloss das Gatter wieder und kehrte zurück. Ihr Gesichtsausdruck war verschlossen, ein Hauch von Bitterkeit lag darin.

»Ich hätte das Bild längst löschen sollen«, sagte sie. »Ein Fehler! Man sieht es uns an, nicht wahr?«

Birte nickte, und nun war auch Jans Interesse geweckt.

»Sie hatten eine Liebesbeziehung – Mahler und Sie?«

Katja Brinkmann blickte über ihren Hof – zuerst zum Wohnhaus, wo in einem Raum, vermutlich der Küche, Licht brannte, dann zur Koppel, schließlich zum Stallgebäude.

»Es ist fast fünf Jahre her. Ich war in einem tiefen Loch. Sven war tot, ich hatte es endlich begriffen, und meine Ehe mit Kaspar war am Ende. Ich hatte alles versucht, aber …« Sie schaute Birte an, mit leerem Blick. »Georg war der Einzige, der sich als Freund erwiesen hat. Er ist gekommen, hat sich erkundigt. Kaspar wollte diese Hilfe nicht annehmen, für ihn war das Wichtigtuerei – für mich nicht.«

Zu Birtes Überraschung griff sie in die Tasche ihrer Jacke und holte eine Schachtel Zigaretten hervor. Hektisch steckte sie sich eine an.

»Ich wusste nur damals ein paar Dinge nicht.« Sie sog an der Zigarette. »Ich wusste nicht, dass Georg ein Feigling ist, dass jemand ihm immer sagen muss, was er zu tun hat. Er ist Merets Geschöpf. Vielleicht wollte er sich durch unsere Affäre freimachen, aber nein … Absurd!« Sie lachte bitter auf, warf die nur angerauchte Zigarette weg und trat sie aus. »Unsinn! Er weiß genau, was mit ihm los ist. Meret sagt ihm, was er tun soll. Ihretwegen ist er zur Universität gegangen, ihretwegen ging er später in die Politik. Er selbst ist ohne jeden Ehrgeiz.«

Sie verstummte abrupt. Die Bitterkeit in ihrer Miene ließ

sie älter wirken – nun war sie eine Frau deutlich jenseits der fünfzig.

»Wie lange dauerte Ihre Beziehung?«, fragte Birte.

»Sechs Wochen, dann hat Meret mich angerufen und sie für beendet erklärt. Ganz spöttisch hat sie gesagt, sie habe Georg ein wenig Spaß gegönnt, aber nun sei es vorbei.«

Ein Wagen fuhr auf den Hof, diesmal kein Postauto, sondern ein schwarzer BMW. Eine Frau in Reiterkluft stieg aus. Sie grüßte Katja Brinkmann ein wenig unsicher, offenbar weil sie deren Besuch nicht einschätzen konnte, und verschwand im Stall.

»Hat Mahler einmal über sein Buch gesprochen – ›Das ewige Feuer‹?«, fragte Jan.

Katja Brinkmann sah ihn an. »Ich habe es mir damals besorgt, aber dann doch nicht gelesen. Das Buch war ihm peinlich. Eine Jugendsünde, aber er hat sehr viel Geld damit verdient.«

»Nachdem die Affäre vorbei war, hatten Sie keinen Kontakt mehr mit Mahler?«, fragte Jan weiter.

Katja Brinkmann schüttelte den Kopf. »Nein, wir haben nie wieder miteinander gesprochen. Einmal, zu meinem Geburtstag, hat er mir eine Karte mit einem kurzen, nichtssagenden Gruß geschickt. Das war alles.«

Die Frau in der Reiterkluft kam mit einem Pferd aus dem Stall.

»Ich gehe hinten ins Gelände«, rief sie Katja Brinkmann zu, die aber nicht reagierte.

»Wir müssen noch eine letzte Frage stellen«, sagte Birte. »Was genau haben Sie an Heiligabend gemacht?«

Katja Brinkmann sah sie missbilligend an. »Sie wollen mein Alibi wissen? Ich war bis um sechzehn Uhr hier. Dann bin ich zu meiner Schwester nach Gummersbach gefahren. Ich habe mit ihr, ihrem Mann und ihren drei Kindern Weihnachten gefeiert. Sie werden es bezeugen. Um zweiundzwanzig Uhr sind wir in die Christmette gegangen. Gegen ein Uhr in der Nacht war ich wieder zurück.«

31

Schiller hatte die E-Mail nicht abgeschickt. Daran dachte er unentwegt, und er fühlte sich unwohl. Den dritten Tag nun trug er dieselbe Kleidung. Er musste sich in die Wohnung schleichen oder Therese bitten, ihm etwas aus seinem Kleiderschrank zu holen. Nein, lächerlich! Am Morgen war er versucht gewesen, sich bei Brasch ein Hemd und eine Hose auszuleihen, aber Matthias war ein ganzes Stück kleiner als er, und außerdem empfand er es als würdelos, sich wie ein Dieb an fremden Sachen zu bedienen. In der Tat, er musste dringend ein paar Dinge in seinem Leben ändern.

Birte hatte mit ihrer Vermutung tatsächlich recht gehabt. Es hatte noch ein paar Verwicklungen mehr zwischen Mahler und Brinkmann gegeben, aber für ihren Fall spielte es vermutlich keine Rolle.

Von Lohmar war es nur ein Katzensprung bis nach Hoffnungsthal.

»Wohin fährst du?«, fragte Birte kauend.

An einer Tankstelle hatte sie Kaffee und zwei Croissants besorgt. Wieder hatte er sich verfolgt geglaubt. Eine Zeit lang hatte sich ein grüner Land Rover ein Stück hinter ihnen gehalten, doch dann war er wieder aus dem Rückspiegel verschwunden gewesen.

»Ich habe nur eine Frage. Dauert nicht lange«, sagte er, während er in Hoffnungsthal vor dem Fachwerkhaus von Wolfgang Faber hielt.

Der Hund bellte im Flur müde auf, als er klingelte, dann geschah fast zwei Minuten gar nichts, bis der weißhaarige Professor zerzaust in der Tür erschien. Er trug einen beigefarbenen Bademantel, darunter einen blau-weiß gestreiften Pyjama und war offenkundig aus dem Schlaf gerissen worden, obschon es nun fast zehn Uhr war.

»Es tut mir leid, wenn ich Sie geweckt habe«, sagte Schiller. Birte hatte sich neben ihn gesellt.

Wolfgang Faber winkte ab. »Ich schlafe ohnehin schlecht. Finde meistens erst gegen Morgen ein wenig Ruhe.« Der alte

Cocker drückte sich neugierig zwischen seinen Beinen herum. »Was kann ich noch für Sie tun?«

»Ihr Sohn Colin …«, sagte Schiller, »… können Sie sich erinnern, ob er damals, einige Zeit, bevor das Unglück passierte, eine türkische Freundin hatte?«

Wolfgang Faber schaute ihn überrascht an. Seine Augen waren rot gerändert und wässrig, wahrscheinlich trank er abends. »Ich verstehe nicht ganz«, sagte er. »Die Party war bei seiner Freundin Meret. Da ist er verunglückt.«

»Ich spreche von der Zeit davor, ein Jahr vielleicht, ein paar Monate. Kannte Colin ein türkisches Mädchen?«

Der Hund hatte sich vorgeschoben und beschnüffelte seine Hand.

»Eine Türkin? Meine Frau hätte das gewusst. Sie stand Colin viel näher, aber ja, ich glaube, da gab es jemanden. Warten Sie … Ich habe meinen Sohn einmal in Köln am Bahnhof getroffen, ganz zufällig. Ihm war das gar nicht recht. Das Mädchen hatte lange schwarze Haare, zu einem Zopf geflochten. Sie war recht hübsch, und sie hieß …« Er zögerte, wischte sich über das Gesicht und schaute nun auch Birte an, als bemerkte er sie zum ersten Mal. Er nickte ihr zu, verlegen lächelnd, weil ihm klar wurde, in welchem Aufzug er an der Tür erschienen war. »Mein Gedächtnis ist nicht mehr so gut. Aber … er hat sie mir vorgestellt. Sie war auch an der Uni, glaube ich. Sie hieß Ayla, ja, so war ihr Name. Aber warum fragen Sie mich das?«

»Ayla, nicht Azra?«, fragte Schiller.

»Nein, Azra sicher nicht.«

»Ihr Sohn hat das Mädchen nie erwähnt oder mit nach Hause gebracht?«

»Hören Sie«, sagte Wolfgang Faber, »was soll das alles? Sie schrecken mich hier auf, stellen sonderbare Fragen … Mein Sohn ist tot. Ich leide noch immer darunter, und ich habe ein Recht auf eine Erklärung …«

»Nur eins noch«, unterbrach Schiller den Professor. »Ihr Sohn hat komponiert, Gedichte geschrieben, aber könnte es auch sein, dass er sich an längeren Texten versucht hat, an einem Roman zum Beispiel?«

Faber kniff die Augen zusammen und musterte ihn unfreundlich.

»Ich möchte, dass Sie mich in Ruhe lassen«, sagte er schneidend. »Ich weiß nicht, ob mein Sohn einen Roman geschrieben hat. In den Wochen vor seinem Tod haben wir nicht mehr miteinander gesprochen. Er hatte mich mit einer meiner Studentinnen gesehen, er glaubte wohl, ich hätte etwas mit ihr … Na, jedenfalls … war unser Verhältnis … beschädigt …« Fabers Stimme geriet ins Zittern. »Sie können hier nicht einfach auf meiner Türschwelle stehen, schlimme alte Wunden aufreißen und …«

Mit einer erstaunlich schnellen und heftigen Bewegung zerrte er den Cocker an dessen Halsband zurück und schloss die Tür. Sie vernahmen nur noch ein lautes Aufjaulen des Hundes.

Nun war Schiller ganz sicher: Er hatte recht gehabt, seine Intuition hatte ihn nicht getrogen. Colin Faber hatte von seiner türkischen Freundin eine Geschichte erzählt bekommen – über ein Mädchen, einen deutschen Jungen, der in sie verliebt war, und über ein Unglück in der Türkei. Zumindest könnte es so gewesen sein. Und aus diesem Stoff hatte er den Roman »Das ewige Feuer« geformt, und später, nach seinem Tod, hatte Georg Mahler diesen Text als seinen ausgegeben und war gewissermaßen über Nacht ein Bestsellerautor geworden.

»Nun müssen wir es nur noch beweisen«, sagte Schiller, während sie Hoffnungsthal verließen. »Dass Mahler das Buch gar nicht geschrieben hat.«

Er spürte, wie seine Stimmung sich aufhellte. Sie hatten eine richtige Spur, und er hatte über eine Stunde nicht mehr an Carla gedacht.

»Und dann?«, fragte Birte skeptisch. »Wohin führt uns das?«

»Zu dem Manuskript, das jemand Julia Bärwald aus der Hand gerissen hat, und zu dem Mörder.«

»Glaubst du, Georg Mahler erschießt erst seinen alten Freund Brinkmann und erschlägt dann dessen Geliebte?«

»Wir müssen Mahler und seine Frau Meret nach ihrem Alibi befragen. Was genau haben sie am Heiligabend getan?«

»Diese Annahme, Mahler könnte der Mörder sein, ist genauso plausibel, als hätte Katja Brinkmann einen Killer engagiert, der ihren Mann erschießt, damit sie mit dem Erbe ihren Hof retten kann.«

»Nein«, sagte Schiller, »du irrst dich. Ein Mann wie Mahler, der Oberbürgermeister werden will, kann es sich nicht leisten, dass jemand ihn als Betrüger entlarvt – und selbst wenn es um ein Buch geht, das vor dreißig Jahren erschienen ist. Und vielleicht wollte Brinkmann genau das – ihn entlarven.«

»Aber welchen Grund sollte es dafür nach all der Zeit geben?«

Birte war augenscheinlich von seiner Hypothese nicht zu überzeugen.

Als er in den Rückspiegel blickte, war der grüne Land Rover wieder da.

Schiller spürte, wie ihm Adrenalin durch die Adern schoss. Keine Paranoia, keine Müdigkeit, die ihn Gespenster sehen ließ. Jemand verfolgte ihn.

Er versuchte rasch, sich zu orientieren. Er befand sich mit seinem Dienstpassat ein paar hundert Meter vor der Autobahnauffahrt. Kurz entschlossen bremste er hart ab, fuhr auf den Seitenstreifen und schaltete die Warnblinklichtanlage an.

»Was tust du?«, rief Birte verwundert.

»Ich glaube, mit dem Auspuff stimmt etwas nicht.« Er hatte den Rückspiegel im Blick, aber als hätte der Fahrer des Land Rover geahnt, was er vorhatte, war er dreihundert Meter hinter ihm in eine Seitenstraße, die in ein Industriegebiet führte, abgebogen. Wenn man bedachte, dass man auf dieser Zubringerstraße recht schnell unterwegs war, musste es sich um ein waghalsiges Abbiegemanöver gehandelt haben.

Schiller ließ den Motor laufen und stieg aus. Autos jagten an ihm vorbei zur Autobahn. Jemand hupte. Er spürte, dass Birte seinen Bewegungen mit Blicken folgte. Er beugte sich hinunter, als müsste er tatsächlich nach dem Auspuff sehen. Der Peilsender, den jemand an dem Dienstpassat befestigt hatte, befand sich im Inneren des linken hinteren Kotflügels, ein kleiner schwarzer Kasten, nicht größer als fünf Zentimeter, mit einem massiven Magnetdeckel. Er überlegte einen Moment lang, den Sender zu entfernen, um ihn an einem anderen Wagen anzubringen, ließ es dann jedoch und kehrte zur Fahrertür zurück.

»War wohl falscher Alarm«, sagte er beiläufig zu Birte, während er sich hinter das Steuer setzte.

Sie sah ihn argwöhnisch an.

»Alles in Ordnung mit dir?«

Er warf einen erneuten Blick in den Rückspiegel. Der Fahrer des Land Rover hatte schnell und präzise reagiert, er tauchte nicht mehr auf, aber das musste er ja auch gar nicht.

Schiller legte den ersten Gang ein. »Wissen wir, wo Mahler heute seine Termine hat?«, fragte er.

»Nele hat eine Übersicht erstellt«, erwiderte Birte. Sie griff nach ihrem Smartphone und klickte sich in ihre Dateien ein. »Er hält in einer halben Stunde eine Rede vor den Senioren seiner Partei in der Wohnresidenz Rosenpark in Zollstock. Das wird bis etwa zwölf Uhr dauern. Danach … am Nachtmittag ist er im Rotarierclub, heute Abend hat er wohl frei, oder es ist zu privat, als dass es in seinem Kalender eingetragen wurde.«

»Würde es dir etwas ausmachen, ihn allein wegen seines Alibis zu befragen?« Schiller bog auf die Autobahn ein. Ein weißer Golf klebte ihm förmlich an der Stoßstange, danach folgte ein gelber Wagen von der Post sowie ein Van einer Autovermietung. »Ich bringe dich zu deinem Alfa. Ich würde mir gern ein paar Hemden kaufen.«

Birte nickte. Die Skepsis war jedoch nicht aus ihrem Blick gewichen.

»Ist in Ordnung«, sagte sie.

32

So verhielt Jan sich mitunter – dass er plötzlich geheimnisvoll tat, auf eigene Faust irgendwo hinging. Es ärgerte sie, obwohl sie es gewöhnt war. In diesem Moment war es ihm wichtig gewesen, Mahler zu befragen, im nächsten überließ er ihr allein diese Aufgabe. Wollte er sich mit Almut Schwäbe treffen? Es fiel ihr schwer, sich Jan mit dieser unscheinbaren Rechtsmedizinerin vorzustellen, und doch hatte er sicherlich nicht gelogen. Er hatte mit ihr geschlafen und wollte Carla verlassen.

Birte war von ihrer Wohnung aus zehn Minuten später in Zollstock. Mahlers weißer Mondeo mit seinem protzigen Konterfei parkte direkt vor der Tür. Ein Fahrer, ein junger dunkelhaariger Mann in einem schwarzen Anzug, der aussah, als hätte man ihn sich von einem Beerdigungsinstitut ausgeliehen, saß hinterm Steuer und blätterte lustlos in einer Zeitung.

Birte fragte am Empfang nach der Versammlung und wurde zu einem Saal im Erdgeschoss gewiesen.

Als sie die Tür öffnete, wurde Mahler soeben auf einer kleinen Bühne hinter einem Pult stehend von etwa fünfzig Senioren mit einem recht matten Applaus verabschiedet. Er hatte sich die rechte Hand aufs Herz gelegt und verneigte sich, ganz wie ein Schauspieler, der routiniert seine Rolle absolviert hatte.

Als der Beifall verklungen war, postierte sich plötzlich Meret Mahler neben ihren Mann. Sie beugte sich vor und bewegte das Mikrofon ein wenig in ihre Richtung.

»Meine sehr verehrten Damen und Herren«, sagte sie mit ihrer vollen, warmen Stimme, »ich bin von einigen Herrschaften vorhin gebeten worden, auch ein paar Worte zu sprechen … über meinen Mann, wie er denn so sei, warum man ihm vertrauen solle. Nun, das will ich gern tun, ohne Sie über Gebühr lange aufzuhalten …« Sie sah ihren Mann an, der weiter neben ihr stand, und strich ihm zärtlich über den Arm. »Wir kennen uns seit über dreißig Jahren. Verheiratet sind wir seit siebenundzwanzig Jahren, und ich habe keinen einzigen dieser Tage je bereut. Wir haben zwei Kinder, auf die wir stolz sind – Manuel und Simon. In all den Jahren habe ich mich immer auf meinen Mann verlassen können. Wenn ich krank war, saß er an meinem Bett. Wenn die Kinder seine Hilfe brauchten, war er bei ihnen. Auch wenn nicht immer nur die Sonne schien – ich konnte mich stets auf ihn verlassen. Nie hat er seine Pflichten vernachlässigt, und immer hat er die Kraft gefunden, neue, wichtige Dinge zu tun. Ich kann Ihnen versichern, nun wird er all seine Energie für Köln einsetzen. Er wird ein großartiger Oberbürgermeister werden.«

Sie wandte sich zu Georg Mahler um und küsste ihn auf die Wange.

Es war Theater – diesen Eindruck hatte Birte, aber der Applaus, der nun anhob, war deutlich enthusiastischer als nach Mahlers Rede. Jemand aus dem Publikum rief sogar »Bravo!«.

Georg Mahler schaute seine Frau eine Sekunde lang an, nicht erfreut, eher als hätte sich in seine Überraschung über ihren Auftritt auch eine deutliche Spur Missbilligung geschlichen.

Meret Mahler jedoch beachtete diesen Gesichtsausdruck gar nicht. Sie hakte sich lächelnd bei ihm ein und führte ihn von der Bühne in Richtung Ausgang. Erst als sie Birte wahrnahm, veränderte sich ihre Miene.

»Was wollen Sie schon wieder?«, zischte sie, während ihr Mann noch mit einem an einem Stock gehenden Greis ein paar Worte wechselte.

»Ich würde Sie gern noch einmal kurz sprechen«, sagte Birte. »Gibt es hier einen Ort, wo wir ungestört sind?«

Im nächsten Moment legte jemand von hinten eine kräftige Hand auf ihren Arm. Es war beinahe ein Angriff, zumindest jedoch eine heftige, unangenehme Berührung.

Birte wandte sich hastig um, bereit, sich zu verteidigen, doch Meret Mahler kam ihr zuvor.

»Alles in Ordnung, Manuel«, sagte sie zu dem jungen Mann im schwarzen Anzug. »Die Dame ist von der Kriminalpolizei.«

Es war offenbar ihr Sohn, der sie gefahren und im Auto gewartet hatte. Birte schüttelte ihn ab und musterte ihn unfreundlich. Er starrte sie ebenso feindselig an.

»Es gibt eine Menge Verrückte«, sagte er. »Wir müssen achtsam sein.«

Er ähnelte eher seiner Mutter als seinem Vater – dieselbe

Augenform und -farbe, allerdings eine Statur wie ein Bodybuilder. Auch dass er keineswegs zurückwich und sich entschuldigte, zeigte die Ähnlichkeit mit Meret Mahler.

»Wir haben noch zehn Minuten Zeit«, sagte Meret Mahler. »Hier gibt es ein kleines Büro. Da haben wir unsere Taschen und Mäntel deponiert.« Sie nickte Birte zu und schritt voraus.

Manuel blieb zurück, während Georg Mahler sich nun auch zu ihnen gesellt hatte. Er blickte Birte an.

»Polizei?«, meinte er. »Gibt es etwas Neues?« Er klang jedoch nur mäßig interessiert.

»Ich habe noch einige Fragen an Sie«, sagte Birte.

Georg Mahler suchte den Blick seiner Frau, doch sie wich ihm aus. »Meret«, raunte er ihr dann zu, als sie einen etwa acht Quadratmeter großen Raum erreicht hatten, in dem sich lediglich ein Schreibtisch, ein Drehstuhl mit hoher Lehne und ein grauer Metallschrank befanden. »Wieso hältst du jetzt Reden?«

Sie hatte sich bereits eine Zigarette angesteckt. »Weil du nicht gut warst – zu wenig emotional, viel zu sachlich, aber wir haben nun anderes zu besprechen.« Sie stieß den Rauch ihrer Zigarette in Birtes Richtung aus. »Stellen Sie Ihre Fragen!«

»Es sind Zweifel aufgetaucht«, sagte Birte. »Wegen des Buches, das Sie geschrieben haben sollen, Herr Mahler.«

Er lachte höhnisch auf. »Was heißt: ›geschrieben haben sollen‹? Diese Unterstellung ist vollkommen abwegig!«

Meret Mahler berührte ihn am Arm, als müsse sie ihn zurückhalten. »Hören Sie, Frau Jessen, ja, es gab einmal diesen einen Journalisten, der Zweifel an der Urheberschaft meines Mannes in die Welt gesetzt hat. Doch das ist fast zwanzig Jahre her, wenn ich mich recht erinnere, und seine angeblichen Beweise sind im Übrigen nie anerkannt worden. Überhaupt – was hat das mit Ihren Ermittlungen zu tun?«

»Es würde uns helfen, wenn Sie uns das Originalmanuskript zeigen würden.« Birte ließ Georg Mahler nicht aus den Augen. »Dann wären unsere Zweifel möglicherweise beseitigt.«

Mahler starrte sie an. Die Tür zu dem winzigen Büro wurde geöffnet, sein Sohn schaute herein, doch er vertrieb ihn mit einer unwirschen Bewegung seiner rechten Hand.

»Wir haben noch einen Durchschlag«, sagte Meret Mahler seelenruhig. »Das Original ist beim Verlag verloren gegangen, aber wir haben den Fahnenabzug – und natürlich alle Verträge. Es ist damals alles korrekt gelaufen. Georg hat auch pünktlich seine Steuern bezahlt.«

Sie gestattete sich ein überlegenes Lächeln und inhalierte wieder. Das »Wir« verriet, dass sie damals bereits mit Mahler zusammen gewesen war.

»Gut«, sagte Birte. »Außerdem hätten wir gern gewusst, wo Sie am Heiligabend zwischen sechzehn und achtzehn Uhr waren – und wo und wie Sie den Vormittag des ersten Weihnachtstages verbracht haben.«

»Die Polizei fragt uns nach einem Alibi?« Meret Mahler lächelte nachsichtig. »Wir haben in der Familie gefeiert – zu viert. Das heißt nein, am ersten Weihnachtstag war auch noch Britt da, Simons dänische Freundin. Ist morgens mit der ersten Maschine aus Kopenhagen gekommen, das nette Mädchen. Wir beantworten all unsere Fragen über unseren Anwalt, aber wenn nur eine Zeile davon in der Zeitung steht, kriegen Sie einen Ärger, dass Sie sich wünschen würden, Sie hätten Hamburg niemals verlassen.«

Meret Mahler hatte also ihre Erkundigungen eingezogen – ihr letzter Satz hatte fast wie eine Drohung geklungen: Passen Sie auf! Ich kann Sie aus Köln vertreiben, wenn ich will!

Birte versuchte, Jan auf dem Smartphone zu erreichen, er meldete sich jedoch nicht. Sie war sicher, dass sie bei Mahlers an der falschen Adresse waren. Natürlich hatten sie ein hieb- und stichfestes Alibi vorzuweisen. Zudem hielt die Familie zusammen, wie das Verhalten des Sohnes bewiesen hatte.

Als ihr Smartphone summte, nahm sie das Gespräch über Lautsprecher an. Jemand seufzte und schluchzte, dann sagte eine ältliche Frauenstimme: »Hallo, Frau Jessen?«

»Ja, ich bin hier. Wer spricht da?«, fragte Birte.

»Marianne Bärwald, ich erreiche Carla Mohn nicht, die Therapeutin, und Ihren Kollegen auch nicht. Paula weint die ganze Zeit, und sie hat etwas gemalt, ein Auto, wenn ich mich nicht irre.« Sie schluchzte wieder. »Ich glaube, sie hat nun wirklich begriffen, dass ihre Mutter nicht wiederkommen wird. Übermorgen ist die Trauerfeier. Ich weiß nicht, was ich tun soll.«

»Ich komme vorbei«, sagte Birte. »In zwanzig Minuten bin ich bei Ihnen.«

Während sie nach Müngersdorf fuhr, hinterließ sie Carla eine Nachricht zu Marianne Bärwald und ihrer Enkelin auf der Mailbox und bat Nele, sich anzuschauen, ob gegen die Söhne von Mahler etwas vorlag. Vermutlich nicht, aber manchmal erlebte man schöne Überraschungen, wenn man nach Vorstrafen fahndete.

Nele meldete sich nach fünf Minuten zurück. »Manuel liebt offenbar schnelle Autos. Er ist mehrmals geblitzt worden, noch zwei Punkte, und er ist seinen Führerschein los. Simon hingegen ist ein unbeschriebenes Blatt. Da findet sich nichts.«

Julia Bärwalds Beetle stand vor dem Haus, ein friedliches Bild, als wäre sie daheim, bei ihrem Kind.

Marianne Bärwald öffnete ihr die Tür, sie trug Trauerkleidung und sah erschöpft aus, gerötete Augen, dunkle Falten um den Mund.

»Ich habe gleich gewusst, dass es mit Paula nicht so einfach werden würde«, sagte sie. »Die Geschichte, dass ihre Mutter nun ein Engel ist, will sie nicht mehr hören.«

Birte reichte ihr die Hand und hätte sie beinahe umarmt. »Ich habe Carla eine Nachricht auf ihrer Mailbox hinterlassen«, sagte sie, »aber sie arbeitet eigentlich nicht mehr als Kinderpsychologin, sie hat sich eine Auszeit genommen.«

»Ich weiß«, flüsterte Marianne Bärwald, »hat sie mir erzählt. Es war nur eine Art Freundschaftsdienst.« Sie führte Birte nicht in den Wohnraum, sondern rechter Hand durch den Flur ins Kinderzimmer.

Paula saß an einem kleinen Tisch aus Kiefernholz, sie schniefte vor sich hin, während sie auf einem Zeichenblock herumkrickelte. Wut war in den Bewegungen des Kindes zu spüren, Wut und Verzweiflung. Ein vierjähriges Mädchen, das jemand in den Abgrund gestürzt hatte.

Die Kleine sah auf, als Birte sich näherte.

»Na, Paula«, sagte Birte sanft, während sie von einer Welle von Mitleid überschwemmt wurde. »Wir kennen uns, wir haben uns schon einmal gesehen, als du allein in eurem Auto gesessen hast«, fuhr sie fort, ohne zu wissen, ob ihre Worte geschickt ausgewählt waren. »Erinnerst du dich?«

Das Mädchen schüttelte den Kopf, erst langsam, dann so heftig, dass ihre roten Locken hin und her flogen. Sie schluchzte los, sprang dann von ihrem Stuhl auf und rannte zu ihrem Bett rechts von ihr. Ein hübsches Bett, ebenfalls aus Kiefernholz und mit einem rosafarbenen Tuch als Himmel. Paula warf sich auf die Kissen, drückte ihr Gesicht hinein. Nur noch ein dumpfes Schluchzen war zu hören.

Birte besah sich die Blätter, die das Mädchen bemalt hatte. Auf dem letzten war nicht viel zu erkennen – schwarze Krakel unter einem gelben Flecken, der möglicherweise die Sonne darstellen sollte.

Ein anderes Bild war interessanter: ein gelber Buckel mit einem Gesicht darin, davor ein grüner Kasten mit Rädern, ein schwarzes Strichmännchen daneben.

Auch das dritte Bild zeigte dieses Arrangement, nur dass der gelbe Buckel da auch Räder hatte. Allerdings fehlte das Gesicht.

Hatte Jan tatsächlich recht gehabt? Konnte die kleine Paula etwas gesehen haben, während sie in dem Beetle auf ihre Mutter gewartet hatte, die in Brinkmanns Wohnung ihrem Mörder begegnet war? War der grüne Kasten ein Auto, das direkt neben ihnen geparkt hatte? Nein, das wäre vermutlich eine zu einfache, direkte Erklärung.

»Ich weiß nicht, was ich tun soll«, sagte Marianne Bärwald hilflos.

»Sie müssen Geduld haben«, erwiderte Birte genauso hilflos.

Paula wimmerte vor sich hin, ein kleines Mädchen, das nun das Gefühl hatte, ganz allein auf der Welt zu sein.

»Kann ich eine der Zeichnungen mitnehmen?«, fragte Birte, doch Marianne Bärwald reagierte gar nicht.

Sie blickte ihre Enkelin an und hatte plötzlich Tränen in den Augen.

»Ich werde das nicht können«, sagte sie. »Vierundzwanzig Stunden am Tag für Paula da sein.«

Dann legte sie die Hände vor ihr Gesicht und begann ebenfalls zu schluchzen.

33

Mit Carla an deiner Seite bist du ein besserer Mensch, hatte Birte einmal zu ihm gesagt. Bei welcher Gelegenheit, erinnerte er sich nicht mehr. Irgendwie war es auch um Brasch gegangen – dass er, Schiller, vermutlich auch ständig in irgendeiner Kneipe abhängen und sich auf seltsame Frauen einlassen würde, wenn er nicht mit Carla zusammen wäre. Er dachte kurz daran, Almut Schwäbe anzurufen. Noch eine Nacht wollte er nicht allein in einem leeren, öden Haus verbringen.

Schiller bog auf den Parkplatz am Adenauerweiher ein. Am Himmel ballten sich dicke Wolken zusammen, vielleicht würde es anfangen zu regnen, für Schnee war es weiterhin viel zu warm, aber Temperaturen unter null Grad waren in Köln um die Weihnachtszeit ohnehin eine Seltenheit geworden. Er stellte den Wagen so ab, dass man ihn bereits von der Straße sehen konnte, dann ging er zum Weiher hinüber und setzte sich auf eine Bank, von der aus er den Parkplatz im Blick hatte. Wenn der Fahrer des grünen Land Rover so neugierig war, wie er hoffte, würde er innerhalb der nächsten Minuten auftauchen.

Zwei Jogger, grauhaarige, rotgesichtige Männer in Thermokleidung, passierten ihn, dann kam eine Gruppe mit Hunden vorbei, offensichtlich eine Hundeschule. Eine Frau mit grün gefärbten Haaren führte die Meute an und redete ununterbrochen. Hier war er mit Carla gelegentlich spazieren gegangen, und für einen Moment spürte er Sehnsucht nach einer Zeit, die längst vorbei war. Sie hatten oft eine Stunde und länger nicht reden müssen, da es ein stilles Einverständnis, eine Innigkeit zwischen ihnen gegeben hatte, die sie nun verloren hatten.

Auf dem Parkplatz zeigte sich niemand, keine Bewegung. Hätte er sich direkt an der Straße postieren sollen – oder war sein geheimer Verfolger misstrauisch geworden? Es sah beinahe so aus.

Dann bog ein Wagen in schnellem Tempo auf dem Parkplatz ein, aber kein Land Rover, sondern ein dunkler BMW, der rasch wendete und wieder davonfuhr.

Schiller wurde ungeduldig. Wer verdammt stellte ihm nach

und warum? Sollte er Nele anrufen, um herauszufinden, ob irgendjemand in der Familie Mahler einen grünen Land Rover fuhr?

Nach weiteren zwanzig Minuten hatte er genug. Das Licht war noch diffuser geworden, die Wolkengebilde am Himmel noch dichter. Er entfernte den Peilsender von seinem Dienstpassat, öffnete ihn und nahm die Batterie heraus. Danach fuhr er zur Sülzburgstraße, klingelte an seinem eigenen Klingelschild und stürmte in die Wohnung hinauf. Niemand war da. Er brauchte keine zehn Minuten, um sich umzuziehen und eine Segeltuchtasche voller Wäsche zu packen.

Carla legte er einen Zettel auf den Küchentisch. »Schade, dass ich dich nicht erreicht habe. Bitte melde dich! J.«

Danach klickte er sich auf seinem Smartphone in seine privaten Dateien ein und schickte die E-Mail ab, die er in der Nacht bei Brasch geschrieben hatte.

Es war vierzehn Uhr dreiunddreißig, und er fühlte sich wie befreit. Er hatte eine Entscheidung getroffen, die lange überfällig gewesen war, so kam es ihm vor. Dann dachte er an Therese und erwartete im nächsten Moment, Carla bei Brasch zu treffen, während er ins Parkhaus der Uniklinik fuhr.

Schiller war nun als Polizist auf der Intensivstation bekannt, sodass man ihn ohne Schwierigkeiten einließ. Carla saß nicht da, auch Leonie nicht. Brasch starrte vor sich hin wie ein Patient im Wachkoma. Er bewegte nicht einmal den Kopf, als Schiller vor seinem Bett auf dem einzigen Stuhl Platz nahm.

Schlief Brasch mit offenen Augen? Tagträumte er?

Schiller räusperte sich, und da sagte Brasch mit heiserer Stimme: »Ich habe gebetet – stell dir vor. Ich habe einen Gott mit Rauschebart angefleht, dass ich gesund werde, dass ich wieder meine Beine voreinander setzen kann.« Seine Lider flatterten, sein Blick glitt suchend umher.

Schiller tastete nach seiner Hand und drückte sie. »Ich glaube, du hast ganz viel Glück gehabt, trotz allem. Du kannst sprechen, sehen …«

Brasch schnaubte. »Ich habe ein taubes Gefühl in meinem rechten Bein, und ich habe Alpträume. Heute Nacht habe ich gezittert. Meine Zähne haben aufeinandergeschlagen – wie bei einem epileptischen Anfall.« Seine Stimme klang bitter. »Ich hatte nie vor etwas Angst, und jetzt fürchte ich die Dunkelheit, das Geräusch, wenn ein Stuhl über den Boden schabt. So wie vor dem Schuss …«

»Kehrt deine Erinnerung zurück?«, fragte Schiller. »Weißt du wieder, was passiert ist?«

Brasch wandte langsam den bandagierten Kopf. Sein Gesicht wirkte noch fahler, seine Augen dagegen waren groß und dunkel, zwei tiefe, unzugängliche Krater.

»Mein Körper weiß es, er reagiert auf Geräusche, aber mein Kopf …«

»Kennst du jemanden, der einen grünen Land Rover fährt?«

Brasch antwortete nicht. Er blickte wieder zur Decke, als würde er seinen flatternden Gedanken nachschauen. Die Zeit lief für ihn anders ab, langsamer, dann wieder in Sprüngen.

Eine Krankenschwester kam vorbei, warf einen kurzen Blick auf die Instrumente hinter dem Bett und ging dann wieder, nicht ohne jedoch auch Schiller misstrauisch zu beäugen.

»Mein Körper weiß etwas«, sagte Brasch unvermittelt mit einer deutlich klareren Stimme. »Er hat auch vor dem Schuss die Angst gespürt, und die Angst ist immer noch da. Ich habe keine Ahnung, wie ich wieder normal leben soll.«

Er denkt die ganze Zeit an Leonie, fiel Schiller ein. Dass er ohne sie sein Leben verwirkt hat.

»Ich habe heute Nacht wieder in deinem Haus geschlafen«, sagte er. Dann griff er in seine Jackentasche. Ja, er hatte sie noch dabei – die Kopien der Fotos, die Arifs Kumpel von Brinkmann gemacht hatten.

»Du erinnerst dich aber an deinen Auftrag«, sagte er. »Lavender hat dich gebeten, Brinkmann zu beschatten oder zumindest hin und wieder nachzusehen, was er so treibt. Da warst du allerdings nicht der Einzige. Noch jemand hat Brinkmann verfolgt. Hast du eigentlich auch Fotos gemacht – als Beweis für Probst?«

Wieder mussten die Worte offenbar erst durch den Raum flirren, bevor Brasch sie aufnahm.

»Nein«, sagte er und wedelte dann mit der Hand, das untrügliche Zeichen, dass er wieder etwas trinken wollte. Vorsichtig setzte Schiller ihm den Plastikbecher an die Lippen. Zu schlucken schien Brasch mittlerweile leichter zu fallen.

»Nein, keine Fotos. Ich habe mich eigentlich auch eher mit Brinkmann getroffen, um ihn auszuhorchen. Ich kannte ihn ja noch von der Polizei, als er für seine Serie recherchiert hat.«

Schiller hielt ihm wieder den Ausdruck eines der Fotos hin. Nun endlich nahm Brasch ihn in den Blick. Langsam hob er seine rechte Hand, in der eine Kanüle steckte, und tippte mit dem Zeigefinger auf das Papier.

»Klar, das habe ich mitgekriegt. Die Frau ist Meret Mahler. Mit ihr hat Brinkmann sich getroffen, hat er mir selbst erzählt.«

Ja, sicher – darauf hätten sie auch selbst kommen müssen. Schiller schaute sich die schmale Silhouette an. Meret Mahler mit Brinkmann an einem konspirativen Ort, aber wahrscheinlich hatte sie eine einleuchtende Erklärung dafür.

»Warum haben die beiden sich getroffen?«, fragte er.

Braschs Hand sank kraftlos zurück. »Sie wollte, dass Brinkmann Reden, irgendwelche Artikel für ihren Mann schrieb und dass er seine Fernsehkontakte für Mahler einsetzte.«

Plötzlich begann er aufzustöhnen. Ein Zittern lief über sein Gesicht. Schiller erschrak, doch dann begriff er: Brasch hatte vor ihm gesehen, dass noch ein Besucher gekommen war. Leonie Stiller – seine Ex-Freundin. Sie war wieder ganz in Schwarz gekleidet, das Gesicht fast weiß und makellos schön.

»Ich darf hier eigentlich gar nicht sein«, hauchte sie, »du bist noch sehr schwer verletzt, aber es hat mir keine Ruhe gelassen.« Der Duft eines schweren Parfüms umgab sie.

Schiller sprang auf, um seinen Stuhl zu räumen. Auf der Intensivstation war – wenn überhaupt – nur ein Besucher gestattet.

»Ich wollte ohnehin gehen«, log er.

Brasch hatte sich völlig verändert – er lächelte, als hätte eine Wunderheilung stattgefunden. Seine dunklen Augen leuchteten.

Ja, er liebte diese Frau nach all den Jahren immer noch.

Birte hatte versucht, ihn zu erreichen, selbst Fitschen hatte ihn angerufen, doch nichts von Carla. Sie war ins Schweigen abgetaucht. Er kannte das von ihr – Schweigen, Stille, Null-Kontakt als Strafe. Komm du zu mir, tue Abbitte, eröffne du das Gespräch. Als wäre eine Beziehung ein Schachspiel. Er hatte genug davon, wirklich genug.

Er fuhr aus der Tiefgarage und postierte sich vor dem Eingang der Uniklinik. Er wollte Leonie sehen, mit ihr sprechen. Er musste fast vierzig Minuten vor einer Feuerwehreinfahrt warten, bis sie kam. Er kurbelte schon sein Fenster herunter, als sie von einem Mann in einem eleganten langen Mantel in Empfang genommen wurde. Er umarmte sie nicht nur, sondern küsste sie lange auf den Mund.

Ein echtes Liebespaar! Brasch würde noch ein wenig länger leiden müssen. Dann gingen die beiden Hand in Hand in Richtung Lindenthalgürtel. Der Mann sah aus, wie man sich einen erfolgreichen Geschäftsmann vorstellte, und er bewegte sich auch so, aufrecht, alles in den Blick nehmend. Sein Haar reichte ihm bis zur Schulter, sein Bart war nach der neuesten Mode recht lang und gepflegt.

Schiller fuhr an ihnen vorbei. Er brauchte einen Kaffee und etwas zu essen. Mattigkeit befiel ihn. Und wenn das Ganze tatsächlich ein Auftragsmord war? Jemand – Probst oder Mahler oder ein Unbekannter, den sie noch gar nicht auf der Rechnung hatten – hatte befohlen, Brinkmann, diesen unberechenbaren Querulanten, aus dem Weg zu räumen. Aber welcher Auftragsmörder verfolgte einen Polizisten, der mit den Ermittlungen betraut war?

Franks Café am Ehrenfeldgürtel hatte die Weihnachtspause beendet. Schiller nahm einen doppelten Espresso und den obligatorischen Apfelkuchen, etwas anderes gab es hier nicht. Frank war noch wortkarger aus den Ferien gekommen. Schiller zeigte ihm den Sender, den er an seinem Kotflügel gefunden hatte.

»Kenne ich«, sagte Frank. »Wollte mir meine Frau auch mal ans Auto klemmen.« Er grinste – diese Bemerkung sollte wohl ein Scherz sein. »Kriegste für weniger als hundert Euro im Internet. Sind allerdings nicht besonders präzise, diese Dinger.«

»Kann ich den an deinem SUV anbringen?«, fragte Schiller.

Er setzte die Batterie wieder ein und gab Frank den Sender. »Und wenn ein grüner Land Rover vorfährt, schreibst du dir die Nummer auf?«

Frank nickte.

Wieder summte sein Smartphone. Er erkannte Thereses Nummer. Nun würde ihre Rettungsaktion beginnen. Offenbar war seine E-Mail angekommen. Er trank den Kaffee aus und ging zu seinem Wagen.

Kein grüner Land Rover in Sicht, aber nun hatte der Peilsender ja auch eine Zeit lang nicht funktioniert.

Therese hatte mit ihrem alten Nokia eine SMS geschrieben. »Ruf mich an, Junge!«, stand da.

Heute Nacht würde er nicht bei Brasch übernachten, nahm er sich vor. Falls Almut Schwäbe nicht doch noch als brave Tochter in ihr Dorf gefahren war. Vorher aber musste er noch einen anderen Hausbesuch abstatten.

Er fuhr in den Kölner Süden. Henner Precht war damals der vierte im Bunde gewesen – er musste mehr über die Party und über das Manuskript wissen, als er ihnen bisher gesagt hatte.

Als Schiller auf dem Höninger Weg unter der Eisenbahnbrücke parkte, summte sein Smartphone erneut. Eine unterdrückte Nummer.

»Ich war neugierig«, sagte eine Frauenstimme. »Ich wollte nun doch wissen, was mein Polizist macht.«

Mein Polizist?

Erst als Almut Schwäbe lauthals lachte, erkannte er sie.

»Du bist noch in Köln?«, fragte er sie.

»Aber ja«, sagte sie. »Ich erwarte Herrenbesuch.«

Ein Güterzug rauschte über ihm vorbei, sodass er für ein paar Momente nicht verstand, was sie weiter sagte.

»Ich komme nachher zu dir«, sagte er, als der Zug vorbeigedonnert war. »Vielleicht könnten wir etwas essen und reden.«

»Reden?« Sie lachte wieder. Es klang beinahe, als hätte sie sich bereits das eine oder andere Glas Wein gegönnt.

»Ich muss noch eine Befragung durchführen«, fuhr Schiller fort, »aber in einer Stunde, um halb acht, stehe ich auf deiner Türmatte. Versprochen!«

»Sei pünktlich, Jan Schiller«, erwiderte Almut Schwäbe und legte auf.

Sie tat ihm gut, dachte er, auch wenn ihre Leichtigkeit vermutlich nur gespielt war. Oder konnte jemand tatsächlich so sein – so freudig und so wenig von ihm erwarten?

Er ging den Weg zu Prechts Grundstück hinauf. Längst war es stockdunkel geworden. Auch die Temperatur war gesunken. Licht drang lediglich von den wenigen Straßenlaternen herauf. Er klingelte, und als niemand öffnete, drückte er die Klinke der Pforte hinunter. Sie war nicht abgeschlossen. Er trat ein.

Der Plattenweg, der zu dem Flachbau führte, lag im Dunkeln. Nur von den Hochhäusern an der Luxemburger Straße, ein gutes Stück entfernt, schwebte etwas Licht herüber – und von einem erleuchteten Fenster. Precht war also zu Hause, doch als er an die Tür klopfte, zeigte sich niemand.

»Hallo?«, rief Schiller. Auch diese Tür war nicht abgeschlossen. »Kriminalpolizei Köln – kann ich Sie kurz sprechen, Herr Precht?«

Keine Antwort. Eine Uhr tickte, dann sprang ein Kühlschrank an.

Schiller hatte plötzlich das Gefühl, einen Tatort zu betreten. Konnte Precht das nächste Opfer sein? Konnte es jemand auch auf ihn abgesehen haben?

Die Tür zu einer Wohnküche war nur angelehnt. Aus diesem Raum fiel der Lichtschein in den Garten, doch es war niemand da. Ein Tisch, vier Stühle, Kataloge, Zeitungen, schmutziges Geschirr, leere grüne Weinflaschen, ein metallfarbener Kühlschrank mit angeklebten Zetteln und Postkarten sowie Herd und Spüle. Nichts Auffälliges.

Schiller rief wieder nach Precht.

Erneut keine Redaktion.

Hinter der Küche führte ein Gang in den hinteren Teil des Flachbaus. Drei Türen machte Schiller in der Dunkelheit aus. Er griff nach einem Lichtschalter neben sich an der Wand. Mattes Deckenlicht flackerte auf. Die erste Tür führte zu einem Büro. Ein Schreibtisch mit einer altmodischen Rechenmaschine, ein Aktenschrank, ein New-York-Kalender an der Wand. Es roch nach Nikotin. In diesem engen Kabuff ging Precht offenbar seinen Geschäften als Gärtner nach.

Auch hier keine Auffälligkeiten. Keine Kampfspuren, nichts, was darauf hindeutete, dass jemand hier etwas durchsucht hatte.

Die zweite Tür öffnete sich zum Schlafzimmer. Ein Doppelbett mit zwei Bettdecken und Kissen, zerwühlt oder so, als wäre es eben erst verlassen worden.

Schiller tastete neben der Tür nach dem Lichtschalter. Eine Lampe in einem weißen hässlichen Papierballon sprang an. Über einem Stuhl hing Kleidung, eine graue Hose, dazu ein schwarzer Pullover. Die eine Tür eines doppelflügligen Schrankes stand auf und offenbarte den Blick auf Prechts Kleidung. Ein Meister der Ordnung war er nicht. Hemden und Unterwäsche waren wahllos in drei Fächer gestopft.

Schiller wollte sich bereits wieder zurückziehen, als sein Blick auf die Wand dem Schrank gegenüber fiel. Precht hatte sich eine Fotosammlung angelegt – sorgfältig gerahmte Schwarz-Weiß-Fotos, die alle nur zwei Personen zeigten: ihn und Meret Mahler. Die Fotos – sieben an der Zahl – mussten in den letzten dreißig Jahren entstanden sein.

Das erste zeigte zwei Studenten, die nebeneinanderstanden und in die Kamera lächelten. Precht hatte Meret eine Hand zärtlich auf die Schulter gelegt. Das nächste Foto war vermutlich drei, vier Jahre später entstanden. Meret trug die Haare kürzer – auf dieser Aufnahme schaute Precht sie verliebt von der Seite an. Wie ein Paar sahen die beiden aus – Vertrautheit herrschte zwischen ihnen, ja, so einen Eindruck vermittelten sie.

Schiller spürte, dass er auf eine Spur gestoßen war. Meret und Henner Precht – wer wusste davon, dass sie so eng verbunden waren? Er griff nach seinem Smartphone. Er musste Nele erreichen. Ein Land Rover war ein Auto, das einem Gärtner gute Dienste leisten würde.

Den Luftzug, als die Tür hinter ihm ein Stück geöffnet wurde, nahm er eher unbewusst wahr. Er wandte sich um und sah Precht vor sich stehen – mit nacktem, überraschend muskulösem Oberkörper und nassen Haaren, als hätte er soeben ein Bad genommen. Im nächsten Augenblick registrierte er, dass Precht die

Augen zusammenkniff und etwas in den Händen hielt – einen schweren Holzbalken, den er mit einem lauten Schrei in die Höhe riss, um dann mit ihm wie mit einer Axt zuzuschlagen.

Schiller spürte, wie ein greller Schmerz seine rechte Schulter erfasste und sich blitzschnell in seinem ganzen Körper ausbreitete. Er hörte seinen eigenen furchtbaren Schrei, der ihm förmlich den Atem nahm, dann stürzte er in eine tiefe, scheinbar bodenlose Schwärze.

34

Carla war der Engel, der sie rettete. Marianne Bärwald und Birte, sie standen um die schluchzende Paula herum, die ihr Gesicht immer weiter in die Kissen drückte und gelegentlich wütend mit den Beinen strampelte. Beinahe war es, als wären sie in ihrem Schrecken und ihrer Hilflosigkeit erstarrt. Dann klingelte es – ein Laut, der von jenseits einer Grenze zu ihnen herüberschallte. Marianne Bärwald schüttelte sich regelrecht, um aus ihrer Starre zu erwachen.

Carla trug einen roten Mantel, ihr schwarzes Haar fiel ihr offen über die Schulter. Sie lächelte, während sie ins Zimmer trat. Man sah ihr nicht an, dass sie mit Jan Probleme hatte.

»Was hat denn unser kleiner Liebling?«, sagte sie und näherte sich Paula behutsam. Wie beiläufig und als wäre sie nur eine entfernte Bekannte, nickte sie Birte zu.

Als hätte sich allein durch Carlas Anwesenheit die Atmosphäre im Raum komplett gewandelt, blickte Paula auf. Ihre Augen waren von Tränen verquollen. Sofort, nachdem sie Carla erkannt hatte, streckte sie ihre Arme aus und stieß schluchzend unverständliche Worte hervor.

Birte wich langsam zur Tür zurück. Sie beobachtete noch, wie Carla das Mädchen in den Arm nahm und sie zu wiegen begann.

»Ich komme später wieder«, flüsterte sie Marianne Bärwald zu. Eine Kinderzeichnung hielt sie noch in der Hand.

Die alte Dame nickte stumm. Ihr Blick war ganz auf ihre Enkelin gerichtet, die sich an Carla schmiegte. Es war ein herzergreifendes Bild. Nun hatte Paula auch aufgehört zu schluchzen.

Und diese Frau will Jan verlassen, kam es Birte in den Sinn. Sie ist eine Zauberin – voller Empathie und Zärtlichkeit. Wie konnte Jan seine Freundin ganz anders sehen?

Während sie das Haus verließ und auf ihren Wagen zustrebte, holte sie ihr Smartphone hervor. Wut erfüllte sie. Was trieb Jan da? Er hatte sich auf eine seltsame Affäre eingelassen und warf eine vertraute, jahrelange Beziehung förmlich weg. Als sie seine Nummer wählen wollte, meldete sich Nele bei ihr.

»Hier ist Besuch für dich«, sagte sie. Es klang ein wenig belustigt.

Für einen Moment war sie überzeugt, dass Nele von Max sprach, dass er ihr spontan einen Besuch abgestattet hatte, um zu sehen, wo ihr Computer stand, wo sie ihren Kaffee kochte. Nur passte es nun ganz und gar nicht.

»Diese blonde Schönheit«, fuhr Nele fort. »Sibel Vargas, die Ungarin, möchte eine Aussage machen, und sie will nur mit dir sprechen.«

Sibel Vargas hockte auf einem Stuhl, die Beine übereinandergeschlagen. Sie trug eine schwarze Strumpfhose unter einem kurzen roten Rock, dessen Farbe zu ihrem Lippenstift passte. Als Birte hereinkam, verzog sie kurz den Mund, ohne etwas zu sagen. Eine riesige Sonnenbrille bedeckte ihr halbes Gesicht, das bleich geschminkt wirkte.

»Sie wollten mich sprechen?«, sagte Birte, während sie auf ihrem Stuhl Platz nahm.

Unterwegs hatte sie versucht, Jan zu erreichen, er hatte das Gespräch jedoch nicht angenommen. Am liebsten hätte sie ihn unter einem Vorwand zu Marianne Bärwald geschickt, damit er dort Carla traf und mit ihr reden konnte.

Sibel Vargas leckte sich über die vollen kirschroten Lippen. »Allerdings«, sagte sie, dann schob sie sich die Sonnenbrille mit einer gezierten Bewegung in ihr weißblond gefärbtes Haar.

Birte erschrak einen Moment. Jemand hatte die Ungarin verprügelt. Ihr rechtes Auge war blutunterlaufen und so zugeschwollen, dass sie damit kaum etwas würde erkennen können.

»Ich habe Leander gesagt, dass ich die Wahrheit sagen muss.« Sibel Vargas nahm die Brille wieder herunter. »Wir sind an Heiligabend nicht zusammen gewesen. Wir haben uns am Abend vorher gestritten. Ich war allein in meiner Wohnung am Heumarkt und abends mit einer Freundin in einem Club am Ring, ganz wie es Ihr Kollege bereits herausgefunden hat.«

»Wer hat Sie geschlagen?«, fragte Birte. »Leander Kaup?«

Sie nickte. »Ja, als ich ihm gesagt habe, ich muss zur Polizei gehen, das richtigstellen. Er ist völlig ausgeflippt.«

»Schlägt er Sie häufiger?«

Sibel Vargas antwortete nicht sofort. Ihr Blick glitt zum Fenster. Wieder leckte sie sich über die Lippen. Wenn man sie genau ansah, erkannte man die ersten Falten um ihren Mund und dass sie dabei war, ein wenig aus der Form zu geraten. Auch die Haare wuchsen an den Haarwurzeln dunkel nach.

»Leander hat Probleme ... im Bett und so ... eigentlich überall. Er hat keine Engagements mehr ... und bald ist er pleite ...« Sie verzog den Mund. »Ich kann ihm nicht helfen. Ich bin selbst arm.«

Das Wort »arm« klang aus ihrem Mund, als würde sie an einer unheilbaren Krankheit leiden.

»Und wenn er Probleme hat, schlägt er Sie?« Birte überlegte kurz, ob diese Aussage für ihren Fall eine Rolle spielte. Leander Kaup hatte also – anders als behauptet – kein Alibi, aber bei den bisherigen Ermittlungen war kein konkreter Verdacht gegen ihn aufgetaucht.

»Es tut ihm hinterher immer leid«, sagte Sibel Vargas. »Aber ja, er ist gewalttätig.«

»Wollen Sie eine Anzeige machen? Ich könnte Sie an die zuständigen Kollegen weiterleiten.« Birte hob ihren Telefonhörer ab, um zu zeigen, dass es nur eines Anrufes bedurfte, um diese Anzeige aufzunehmen.

Die Blonde stöhnte auf und legte die rechte Hand auf ihr Herz. »Aber nein, keine Anzeige! Ich liebe Leander trotz allem. Ich wollte nur die Wahrheit sagen. Ich kann nicht mehr schlafen, seit ich hier war. Ich meine, es war doch nicht richtig, was ich getan habe.«

»Vielen Dank, Frau Vargas.« Birte erhob sich, um anzudeuten, dass sie noch ein paar andere Dinge zu tun hatte. »Wir werden Herrn Kaup noch einmal vorladen, doch zurzeit deutet nichts darauf hin, dass er mit den beiden Mordfällen, in denen wir ermitteln, etwas zu tun hat.«

Sibel Vargas verstand und erhob sich ebenfalls. »Leander bräuchte eine neue Rolle«, sagte sie. »Er wird sonst noch durchdrehen. Jemand muss ihm helfen.« Dann stöckelte sie auf hochhackigen Pumps zur Tür.

Auf dem Whiteboard stand immer noch der Name »Leander Kaup«. Vielleicht sollten sie tatsächlich auch noch einmal in seine

Richtung blicken. Er hatte ein klares Motiv – Hass auf den Mann, der seine Karriere beendet hatte. Aber wieso hätte er auch Julia Bärwald töten sollen? Das ergab keinen Sinn – allenfalls wenn es ihm darum gegangen war, Spuren zu verwischen. Aber dafür eine Frau brutal erschlagen? Nein, das war unwahrscheinlich.

Birte versuchte abermals, Jan zu erreichen, als Nele mit einem Bogen Papier hereinkam.

Es war kurz nach neunzehn Uhr. Sie hatte Hunger und spürte eine Sehnsucht nach Max, die sie selbst überraschte. Über Silvester und Neujahr würde sie die Wohnung nicht verlassen, nahm sie sich vor, sie würde nichts anderes tun, als neben Max zu liegen und seinen Duft einzuatmen. Dann fiel ihr der Name Kate ein – ja, auch über die zurückgekehrte Ex-Freundin würden sie sprechen müssen.

»Ich habe es endlich geschafft, über den Provider an Brinkmanns E-Mails zu gelangen«, sagte Nele. Sie setzte sich auf Jans Platz Birte gegenüber, was sie für gewöhnlich nicht tat. »Brinkmann hat ziemlich viele Mails geschrieben – an alle möglichen Leute. An Filmfirmen, an seinen Agenten oder irgendwelche Beschwerden wegen Kleinkram. Falsche Abbuchungen einer Versicherung, oder er hat Redakteure beim Stadtanzeiger wegen diverser Artikel beschimpft. Nicht viel Persönliches allerdings – keine E-Mails an Julia Bärwald oder seine Frau. Mit ihnen scheint er telefoniert zu haben. Eine E-Mail aber sticht heraus. Er hat sie vor ungefähr drei Wochen geschrieben.« Sie hielt Birte das Papier über den Schreibtisch hin. »Ich glaube, diese E-Mail könnte wichtig sein.«

Die E-Mail war nachts um null Uhr dreizehn geschrieben worden – am 9. Dezember. Sie war an Meret Mahler gerichtet.

Liebe Meret, warum wir uns streiten, hast du mich gefragt. Aber wir streiten uns doch gar nicht. Ich bin da ganz eindeutig. Ich werde mich nicht für eure Sache einsetzen. Ich gehe sogar noch weiter. Ich will nicht, dass ein Opportunist und Lügner wie Georg in Köln Oberbürgermeister wird. Wir hätten damals unseren Deal nicht machen dürfen. Das Wort gab es zu der Zeit noch gar nicht, aber es war ein Deal – ein schmutziges Geschäft. Du kriegst Colins

Roman von mir, und ich behalte sein Drehbuch. Wie verblendet waren wir, so etwas abzusprechen! Ich habe mich tausendmal dafür verflucht, einmal stand ich sogar vor dem Haus seines Vaters in Hoffnungsthal, um alles zu gestehen. Aber eines weiß ich genau: Ich wäre auch ohne »Wunderland« ein erfolgreicher Drehbuchautor geworden, während Georg niemals nur eine vernünftige Zeile geschrieben hat. Ein Rätsel, wie ihr damit all die Jahre durchgekommen seid! Wir beide wissen, dass Colin ein Genie war – uns anderen haushoch überlegen. Er war so ein Art moderner Georg Büchner, der andere mit seinem glasklaren Blick durchschaut hat. Wie sehr hat er mir später gefehlt.
Wir wissen auch beide, dass du ihn umgebracht hast – nicht im wortwörtlichen Sinne. Ja, der Balkon war falsch angebracht und ist mit ihm abgestürzt, doch wäre er niemals so herausgestürmt ins Freie, um sich in seiner Verzweiflung eine Zigarette anzustecken, wenn wir dich nicht gemeinsam in deinem winzigen Bad gesehen hätten: mit heruntergezogenem Rock, Henners nackter Arsch über dir. Es war einfach widerlich!
Colin hat dich wirklich geliebt, und wäre Henner nicht so krank und daher zu einer wahren Liebe gar nicht fähig, würde er dich vermutlich auch lieben. Du allerdings warst zu einer echten Liebe niemals fähig – du liebst nur dich selbst und hast von den anderen lediglich Gunstbezeugungen eingesammelt. Bis zum heutigen Tag – und ich darf sagen, dass ich der Einzige war, dem das immer klar war, von Anfang an. Aber nun wirst du, nun wird auch Georg einen Preis bezahlen. Ich habe beschlossen, mein Leben aufzuräumen. Ich werde mich endgültig von Katja scheiden lassen und Julia heiraten, und ich werde Colin nicht länger verraten.

Meine ehrlichen Grüße
Kaspar

Birte spürte, wie sie beim Lesen der E-Mail immer konzentrierter wurde. Hier stand es Schwarz auf Weiß, aus irgendeiner Cloud von Nele auf ihren Schreibtisch geholt: Meret Mahler hatte den Roman, den Colin Faber geschrieben hatte, Georg Mahler gegeben – und Brinkmann hatte ein Drehbuch als seines ausgegeben. Die beiden hatten gewissermaßen Colin Fabers Vermächtnis aufgeteilt.

»Wir haben ein Motiv, nicht wahr?«, sagte Nele mit ernster Stimme.

Birte blickte auf. »Gut gemacht! Brinkmanns Laptop hat der Mörder mitgenommen, doch an diese E-Mail ist er nicht herangekommen. Wir müssen Meret Mahler vorladen und verhören. Leider scheint Jan wieder einmal abgetaucht zu sein.«

Aber was bedeutete diese E-Mail genau? Dass Georg und Meret Mahler gemeinsam zwei Morde begangen hatten? An Heiligabend und am ersten Weihnachtstag? Noch immer erschien es ihr unwahrscheinlich.

Sie griff nach ihrem Smartphone, als eine unbekannte Nummer aufleuchtete. Es war mittlerweile zwanzig Minuten vor zwanzig Uhr. Eigentlich hatte sie längst bei Max sein wollen.

Eine aufgeregt klingende Frauenstimme meldete sich. »Spreche ich mit Hauptkommissarin Birte Jessen?«, fragte sie.

»Ja, hier Jessen«, erwiderte Birte. »Wer sind Sie?«

»Jan wollte um halb acht zu mir kommen«, sagte die Frauenstimme. »Er ist noch nicht da, aber was mir wirklich Sorgen bereitet, ist, dass sein Telefon tot ist. Keine Mailbox, nichts! Haben Sie etwas von ihm gehört?«

Nun begriff Birte, wer am Apparat war. Dr. Almut Schwäbe, die Rechtsmedizinerin, erkundigte sich nach ihrem Rendezvous mit Jan.

»Mein Kollege wollte zu Ihnen kommen, Frau Dr. Schwäbe? Zum Abendessen?« Birte spürte, wie unfreundlich sie klang.

Almut Schwäbe seufzte. »Ja, ich bin Dr. Schwäbe, die neue Rechtsmedizinerin … Sie wissen es noch nicht, aber Jan und ich … wir sind befreundet, seit Kurzem …«

»Er ist nicht hier«, unterbrach Birte die Rechtsmedizinerin. »Wann haben Sie zuletzt miteinander gesprochen?«

»Vor etwa einer Stunde. Er sagte, er müsse noch eine Befragung durchführen, aber er sei ganz sicher um halb acht bei mir. Ich konnte ihn kaum verstehen, weil er irgendwo an einer Bahnlinie stand.«

35

Aus den Tiefen des Schmerzes musste er sich wie ein Taucher an die Oberfläche kämpfen. Er hatte einen metallischen Blutgeschmack im Mund. Um ihn war Dunkelheit, Dunkelheit und Kälte. Der Versuch, sich zu erheben, scheiterte. Ein schriller, heftiger Schmerz raste von seiner Schulter durch seinen Körper, sodass er sofort wieder zurücksank. Er lag auf der Seite, seine Arme und Beine waren gefesselt. Wenn er den Geruch richtig deutete, der von seinen Handgelenken ausging, mit einem groben Klebeband. Dieses Klebeband hatte ihm auch jemand über den Mund gezogen.

Nein, nicht jemand – Henner Precht.

Precht hatte ihm mit einem Kantholz einen Schlag verpasst, nachdem Schiller die Fotografien von ihm und Meret Mahler entdeckt hatte.

Schiller atmete tief durch die Nase ein. Wie ein blutiger Anfänger, ohne einen Gedanken, dass es gefährlich werden könnte, war er in die Höhle des Löwen getappt.

Wieder versuchte er, sich aufzurichten – vorsichtiger diesmal. Er lag im Laderaum des Land Rover. Deshalb roch es hier auch nach feuchter Erde. Precht war sein Verfolger gewesen, er hatte ihn im Auge behalten sollen – vermutlich hatte Meret Mahler ihn beauftragt.

Er musste überlegen. Was sollte er tun? Niemand wusste, dass er hier war. Das letzte Telefonat hatte er mit Almut Schwäbe geführt – sie würde nun auf ihn warten, aber sie kannte ihn nicht, konnte nicht wissen, dass er eigentlich immer pünktlich war, na ja, fast immer.

Mühsam versuchte er, sich weiter aufzurichten. Precht hatte ihn regelrecht verschnürt. Seine Schulter brannte wie Feuer. Das Schlüsselbein war gebrochen – und sein rechtes Ohr musste auch etwas abgekommen haben. Es glühte und tat höllisch weh.

Würde er sich bemerkbar machen können? Die hintere Scheibe des Land Rover zerschlagen? Nein, das würde nicht klappen. Außerdem würde ihn hier in diesem öden, abgelegenen Teil von Köln niemand hören.

Wie um seine Gedanken zu bestätigen, rauschte ein Zug in der Nähe vorbei. Die Erschütterungen waren so heftig, dass der Wagen ein wenig ins Wanken geriet.

Dann, als der Zug vorbeigezogen war, fiel ein Schatten auf den Land Rover. Die Fahrertür wurde geöffnet, und Precht stieg ein. Er hatte ein Smartphone am Ohr.

»Ja, alles erledigt«, sagte er. Seine Stimme klang schrill und völlig überdreht. »Ich habe den Wagen weggefahren … Ist doch egal … in eine Seitenstraße …« Er beugte sich kurz vor, warf Schiller einen Blick zu. »Ohnmächtig«, sagte er dann – zu wem auch immer. »Noch ohnmächtig … Weiß auch nicht.«

Schiller hatte kurz die Augen geschlossen. Der Motor wurde angelassen, und der Land Rover rollte langsam los, einen abschüssigen Weg hinunter. Anscheinend gab es noch eine Zufahrt zu Prechts Grundstück.

Dann bogen sie auf eine Straße ein. Sollte er sich bemerkbar machen? Zeigen, dass er wach war?

Precht schwieg. Anscheinend hatte er sein Telefonat beendet. Schiller konnte ihn nicht sehen, aber an der Art, wie er lenkte und Gas gab, meinte er zu erkennen, dass Precht überaus nervös war.

Einen Moment später erklang laute Musik – eine Opernarie, die den ganzen Wagen erfüllte. Eine Frau sang auf Italienisch.

Was konnte Schiller tun? Er versuchte, das Klebeband durchzubeißen, gleichzeitig mühte er sich, einen Schuh abzustreifen. Er musste Spuren im Wagen hinterlassen, einen Schuh, DNA-Spuren, irgendetwas.

Sein gebrochenes Schlüsselbein und die Fesseln um Arme und Beine ließen jedoch kaum eine Bewegung zu.

Dann kam ihm der glasklare Gedanke, dass Precht schon zwei Morde begangen hatte und dass er auch ihn aus dem Weg räumen musste.

Für einen Moment schien sein Herz auszusetzen. Ja, man würde ihn ermorden … gleich, in ein paar Minuten. Precht war auf dem Weg zu dem richtigen, gänzlich abgelegenen Ort.

Er spürte, dass er keine Luft mehr bekam. Er röchelte, und sein Herz begann laut loszupochen.

Nein, verdammt, ihm musste etwas einfallen. Wo war sein Smartphone? Es war in seiner Jackentasche gewesen, aber da war es nicht mehr. Und seine Dienstwaffe … Natürlich hatte Precht sie an sich genommen. Schiller verfluchte sich bei diesem Gedanken.

Dann sah er plötzlich seinen Vater vor sich, den freundlichen Mann mit dem Bürstenhaarschnitt – wie er vor dem Spiegelschrank im Badezimmer stand und sich nass rasierte, um sich dann sein Gesicht mit Kölnisch Wasser einzureiben. Ein oft durchgespieltes Ritual. Er hatte es als Kind geliebt, seinem Vater dabei zuzuschauen, es waren kleine, intime Momente gewesen. Er hatte seinen Vater bewundert, so wie er hatte der kleine Jan Schiller auch werden wollen, dabei war ihm nie aufgefallen, dass seine Eltern schon lange nicht mehr miteinander zurechtgekommen waren und seine Mutter immer dünner und bleicher neben seinem übermächtigen Vater geworden war.

Dann dachte er an Carla – an ihren schönen bleichen Körper im Mondschein. Wann hatten sie sich zuletzt geliebt? Es war eine Ewigkeit her. Vielleicht hatte sie doch recht – er hatte sich zu wenig um sie gekümmert. Er sehnte sich nach ihrer Hand, nach ihrem warmen, zuversichtlichen Händedruck.

Das Klebeband verursachte einen widerlichen Geschmack in seinem Mund, aber er kam gut voran. Er konnte beinahe schon wieder durch den Mund einatmen.

Die Sängerin sang lauthals – eine schwülstige Arie. Er verstand kein Wort, aber dieses furchtbare Lied war nicht das Letzte, was er auf dieser Welt hören würde, nahm er sich vor.

Abrupt brach die Musik ab. Den Lichtern nach, die immer wieder in den Wagen fielen, befanden sie sich noch irgendwo in Köln. Zwischendurch hatte Precht immer wieder anhalten müssen. Sieben kurze Stopps hatte Schiller gezählt.

»Ich bin unterwegs«, sagte Precht. Wieder telefonierte er. Seine Stimme klang nun etwas fester. »Zehn Minuten, bestenfalls … Ich fahre ganz vorsichtig … Meinst du, ich bin scharf darauf, dass mich jemand mit diesem Kerl erwischt … Nein, er ist nicht tot, ganz sicher nicht …«

Nachdem er das Telefonat beendet hatte, begann Precht zu fluchen. »Verdammt! Verdammt!«, schrie er vor sich hin und schlug auf das Lenkrad ein. »Was für eine gottverdammte Scheiße!«

Der Geschwindigkeit nach befanden sie sich nun auf einer Schnellstraße oder auf einer Autobahn. Andere Autos jagten an ihnen vorbei.

Ein kalter Luftzug gelangte in den Land Rover. Precht musste ein Fenster geöffnet haben.

Schiller hatte das Klebeband vollständig durchgebissen, aber nun einen Schrei auszustoßen wäre völlig sinnlos gewesen. Er musste abwarten. Vorsichtig begann er die Beine zu bewegen, um einen Schuh abzustreifen.

Es war so wenig, was er tun konnte.

Dann dachte er an Almut Schwäbe. Sie erwartete ihn, ausgerechnet. Gab es so etwas wie Telepathie – konnte man einem Menschen einen blitzhellen, klaren Gedanken schicken? Nein, wohl nicht, obwohl Carla so etwas für möglich hielt.

Almut Schwäbe, dachte er mit zusammengekniffenen Augen, ich bin nicht auf dem Weg zu dir – ich bin in Schwierigkeiten, in echten verfluchten Schwierigkeiten, die mich leicht das Leben kosten könnten.

Precht bremste hart ab. Er hatte nun das Fenster wieder geschlossen. Mit hoher Geschwindigkeit verließen sie die Schnellstraße. Regelmäßig fiel wieder der Schein von Laternen in den Wagen.

»Es wird dir nichts nutzen, wenn du so tust, als wärst du noch ohnmächtig!«, schrie Precht plötzlich voller Wut. Hatte er ihn im Rückspiegel doch die ganze Zeit im Blick gehabt? »Wieso stehst du Idiot plötzlich in meinem Schlafzimmer! Niemand darf in mein Schlafzimmer, nicht einmal Meret.« Prechts harte Stimme war in ein Wimmern ausgelaufen. »Was für eine Scheiße!«, jammerte er.

Schiller richtete sich ein wenig auf. Für einen Moment, während das Licht einer Straßenlaterne hereinfiel, begegneten sich ihre Blicke im Rückspiegel. Precht wirkte völlig aufgelöst und panisch, wie ein gefährlich verletzter Mensch, der zu allem fähig war.

»Ich muss dich umbringen!«, stieß er hervor. »Verstehst du das? Dabei bin ich doch kein Mörder! Bin ich doch gar nicht.«

Schiller sank zurück. Schmerzen durchfluteten ihn. Er stöhnte kurz auf und versuchte, eine möglichst schmerzfreie Position zu finden. Draußen war es völlig dunkel geworden, doch aus den Augenwinkeln hatte er ein Straßenschild gesehen. »Köln-Fühlingen« – und da wusste er, wohin Precht fuhr. Das war der Weg zu Brinkmanns Hütte.

36

»Ganz langsam«, sagte Birte. »Wo ist Jan bei Ihrem letzten Telefonat gewesen?« Sie musste Almut Schwäbe beruhigen, die immer aufgeregter wurde.

»Irgendwo an einer Bahnlinie. Ich konnte ihn kaum verstehen. Hören Sie, er ist in Gefahr. Sein Telefon ist tot!«

»Ja«, sagte Birte. »Ich habe es verstanden.« Ihr war klar, dass sie den Schlüssel für ihren Fall in der Hand hielt. Henner Precht wohnte zwischen zwei Bahnlinien, vermutlich hatte Jan ihn nach der Party und dem Manuskript befragen wollen – und nun war er verschwunden, nicht mehr erreichbar.

»Hat er niemandem gesagt, wo er hinwollte?« Almut Schwäbe geriet weiter in Panik. »Das kann doch nicht sein!«

»Haben Sie ein Auto?«, fragte Birte. Sie bemühte sich, möglichst sachlich zu klingen.

»Ja, aber was hat das mit …«

»Hören Sie gut zu«, unterbrach Birte die Rechtsmedizinerin. »Ich weiß, wo Jan hingefahren ist. Ich werde nachschauen, was dort mit ihm passiert ist, aber ich möchte, dass Sie jemand anderen im Auge behalten. Können Sie das?«

Almut Schwäbe stöhnte auf. Wie alt mochte sie sein?, überlegte Birte. Bestenfalls Ende zwanzig, vielleicht. Eigentlich viel zu jung, um mit Jan eine Affäre einzugehen … Sie verbot sich, diesen Gedanken weiterzudenken.

»Ja, klar, kann ich jemanden im Auge behalten«, sagte die Rechtsmedizinerin nun. »Um wen geht es?«

»Es geht um Meret Mahler – sie wohnt in Lindenthal, in der Friedrich-Schmidt-Straße 40. Ich will wissen, ob sie zu Hause ist. Kriegen Sie das hin?«

Almut Schwäbe schien einen Moment überlegen zu müssen. »Friedrich-Schmidt-Straße – das ist hier bei mir um die Ecke, glaube ich.«

»Umso besser.« Birte war aufgesprungen und hatte sich ihre Jacke übergezogen. »Rufen Sie mich sofort an, wenn Sie etwas herausgefunden haben.«

Jans Telefon war tatsächlich tot. Kein Anschluss, nicht einmal eine elektronische Stimme meldete sich. Birte informierte kurz Nele, die als Kontaktstelle im Präsidium bleiben sollte, dann lief sie zu ihrem Alfa. Zwei Streifenwagen vom Revier aus der Südstadt waren schon unterwegs zum Höninger Weg.

Jan war unvorsichtig geworden – niemand führte eine Befragung durch, ohne seinen Partner zu informieren. Die Sache mit Carla setzte ihm offenkundig zu, aber nein, er hatte schon häufiger auf eigene Faust ermittelt. Bisher waren diese Alleingänge immer gut gegangen, doch plötzlich hatte Birte ein mulmiges Gefühl. Wenn sein Telefon tot war, waren ihm die Dinge entglitten …

Birte war auf der Deutzer Brücke, als sich die Besatzung des ersten Streifenwagens meldete. Sie hatten keine vier Minuten bis zu Prechts Grundstück gebraucht.

»Fehlanzeige – niemand ist auf dem Gelände. Sieht alles nach einem überstürzten Aufbruch aus. Licht brennt in drei Räumen, die Eingangstür ist nicht abgeschlossen, aber keiner da«, sagte eine feste Männerstimme.

»Gibt es Hinweise auf eine Auseinandersetzung?«, fragte Birte. »Blutspuren?«

»Soweit wir es erkennen können – nein, keine Auffälligkeiten.«

»Gut«, sagte Birte. »Sehen Sie sich aber bitte ein wenig genauer um.«

Sie unterbrach die Verbindung. Ein weiterer Streifenwagen sollte Jans Dienstpassat in der Gegend suchen, gab sie Nele durch. Unruhe erfasste sie. Precht war überstürzt aufgebrochen. Wussten sie, was für ein Auto er fuhr? Sie rief Nele an, die vierzig Sekunden brauchte, um es herauszufinden. Auf Henner Precht war ein grüner Land Rover mit einem Kölner Kennzeichen zugelassen. Birte bedankte sich und unterbrach die Verbindung. Wann, verdammt, würde sich Almut Schwäbe melden?

Ihr fiel die Kinderzeichnung ein, die sie noch in der Tasche hatte. Paula hatte einen grünen Kasten mit Rädern gemalt. Dann konnte die Kleine offenbar tatsächlich Prechts Wagen an der Venloer Straße gesehen haben.

Das Bild komplettierte sich. Hatte Meret Mahler einen treuen Handlanger, der alles für sie tat, der sogar einen Mord für sie beging?

Birte fuhr über den Neumarkt und hielt dann geradeaus auf die Aachener Straße zu. In knapp zehn Minuten würde sie an der Friedrich-Schmidt-Straße sein.

Ein Anruf ging ein. Almut Schwäbe meldete sich.

»Es fährt jemand los.« Sie flüsterte. »Eine Person mit einem Kapuzenpullover in einem schwarzen BMW. Der Figur nach eine Frau. Was soll ich tun?«

»Folgen Sie ihr – und geben Sie mir das Kennzeichen durch.«

Die Rechtsmedizinerin buchstabierte mit zitternder Stimme das Kennzeichen. Birte hörte, wie sie den Motor startete.

»Bleiben Sie ganz ruhig, aber lassen Sie den BMW nicht aus den Augen«, sagte Birte. »Was für einen Wagen fahren Sie?«

»Einen schwarzen Polo«, antwortete Almut Schwäbe zaghaft. »Was ist mit Jan? Was hat das alles mit ihm zu tun?«

»Konzentrieren Sie sich auf den BMW«, sagte Birte. Ein schwarzer Polo – ein unauffälliges Auto also. »Ich muss rasch ein Telefonat führen. Ich melde mich gleich wieder.«

Sie rief Nele an und gab ihr das Kennzeichen von Meret Mahlers BMW durch. »Haben wir Zivilfahrzeuge in der Stadt, die nach dem Wagen fahnden können?«, fragte sie.

»Keine Ahnung! Jetzt, zwischen den Feiertagen?«, entgegnete Nele. »Ich werde sehen, was ich tun kann.«

Kaum hatte sie aufgelegt, rief die Rechtsmedizinerin wieder an. »Ich habe den BMW vor mir. Die Frau drückt ganz schön aufs Tempo. Wir fahren stadtauswärts. Jetzt biegt sie ab. Militärring, Richtung Bocklemünd.«

»Gut«, sagte Birte. »Bleiben Sie dran. Ich bin etwa zwei Kilometer hinter Ihnen.«

37

Für einen Moment übermannte ihn die Verzweiflung. Precht war unterwegs zu Brinkmanns Hütte. Da war er ganz sicher – und er wusste auch, was er dort vorhatte. Und mit wem hatte er telefoniert? Mit Meret Mahler? Würde sich die Frau in Brinkmanns Hütte trauen, um bei einem Mord dabei zu sein?

Precht bog von der Straße ab und rumpelte über einen Feldweg, dann wurde es plötzlich vollkommen dunkel. Er hatte offensichtlich die Scheinwerfer ausgeschaltet.

Zehn Sekunden später kam der Wagen zum Stehen, und der Motor wurde abgestellt.

Stille trat ein.

Nein, es war nicht ganz still. Schiller vernahm seinen eigenen wilden Herzschlag, und er meinte, Precht hinter dem Steuer heftig atmen zu hören.

Dann wurde die Fahrertür geöffnet. Precht stieg aus, schlug die Tür zu und verschwand.

Schiller war es gelungen, einen Schuh abzustreifen, aber ansonsten hatte er keinen Plan. Precht würde ihn vermutlich irgendwie in die Hütte bekommen müssen. Da konnte sich eine Gelegenheit ergeben, ihn anzugreifen. An diesen Gedanken musste er sich klammern, um nicht ganz in seiner Verzweiflung zu versinken.

Seine Gedanken wanderten abermals zu Almut Schwäbe. Sie war seine ganze Hoffnung. Sie hatte versucht, ihn auf seinem Telefon zu erreichen, ja, das hatte sie gewiss getan, aber was für Schlüsse zog sie daraus, dass er nicht kam und nicht an sein Smartphone ging?

Wieder musste er an seinen Vater denken und daran, wie schnell ein Leben zu Ende gehen konnte. Eben hatte er noch daran gedacht, Carla zu verlassen, um etwas Neues zu beginnen – und nun tat er hier möglicherweise seine letzten Atemzüge.

Das Klebeband hatte er nun vollständig durchgebissen. Er atmete tief ein, dann hörte er ein seltsames Rumpeln, und wenig später wurde die hintere Klappe des Land Rover geöffnet. Licht fiel auf sein Gesicht. Er musste blinzeln.

Ein aschfahler Precht starrte ihn hasserfüllt an. Er trug Handschuhe, hielt jedoch keine Waffe in der Hand.

»Es ist keine Kleinigkeit, einen Polizisten zu töten«, sagte Schiller. Er war überrascht, dass seine Stimme nicht zitterte. Ihm war übel, und seine Schulter schmerzte höllisch.

Precht zuckte nicht zurück.

»Ich bin tot«, entgegnete er völlig tonlos, ohne jede Emotion. »Schon längst gestorben – innerlich.«

Es klang, als hätte er diese Worte schon oft gedacht, aber nun zum ersten Mal ausgesprochen.

Dann beugte er sich mit einer schnellen Bewegung vor und zerrte Schiller herum.

Der Schmerz, der ihn erfasste, überwältigte ihn schier. Ihm wurde buchstäblich schwarz vor Augen, und beinahe wäre er wieder ohnmächtig geworden. Precht war für seine schmale Statur ungewöhnlich kräftig. Er riss Schiller herum und rollte ihn von der Ladefläche – hinein in eine alte rostige Schubkarre, die nach Moder stank. So hatte Precht ihn vermutlich auch in den Wagen verfrachtet.

Es war lächerlich gewesen, an Flucht oder Widerstand zu denken. Der Schmerz spülte ihn förmlich davon. Während seine Schulter in Flammen zu stehen schien, spürte er, wie er wie ein Sack Erde in Richtung Hütte transportiert wurde. Von irgendwo nahm er die Gerüche nach feuchtem Holz und Fäulnis wahr und versuchte ein paar Worte zu formen, die Precht aus der Balance bringen konnten.

»Sie können das nicht tun«, flüsterte er, doch Precht beachtete ihn gar nicht.

Die Tür zur Hütte stand offen, eine Taschenlampe auf einem Regal erhellte den Raum und fiel auf den Stuhl, auf dem Brinkmann gesessen hatte und erschossen worden war. Wie ein Todesstuhl sah dieses hässliche Holzungetüm aus.

Bevor Schiller diesen Gedanken zu Ende denken konnte, hatte Precht ihn auf den Stuhl bugsiert – mit zwei, drei einfachen schnellen Griffen, die keine Gegenwehr zuließen.

Schiller schloss die Augen, während Precht ihn an den Stuhl fesselte. Eine ganze Bahn Klebeband brauchte er dafür. Es war entwürdigend, ohne jede Kraft zur Gegenwehr so verschnürt zu werden. Noch niemals war er sich dermaßen elend vorgekommen. Das Ende des glorreichen Kriminalhauptkommissars Jan Schiller in einer schmutzigen Hütte in Worringen. Ein Ende, wie es nicht einmal einem blutigen Anfänger unterlaufen wäre.

Als Schiller die Augen öffnete und einen lauten Schrei ausstoßen wollte, verklebte Precht ihm auch noch den Mund.

Wie ein Künstler, der einen zufriedenen Blick auf sein fertiggestelltes Werk tat, sah Precht ihn an. Er nickte. Seine Augen funkelten fiebrig.

»Weiß jemand, dass Sie zuletzt bei mir waren?«, sprach er vor sich hin. »Nein, wohl nicht.« Er schüttelte den Kopf. Sein Mund verzog sich, ein mattes Lächeln vielleicht. »Ich bin kein Mörder«, sagte er dann. »Ich bin nur jemand, der immer nur eine Frau geliebt hat, eine einzige.«

Schiller versuchte ihn mit seinem Blick in Bann zu schlagen, ihm mit den Augen zu sagen, dass das, was er hier vorhatte, ohne jeden Zweifel ein Mord war. Aber was hatte Precht eigentlich vor? Er wartete, ja, das tat er, er stand abwartend da, nun scheinbar gelassen, ganz anders als vorhin im Auto, als er verzweifelt auf sein Lenkrad eingedroschen hatte.

Dann hörten sie es beide, ein leises Klopfen an der Tür.

Prechts Kopf fuhr herum. »Ja?«, sagte er leise. Einen Moment später wurde die Tür geöffnet.

38

»Sie haben Jans Auto gefunden«, sagte Nele. »An der Vorgebirgsstraße, am Kindergarten. Nichts Auffälliges.«

»Nein, natürlich nicht«, erwiderte Birte. »Precht hat nicht viel Zeit gehabt, es irgendwo abzustellen, aber das heißt auch, dass er Jan die Schlüssel hat abnehmen können.« Dass Precht folglich auch Jans Waffe haben würde – diesen Gedanken sprach sie lieber nicht aus.

Sie fuhr stadtauswärts. Gleich hatte sie die Stelle erreicht, wo Almut Schwäbe auf den Militärring abgebogen war.

»Wir brauchen vermutlich eine SEK-Einheit«, sagte Birte weiter. »Kannst du das vorbereiten?«

Dann unterbrach sie die Verbindung, um wieder mit Almut Schwäbe Kontakt aufzunehmen.

Die Leitung war besetzt. Verdammt! Ihre Besorgnis nahm immer mehr zu. Wenn es Precht gewesen war, der Julia Bärwald erschlagen hatte, um ihr das Manuskript abzunehmen, dann hatte er keine Skrupel, auch einen Polizisten zu töten.

»Ich habe sie verloren«, sagte Almut Schwäbe panisch, nachdem Birte sie wieder erreicht hatte. »Keine Ahnung, wo, sie war auf einmal weg …« Sie klang nun weinerlich, am Ende ihrer Kräfte.

»Wo genau sind Sie?«

»Ich weiß nicht …« Die Panik ließ sie noch schriller klingen. »Ich kenne mich in Köln nicht gut aus … In dieser Gegend bin ich noch nie gewesen … Auf einer vierspurigen Straße … auf der, auf die ich abgebogen bin, aber der BMW ist nicht mehr da … Da kam sofort wieder eine Ausfahrt … zur Autobahn, glaube ich …«

»Hören Sie …« sagte Birte. »Bleiben Sie ganz ruhig. Fahren Sie rechts ran, schalten Sie die Warnblinkanlage an, und dann warten Sie auf mich. In Ordnung?«

Birte vernahm ein verzweifeltes Stöhnen.

»Ja«, sagte Almut Schwäbe dann. »Tut mir leid … Glauben Sie, dass Jan … dass Schiller …«

»Ich glaube gar nichts«, sagte Birte, aber auch ihr schnürte sich bei dem Gedanken, dass sie Jan nicht wiederfinden würden, der Hals zu. »Sind Sie rechts rangefahren?«

»Ja«, sagte die Rechtsmedizinerin zaghaft. »Ich fahre nicht mehr … ich stehe da …«

»Warten Sie! Ich bin in zwei Minuten bei Ihnen …«

»Aber was ist mit Jan …?«

Birte unterbrach die Verbindung. Sie kurbelte das Fenster hinunter. Sie brauchte ein paar Momente, um nachzudenken. Wohin konnte Meret Mahler unterwegs sein? Hatte ihr Aufbruch gar nichts mit Precht zu tun? Hatte Birte einen Zusammenhang gesehen, der gar nicht bestand? Nein, sagte sie sich, nein, die E-Mail war eindeutig. Meret Mahler hatte ein Motiv – und vermutlich war Precht ihr Helfershelfer, der Mann, den sie seit Jahren manipulieren und für ihre Zwecke einsetzen konnte. Weshalb war Precht verschiedene Male in der Klinik gewesen? Depressionen – wegen schwerer Depressionen hatte er sich selbst eingewiesen und dabei sogar seinen Hund vergessen. Sie hätten versuchen müssen, mehr über sein Krankheitsbild herauszufinden.

Sie wollte Nele anrufen, nachfragen, ob ein SEK bereitstand, als sie die blinkenden gelben Lichter sah – Almut Schwäbes schwarzer Polo am Straßenrand. Sie war auf dem Militärring nicht weit gekommen, allenfalls achthundert Meter. Vorher hatte es nur eine Abzweigung nach Braunsfeld gegeben, die jedoch nicht auf die Autobahn führte.

Es war recht eindeutig: Die Rechtsmedizinerin hatte die Nerven verloren, vermutlich hätte sie nur einfach geradeaus weiterfahren müssen.

Birte parkte hinter dem Polo und schaltete auch ihr Warnblinklicht an. Dann stieg sie aus. Almut Schwäbe, eine Silhouette hinter dem Steuer, regte sich nicht. Birte ging zur Beifahrertür und öffnete sie. In einem roten Kleid, über das sie eine dünne schwarze Jacke gezogen hatte, saß die Rechtsmedizinerin da und blickte sie an. Ja, sie hatte Jan zu einem Rendezvous erwartet – sie hatte sich fein gemacht, sie war auch geschminkt, hatte einen kräftigen Lippenstift aufgelegt, wie man in dem matten Deckenlicht des Polo erkennen konnte.

»Tut mir leid«, flüsterte Almut Schwäbe.

Birte setzte sich auf den Beifahrersitz und griff zum Telefon. Nun blieb ihr nur noch, Nele eine Großfahndung herausgeben zu lassen – nach dem BMW und Prechts Land Rover. Alle Streifenwagen in Köln und Umgebung mussten auf die Straße.

»Wenn Jan stirbt … werde ich schuld sein.« Die Rechtsmedizinerin hatte sich abgewandt und starrte vor sich hin. Es herrschte wenig Verkehr.

»Nein«, sagte Birte. »So dürfen Sie das nicht sehen.«

Dann sah sie den Wagen. Mit hoher Geschwindigkeit – wie ein heller weißer Blitz – rauschte er an ihr vorbei, aber nicht so schnell, dass sie ihn nicht erkannt hätte.

»Fahren Sie los!« Sie berührte Almut Schwäbe am Arm. »Machen Sie schon! Wir haben eine andere Spur.«

39

Eine schmale schwarze Gestalt in einem Kapuzenpullover trat ein. Schiller beobachtete, wie Precht sich straffte. Er hielt nun doch eine Waffe in der Hand, eine Walther P99 – Schillers Dienstpistole.

Dann glitt ein Lächeln des Erkennens über sein Gesicht.

»Ich bin da«, sagte Meret Mahler.

Mit einer schnellen, gleichwohl eleganten Bewegung streifte sie die Kapuze zurück. Ihr Haar schimmerte rötlich. Sie betrachtete Schiller mit einem kurzen, missbilligenden Blick und wandte sich dann Precht zu.

»Was genau ist passiert? Warum hast du die Nerven verloren?« Ihre Stimme klang sanft, aber äußerst bestimmt.

Precht machte einen Schritt vor, er breitete kurz die Arme aus, als wollte er Meret Mahler wie auf einer harmlosen Party mit einer Umarmung begrüßen, dann verharrte er, als wäre ihm erst jetzt der Sinn ihrer Worte klar geworden.

»Ich habe nicht die Nerven verloren. Er …«, mit dem Kopf deutete er auf Schiller, »er war plötzlich da … in meinem Schlafzimmer … Da darf niemand herein … Er hat die Fotos entdeckt … und er … Ich habe ihm angesehen, was er gedacht hat.«

Meret Mahler drehte sich einmal um die eigene Achse, als müsse sie kontrollieren, ob hier in dieser dunklen Hütte irgendwo eine Gefahr lauern könnte. Dann streckte sie die Hand aus.

»Ist das seine Dienstwaffe? Gib sie mir!«

Precht zögerte, er hielt ihr die Waffe nicht sofort hin. Schiller registrierte, wie es in ihm arbeitete, wie er sich fragte, was gleich geschehen würde. Dann streckte er den Arm mit der Pistole aus.

Meret Mahler trug schwarze Handschuhe, ihre Hand wirkte klein, eine Kinderhand beinahe, doch wie sie die Pistole in Empfang nahm, zeigte, dass sie es gewohnt war, eine Waffe zu halten.

»Wie kommen wir aus dieser Sache wieder heraus?«, fragte Precht leise und voller Zweifel. Sein Blick glitt zu Schiller und wieder zurück zu Meret Mahler. »Ich meine, das wollten wir doch alles nicht.«

Meret Mahler beachtete ihn gar nicht. Sie betrachtete Schiller, als wäre er ein Möbelstück, eine Antiquität, deren Wert sie abzuschätzen versuchte. Seinen Augen zu begegnen vermied sie.

»Du hast ihn so verschnürt, dass wir diese Klebespuren nicht wieder abkriegen werden. Damit scheidet Selbstmord aus – wie wir es bei Brinkmann vorhatten. Also müssen wir anders vorgehen.« Sie lächelte, ein mattes, beinahe wehmütiges Lächeln. »Henner«, sagte sie, »auch wenn wir, wenn ich mich nicht irre, nur zwei Mal miteinander geschlafen haben, warst du immer der wichtigste Mensch für mich … in all den Jahren … Aber es hätte nie etwas aus uns werden können … Du bist so … so schwach. Ich habe starke Männer immer lieber gemocht. Colin … war der stärkste Mann, den ich jemals hatte … Na ja …« Sie machte eine wedelnde Handbewegung mit der Waffe. »Ich sage dir, was passiert. Wir erschießen diesen Polizisten, und dann wird es aussehen, als hättest du neben seiner Leiche Selbstmord begangen.«

Eine Stille trat ein, die Precht nach drei, vier langen Sekunden mit einem tiefen Atemzug durchbrach.

»Das meinst du nicht ernst, nicht wahr?«, flüsterte er.

»Doch«, sagte Meret Mahler bestimmt. »Leider. Uns bleibt keine andere Wahl.«

Schiller zuckte zusammen. Meret hatte leichtfertig sein Todesurteil ausgesprochen und hatte tatsächlich »uns« gesagt, während sie Precht einen Selbstmord vorschlug.

Henner Precht schüttelte den Kopf.

Gleich wird er sich auf sie stürzen, dachte Schiller hoffnungsvoll, er wird versuchen, ihr die Waffe abzunehmen, um sie zu töten, die Frau, die ihn nur benutzt hat.

Aber Precht schüttelte lediglich weiter den Kopf, den Blick auf den Boden gerichtet. Er war wie ein Schüler, der eine schlechte Note in Empfang nahm – nein, wie ein Delinquent, der sein Urteil empfing und nicht aufbegehrte.

Meret Mahler machte einen Schritt auf Schiller zu. Sie wirkte wie eine Dompteuse in ihrer Manege, die alles im Blick und unter Kontrolle hatte. Den einen zahmen Löwen konnte sie ruhig für ein paar Momente in der Ecke stehen lassen.

Schiller schaute sie an. Nun, nachdem das Urteil ausgesprochen war, hielt sie seinem Blick stand. Ein Funken Mitleid glomm in ihren Augen, ein schwaches Leuchten, dann senkte sie leicht den Kopf. So ist es nun einmal, sagte diese Bewegung, manche Dinge sind nicht zu ändern – tut mir leid.

Im nächsten Moment hörten sie den Motor – ein Geräusch wie aus dem Nichts. Ein Wagen näherte sich dröhnend und mit hoher Geschwindigkeit.

Meret Mahler wandte sich um. Ein strafender Blick traf Precht, als wäre er an dieser Störung schuld.

Das Geräusch wurde noch lauter. Der Wagen musste gewissermaßen mit Vollgas heranpreschen, sofern das bei diesem Feldweg überhaupt möglich war.

Birte, dachte Schiller, die Retterin. Dankbar vollführte sein Herz einen Sprung, aber dann klopfte es genauso wild und panisch weiter wie zuvor. Nein, es konnte nicht Birte sein, so offen, ohne jede Deckung, hätte sie sich niemals der Hütte genähert.

Dann hielt der Wagen, eine Tür wurde geöffnet, aber nicht wieder zugeschlagen.

Keuchende Atemzüge.

Schiller sah, wie Meret Mahler die Waffe entsicherte, sie hob und auf die Tür richtete. Er versuchte, sie abzulenken, indem er auf seinem Stuhl hin und her ruckelte und dumpfe Laute von sich gab. Doch vergeblich – sie war ganz auf die Tür konzentriert.

Plötzlich geschahen mehrere Dinge gleichzeitig, die Schiller wie aus großer Entfernung registrierte.

Henner Precht sprang vor, eine Männerstimme rief einen Namen, Meret Mahler hielt die Waffe im Anschlag, die Tür wurde geöffnet, ein Schatten glitt heran, und ein Schuss fiel.

40

»Können Sie nicht schneller fahren!« Birte versuchte, den Wagen, der sich etwa dreihundert Meter vor ihnen befand, nicht aus den Augen zu lassen. Zum Glück war eine Fußgängerampel auf dem Militärring, die mitten im Nirgendwo stand, grundlos, wie es in Köln häufiger vorkam, auf Rot gesprungen, sodass sie ein wenig Boden gutgemacht hatten.

»Fahren Sie doch selbst!«, erwiderte Almut Schwäbe patzig. »Ich habe noch nicht lange den Führerschein«, fügte sie versöhnlicher hinzu.

Birte griff zu ihrem Smartphone. Sollte sie tatsächlich Nele anrufen, um die Kavallerie loszuschicken, eine bis an die Zähne bewaffnete Sondereinheit? Plötzlich wurde sie unsicher. Hatte sie richtig hingeschaut? Gab es mehrere dieser Autos? Nein, sagte sie sich und steckte das Telefon wieder in ihre Jackentasche, sie musste Gewissheit haben, wohin sie unterwegs waren.

»Was ist das zwischen Ihnen und Jan?«, fragte sie Almut Schwäbe.

Die Rechtsmedizinerin saß verkrampft hinter ihrem Lenkrad, leicht nach vorn gebeugt, immer wieder glitt ihr Blick zum Tacho.

»Es gibt nicht viele Männer wie Jan«, sagte sie. Es klang mädchenhaft schwärmerisch, und irgendwie schwang auch ein Hauch von Unglauben mit, dass sie immer noch überrascht war, wie Jan sich auf sie einlassen konnte. »Wir haben uns geküsst – eigentlich nur zum Abschied, aber es wurde ein ganz besonderer Kuss. Das ist nicht nur mir so gegangen.«

Der Wagen vor ihnen war verschwunden. Nein, da tauchte er wieder auf. Er war nicht auf die Autobahn abgebogen, aber das wäre ja auch ein Umweg gewesen.

Almut Schwäbe nahm eine Kreuzung bei Dunkelgelb, an der nächsten musste sie stehen bleiben. Entschuldigend warf sie Birte einen Blick zu. Sie standen an der Abzweigung nach Chorweiler.

»Wem folgen wir eigentlich?«, fragte sie. »Ist hier nicht irgendwo der Rhein?«

»Nein, nicht der Rhein.« Birte war seit zwei Jahren in Köln.

Ihre Ortskenntnis ließ immer noch zu wünschen übrig. Jan hätte längst gewusst, wohin sie unterwegs waren, aber nun hatte sie das Ortsschild gelesen und endlich begriffen. »Worringen – wir fahren nach Worringen … zu Brinkmanns Hütte.«

Almut Schwäbe legte vor Schreck eine Hand vor den Mund. »Zu der Hütte, wo man Brinkmann erschossen hat?«

Birte nickte und holte ihr Smartphone hervor. Nele war sofort am Apparat.

»Wir brauchen eine Sondereinheit und einen, nein, besser zwei Krankenwagen in den Worringer Bruch – zu Brinkmanns Hütte. So schnell wie möglich. Ich koordiniere den Einsatz.«

Nele stieß ein hastiges »Ja, verstehe« hervor, bevor Birte auflegte.

Almut Schwäbe fuhr wieder los, aber nun war sie so nervös, dass sie kaum die Spur halten konnte. Birte verfluchte sich selbst, dass sie nicht das Steuer übernommen hatte. Wie lange würden sie noch brauchen? Fünf Minuten – nicht mehr.

Als ihr Smartphone klingelte, war sie sicher, dass Nele Vollzug meldete, doch es war Max.

Sie überlegte, ihn wegzudrücken, nahm dann jedoch das Gespräch an.

»Tut mir leid, Max«, sagte sie hastig. »Ein Einsatz! Ich kann jetzt nicht sprechen. – Ich liebe dich!«

»Was sagst du?« Er wirkte völlig aufgebracht. »Was ist los? Das hast du noch nie gesagt!«

»Später!«, erwiderte sie und unterbrach die Verbindung.

Warum hatte sie das gesagt? »Ich liebe dich« – ein Satz wie aus einer amerikanischen Liebesschmonzette. Aber vielleicht stimmte es ja. Sie hatte nur den komplett falschen Moment gewählt, um es auszusprechen.

Zum Glück war Max klug genug, nicht wieder anzurufen.

An einem Kreisverkehr hätte Almut Schwäbe beinahe ein Verkehrsschild gerammt.

Schweiß stand ihr auf der Stirn, und sie kniff die Augen zusammen, als würden sie durch dichten Nebel fahren.

Birte griff nach ihrer Waffe und rief Nele wieder an.

»In zwei Minuten sind wir da. Was ist mit dem SEK?«

»Auf dem Weg«, erwiderte Nele. Sie hatte sich wieder gefasst. Keinerlei Aufregung lag in ihrer Stimme.

»Sie sollen sich ohne Martinshorn nähern. Ich übernehme die Einweisung. Vermutlich sind Meret Mahler und Precht in der Hütte. Beide werden bewaffnet sein.«

»Gut, gebe ich weiter. Ich hoffe, dass Jan nichts passiert ist.«

»Das hoffe ich auch.« Diesmal unterbrach Birte den Kontakt zu Nele nicht.

Sie hatten die Abzweigung nach Worringen erreicht. Von dem weißen Wagen war nichts mehr zu sehen. Nein, etwa vierhundert Meter entfernt rumpelte er auf dem Feldweg Richtung Hütte. Also war er doch nicht so schnell gewesen wie erwartet.

Sie deutete nach vorn. »Da ist der Wagen, dem wir gefolgt sind. Fahren Sie auch in den Feldweg hinein, aber stoppen Sie vorn an der Straße!«

Almut Schwäbe nickte. Ihre Brillengläser waren beschlagen, so sehr schwitzte sie. »Mein Gott …«, flüsterte sie. Wahrscheinlich hätte sie keinen Kilometer mehr fahren können. »Mein Gott, Jan …«

Birte berührte sie sanft am Arm. »Sie haben getan, was Sie tun konnten. – Wir sind an dem Feldweg zur Hütte«, sprach sie in ihr Telefon. »Wir warten, bis das SEK da ist.«

Dann hörte sie den Schuss – zwei Sekunden später noch einen.

41

Er war der Beobachter, festgebunden auf einem Stuhl, aus dem Spiel genommen. Ja, die Szene, die sich gespenstisch, nur von einer Taschenlampe erhellt vor seinen Augen abspielte, schien auf einmal nichts mehr mit ihm zu tun zu haben.

Meret Mahler hatte nicht abgewartet, sie hatte sofort geschossen, als die Tür geöffnet wurde. Sie war im Schießen geübt – das sah Schiller sofort.

Die Gestalt in der Tür hob die Arme – sie trug einen blauen Trainingsanzug und eine graue Mütze, als wäre sie eben vom Sport gekommen. Schiller erkannte den Mann nicht sofort. Georg Mahler griff sich an die Schulter, er schrie auf, und während er zu Boden ging, schoss seine Frau noch mal. Erst dann, obwohl er doch ihren Namen gerufen hatte, begriff sie ihren Irrtum.

»O Gott!«, rief sie aus.

Precht hatte sich mittlerweile auf sie gestürzt, er wollte ihr die Pistole entreißen, halbherzig, selbst von dem Eindringen Mahlers überrascht. Meret hatte keine Mühe, ihn fortzustoßen. Sie beugte sich über ihren Mann und flüsterte beschwörend seinen Namen.

Schiller hatte nicht sehen können, ob ihr zweiter Schuss getroffen hatte. Er hörte auch nur Meret Mahlers Flüstern. Sie hielt den Kopf ihres Mannes, von ihm kam kein Laut. War er tot? Nein, ein leises Stöhnen war nun doch zu hören.

Plötzlich riss Meret den Kopf herum und schrie Precht an: »Tu was! Ruf einen Krankenwagen!«

Precht hatte die Walther aufgenommen, die Meret Mahler neben sich abgelegt hatte. Er wog sie und schaute sie an, als hätte er da keine Pistole in der Hand, sondern eine Granate, die gleich losgehen könnte.

»Du wolltest mich umbringen!«, sagte er ganz leise, den Blick starr auf die Walther gerichtet. »Das hast du eben selbst gesagt.«

Meret Mahler hielt immer noch den Kopf ihres Mannes. Schiller konnte sein Gesicht nicht sehen, es lag im Schatten, zudem von seiner Frau verdeckt.

»Ruf einen Krankenwagen!«, schrie sie Precht erneut an. Dass er die Waffe hielt, schien sie nicht zu kümmern.

Er schüttelte den Kopf. »Nein«, sagte er. »Das tue ich bestimmt nicht.« Er hob die Waffe, zielte auf Meret Mahlers Kopf.

Schiller konnte es kaum aushalten auf seinem Stuhl. Er begann hin und her zu wippen, und genau in dem Augenblick, als Precht abdrückte, verlor er das Gleichgewicht und stürzte nach vorn. Der Schmerz, der von seiner Schulter ausging, war wie eine Lanze, die ihn aufspießte – ein Schmerz, der ihn förmlich spaltete und ihm den Atem nahm. Er rammte Precht, der ins Straucheln geriet, während er gleichzeitig schoss. Ohrenbetäubend der Knall. Schiller hatte das Gefühl, dass die Kugel sein verletztes Ohr gestreift hatte, aber sonst war er unversehrt.

Für ein paar Sekunden nahm er nichts mehr wahr. Der Schmerz und der Knall hatten ihm jede Orientierung genommen. Er lag auf dem Boden, begriff er dann, auf der Seite, immer noch an den Stuhl gefesselt – wie ein gelähmter Käfer.

Vor sich sah er Precht, der sich langsam herumrollte und den Mund aufriss. Er glaubte einen Fluch zu hören – »Sie verdammtes Schwein!«

Als Precht sich schwerfällig aufrappelte, hatte er die Pistole immer noch in der Hand. Er hob sie an. Schiller sah die Entschlossenheit in seinen Augen. Ja, er würde abdrücken. Er würde Meret Mahler erschießen. Doch dann zerbarst Glas. Jemand hatte sich, weiße Turnschuhe voraus, durch das Fenster hereingeschwungen.

Birte verpasste Precht einen heftigen Schlag mit dem Knauf ihrer Waffe, der ihn sofort zu Boden schickte. Dann sprang sie auf und richtete ihre Pistole auf Meret Mahler, während sie Schillers Walther, die auf dem Boden lag, mit einem Tritt unter das Regal beförderte.

»Aufstehen! Ganz langsam!«, stieß sie atemlos, an Meret Mahler gewandt hervor.

Aus der Ferne waren Sirenen zu hören. Mehrere Wagen rauschten heran.

Birte warf ihm einen kurzen Blick zu, während sie Meret Mahler an das Regal schob, auf dem die Taschenlampe lag. Sie nickte. Ich habe alles im Blick, sagte dieses Nicken.

»Ein Krankenwagen wird gleich eintreffen«, rief sie in Richtung Georg Mahler, dessen schmerzerfülltes Stöhnen nun deutlicher zu hören war. Mit einer schnellen Bewegung legte sie Meret Mahler Handschellen an, dann riss sie Precht an einem Arm in die Höhe und forderte ihn auf, Schiller von seinem Stuhl zu befreien.

Von draußen hörte Schiller eine zaghafte Frauenstimme. »Alles in Ordnung? Niemand verletzt?«

Erneut glaubte er, seinen Sinnen nicht trauen zu dürfen. Almut Schwäbe – sie stand vor der Hütte.

»Alles unter Kontrolle!«, gab Birte zurück – nun ganz ruhig und kontrolliert. »Sagen Sie dem SEK-Führer, er kann mit seinen Leuten hereinkommen!«

Mit zornigen Bewegungen und ohne Schiller mit dem Stuhl aufgerichtet zu haben, zerrte Precht das Klebeband ab. Kaum hatte er eine Hand frei, riss sich Schiller das Klebeband vom Mund. Den brennenden Schmerz ignorierte er.

»Birte!« Er kam mühsam auf die Beine, aber immerhin gelang es ihm. Seine Schulter brannte, als stände sie in Flammen, seine Glieder fühlten sich taub an. »Chapeau! Eine reife Leistung!«

Sie lächelte ihn an. »Ja, nicht wahr? Das nennt man ›just in time‹.«

Epilog 1

Max hatte das Badezimmer mit sieben roten brennenden Kerzen versehen. Außerdem hatte er eine CD in den kleinen Player eingelegt. Das Violinkonzert No. 2 von Bach, gespielt von Gidon Kremer. Er wusste mittlerweile auch, dass es ihre Lieblingsmusik war.

Das Wasser in der Badewanne war heiß und tat ihr gut. Dass sie sich beim Sprung in die Hütte am Glas des Fensters die Hand verletzt hatte, war ihr erst später aufgefallen. Ein tiefer Schnitt in der rechten Handfläche. Zu viel Adrenalin war ihr durch den Körper geschossen. Ganz allein gegen Meret Mahler und Henner Precht, zwei unberechenbare bewaffnete Gegner – sie hatte gegen jede Regel der Eigensicherung verstoßen.

Und doch hatte es funktioniert. Sie hatte Jan gerettet und mindestens einen weiteren Mord verhindert.

Jan hatte eingeschnürt und geknebelt auf dem Boden gelegen. Zum Glück hatte ihn niemand so gesehen.

Später, bevor der zweite Krankenwagen ihn abtransportiert hatte, hatte er sie auf den Mund geküsst – ein richtig langer Kuss, den sie dann beendet hatte.

»Wie hast du uns gefunden?«, fragte er.

»Mahlers Mondeo – mit seinem Konterfei … Der Wagen ist an uns vorbeigefahren. Offenbar hat er gewusst, wohin seine Frau unterwegs war. Aber eigentlich musst du dich bei deiner Rechtsmedizinerin bedanken. Sie hat uns angerufen.«

Almut Schwäbe – in ihrem roten Cocktailkleid und der dünnen Jacke – hielt sich abseits. Sie fror und traute sich gar nicht an Schiller heran, und man konnte ihr ansehen, dass sie sich am liebsten unsichtbar gemacht hätte.

Schiller ging schließlich auf die Rechtsmedizinerin zu, umarmte sie hölzern und stieg in den Krankenwagen. Und dann war auch sie plötzlich verschwunden. Hatte sie sich zu Fuß zurück in die Stadt begeben? Oder war sie mit der Ambulanz in die Uniklinik gefahren? Birte wusste es nicht.

Es war drei Uhr in der Nacht. Sie war todmüde und so zufrieden mit sich wie selten in ihrem Leben.

Gidon Kremer spielte einfach göttlich. Ohne Martin hätte sie diese Musik nie kennengelernt, doch nun war Max da. Er werkelte in der Küche, hatte eine Quiche gemacht, irgendetwas in der Art.

»Martin«, flüsterte sie vor sich hin. »Ich werde doch wieder glücklich werden.«

Sie schloss die Augen und tauchte kurz ins heiße Wasser ein.

Meret Mahler und Henner Precht hatten sich widerstandslos festnehmen lassen, und Georg Mahler war nur an der Schulter getroffen worden. Er hatte einiges an Blut verloren, aber lebensgefährlich war die Verletzung nicht, wie die Sanitäter noch vor Ort festgestellt hatten. Dass Georg Mahler plötzlich in ein heftiges Schluchzen ausgebrochen war, als man seine Frau abgeführt hatte, hatte eindeutig nicht an seiner Schusswunde gelegen.

Köln würde sich einen neuen Kandidaten für das Amt des Oberbürgermeisters suchen müssen. Und das alles, weil Mahler vor dreißig Jahren das Manuskript eines verstorbenen Freundes an sich genommen und als seines ausgegeben hatte.

Max klopfte behutsam an. Er hielt ein Tablett in der Hand – mit zwei Tellern mit Salat und Quiche und zwei Gläsern Champagner.

»Ein Nachtessen für meine Schöne!«, sagte er und setzte sich an den Rand der Badewanne. »Du bist übrigens eine Heldin. Im Internet wird überall dein Name genannt. Birte Jessen – der weibliche James Bond von Köln.«

»O großer Gott!« Sie beugte sich vor und nahm ein Glas. Sie stießen an, und dreißig Sekunden später hatte Max seine Kleider abgestreift und hockte mit ihr in der Badewanne.

Sie fütterten sich gegenseitig mit der Quiche, und dann liebten sie sich im warmen Wasser – ganz langsam und geduldig. Sie hörte, wie Max ihr Worte ins Ohr flüsterte, aber sie konnte sie gar nicht mehr übersetzen, als würde er eine fremde Sprache sprechen, so entspannt und müde war sie.

»Ich bin glücklich«, flüsterte sie irgendwann. »Total glücklich.«

»Wenn wir ein Kind bekommen«, sagte Max, »müssen wir es also Johannes oder Johanna nennen – und mit zweiten Namen Colonia oder Colonius.«

Sie verstand nicht, was er meinte.

»Weil die Mutter der weibliche James Bond von Köln ist, natürlich.«

Als sie gegen Morgen aufwachte, lag Max eng an sie geschmiegt neben ihr.

Eine SMS war eingegangen. Es war kurz vor acht. Heute würde sie nicht vor zehn ins Präsidium gehen, hatte sie sich vorgenommen. Da mochte Fitschen noch so wichtige Besprechungen abhalten, um ihren Triumph so richtig zu feiern.

Die Nachricht kam von Jan. Hatte er also sein Smartphone zurückerhalten. Wahrscheinlich von Schulte, dem Kriminaltechniker, der als Chef der Spurensicherung auch an der Hütte aufgetaucht war.

»Danke«, schrieb er. »Bin in der Uniklinik. Schlüsselbein gebrochen. Werde wohl mit allen eine Menge Ärger kriegen. Bleib du an meiner Seite.«

Ja, dachte sie, das würde sie tun, ganz bestimmt.

Dann drehte sie sich noch einmal herum und schlief ein, während Max ganz träumerisch ihren Namen flüsterte.

Epilog 2

Der widerwärtige Geschmack des Klebebandes im Mund ließ sich nicht vertreiben, so viel Mineralwasser er auch trank. Das war noch schlimmer als die Schmerzen, die von seinem gebrochenen Schlüsselbein ausstrahlten und von seinem glühenden Ohr, das Precht mit dem Kantholz gestreift hatte.

Schiller wusste, dass dieser Geschmack ihm noch eine ganze Weile erhalten bleiben würde. Es war der Geschmack der Niederlage. Er hatte sich wie ein Idiot verhalten, und wenn Birte ihn nicht gerettet hätte, läge er jetzt mit einer Kugel im Kopf in einer Hütte in Worringen.

Die Uniklinik war wie eine Zuflucht für ihn. So gesehen war es ein Vorteil, dass er verletzt worden war. Keine Befragung von Fitschen und Co., keine Suche nach einer Bleibe für die Nacht.

Im letzten Moment, bevor der Krankenwagen abfuhr, war Almut Schwäbe hereingesprungen.

»Ich bin Ärztin«, hatte sie den verdutzten Sanitätern erklärt. »Rechtmedizin Köln.«

»Ist sie!«, hatte Schiller bestätigt, und man hatte sie mitfahren lassen.

Mit ihrem kirschroten Lippenstift, dem gleichfalls kirschroten Kleid unter der dünnen schwarzen Jacke hatte sie völlig verändert ausgesehen – als wäre sie zu einer Verabredung unterwegs gewesen.

Ja, hatte er dann gedacht, ich bin die Verabredung gewesen. Ich habe ihr Leben verändert.

Sie hatten so gut wie nichts gesprochen, während die Sanitäter seine Schulter versorgt hatten. Die Wunde blutete und sah übel aus, zerfetzte, zerrissene Haut, wie er mit einem Seitenblick festgestellt hatte.

»Zum Glück ist alles gut ausgegangen«, hatte Almut Schwäbe gesagt.

»Danke!« Mehr hatte er nicht entgegnet.

An der Uniklinik hatte sie ihm flüchtig einen Kuss auf die Wange gedrückt, dann war sie verschwunden.

Er liebte sie nicht, doch sie hatte eine Tür geöffnet, durch die er gegangen war – fort von Carla, von seinem alten Leben.

In der Nacht hatte er den Schuss gehört, immer und immer wieder einen Schuss, doch diesmal war die Waffe auf ihn gerichtet gewesen. Er hatte dem Traum nicht entfliehen können. Nur die Hand hatte er gesehen, die den Schuss abgefeuert hatte, eine zarte Frauenhand.

Carla, hatte er im Traum gedacht, Carla hat geschossen.

Als er aufwachte, war es halb acht. Wegen der Schmerzmittel spürte er seine Schulter nicht mehr. Auf dem Nachtschrank lag in einer Plastiktüte sein Smartphone. Dazu ein Zettel. »Habe dein Telefon vor der Untersuchung gerettet und wieder funktionstüchtig gemacht. Sag es keinem weiter. Schultke.«

Er seufzte dankbar, während er Birte eine Nachricht schrieb. Es reichte vermutlich schon für ein Disziplinarverfahren, dass Precht ihm seine Dienstwaffe abgenommen hatte und damit auf Georg Mahler geschossen worden war.

Er klickte sich ins Internet ein. Auf der Express-Seite wurde ausführlich über die Schüsse berichtet. Ein großes Foto von Meret Mahler machte den Artikel auf. »Ehefrau schießt auf Kandidaten. Eifersuchtsdrama? Ist sie die Mörderin von Brinkmann?«

Auch ein Foto von Birte fand sich da. »Die Heldin von Köln!«

Ach nein, all das wollte er nun nicht lesen.

Dann sah er, dass Carla ihm eine E-Mail geschrieben hatte.

»Lieber Jan«, stand da. »Danke für Deine Zeilen. Schön, was du über mein schlafendes Gesicht geschrieben hast. Ja, du bist Polizist, und vielleicht habe ich zu sehr versucht, dich und mich zu ändern. Im Grunde hast du recht. Wir sind wohl kein Paar mehr. Alles Gute – C.«

Sie hatte die E-Mail um neunzehn Uhr zweiunddreißig geschrieben. Da hatte sie offenbar noch nicht gewusst, was ihm widerfahren war.

Er spürte einen Kloß im Hals und stieg mühsam aus dem Bett. Wir sind kein Paar mehr. Sein altes Leben war vorbei. Er warf sich einen weißen Bademantel über, der an einem Haken hinter der Tür hing, und schlich in seinen Straßenschuhen auf den Flur hinaus.

Niemand hielt ihn auf.

Er brauchte fünf Minuten, um sich zu orientieren. Dann stand er vor der Intensivstation.

Als ein Pfleger herauskam und die Tür langsam ins Schloss fiel, schob er sich hinein.

Brasch saß aufrecht in seinem Bett. Sein Kopf war immer noch bandagiert, aber er war rasiert und nicht mehr so bleich.

Als Schiller näher kam, fixierte er ihn, ohne eine Spur des Erkennens zu zeigen.

»Was ist passiert?«, fragte er dann. Seine Stimme klang rau und nicht besonders freundlich.

Schiller setzte sich auf den Stuhl neben dem Bett. »Wir haben den Mörder gefasst und den Mann, der auf dich geschossen hat. Er heißt Henner Precht. Er hat im Auftrag von Meret Mahler gehandelt. Offenbar war er ihr hörig – so in etwa muss ihre Beziehung gewesen sein.«

Brasch machte eine wedelnde Handbewegung. Was soll das alles?, mochte diese Geste bedeuten.

»Ich werde aus dem Haus ausziehen«, sagte er dann, »und ich werde meine alten Schuhe wegwerfen, nein, nicht wegwerfen – verbrennen werde ich sie. Alle Schuhe auf einen Haufen und dann mit Spiritus übergießen, um sie zu verbrennen. Manchmal liegt es daran, dass man zu lange in seinen alten Schuhen herumläuft. Verstehst du?«

Schiller nickte. Vermutlich war er auch zu lange in alten Schuhen herumgerannt. Er dachte an Almut Schwäbe. Er würde sie anrufen, später am Vormittag. Er sah, dass eine Krankenschwester durch die Scheibe zu ihnen hereinblickte, sie aber gewähren ließ, vielleicht weil sie ihn als Polizisten erkannt hatte.

»Ich möchte wieder gesund werden«, sagte Brasch. »Hilfst du mir, aufzustehen?«

Schiller nickte abermals, dann reichte er Brasch die Hand und stützte ihn am rechten Ellbogen ab. Mühsam quälte Brasch sich aus dem Bett.

Schließlich standen sie da, zwei mittelalte Männer in Krankenhauspyjamas neben einem Klinikbett, schnaufend und sich an den Händen haltend.

»Fühlt sich gut an«, sagte Brasch. »Wieder aufrecht stehen zu können.«

Dank

»Kölner Ringe« ist mein siebter Roman im Emons-Verlag – wir sind also schon eine lange Strecke miteinander gegangen. Ich danke Hejo Emons und seinem Team sehr für das Vertrauen und die Unterstützung. Ein besonderer Dank geht an meine Lektorin Marion Heister, die jeden dieser Romane aufmerksam und mit dem notwendigen Feingefühl durchgesehen hat.

Die Erfolgsserie von Reinhard Rohn:

Alle Titel sind auch als eBook erhältlich.

Falsche Herzen
ISBN 978-3-89705-601-5

Kölnisch Wasser
ISBN 978-3-89705-722-7

Kölner Lichter
ISBN 978-3-89705-869-9

Barfuß in Köln
ISBN 978-3-89705-992-4

Der Richter von Köln
ISBN 978-3-95451-186-0

Kölner Finale
ISBN 978-3-95451-606-3

www.emons-verlag.de

LChoice
Hier bestellen

Lust auf mehr? Laden Sie sich die »LChoice«-App runter, scannen Sie den QR-Code und bestellen Sie weitere Bücher direkt in Ihrer Buchhandlung.